U0613117

文本阐释的内与外

戴建业 著

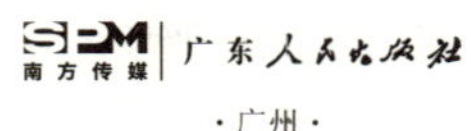

·广州·

果麦文化 出品

“何曾料到”与“未曾做到”

——写在十卷本“戴建业作品集”出版之前

三年前，我出过一套五卷本的作品系列，书肆上对这套书反响热烈，其中有些书很快便一印再印，连《澄明之境：陶渊明新论》这种学术专著也居于图书畅销榜前列。今年果麦文化慨然为我推出十卷本的“戴建业作品集”，它比我所有已出的著作，选文更严，校对更精，装帧更美。

时下人们常常嘲笑说，教授们的专著只有两个读者——责编和作者。我的学术著作竟然能成为畅销书，已让我大感意外；即将出版的这套“戴建业作品集”，多家文化出版机构竞相争取版权，更让我喜出望外。

我的一生有点像坐过山车。

中学时期我最喜欢的是数学，在1973年那个特殊岁月，我高中母校夫子河中学竟然举办了一次数学竞赛，我在这场两千多名高中同学参与的竞赛中进入了前三名。一个荒唐机缘让我尝到了“当诗人”的“甜头”，于是立下宏志要当一名诗人。1977年考上大学并如愿读中文系后，我才发现“当诗人”的念头纯属头脑发昏，自己的志趣既不在当诗人，自己的才能也当不了诗人。转到数学系的希望落空后，我只好硬着头皮读完了中文系，毕业前又因一时心血来潮，误打误撞考上了唐宋文学方向的研究生。何曾料到，一个中学时代的“理科男”，如今却成了教古代文学的老先生，一辈子与古代诗歌有割不断的缘分。

从小我就调皮顽劣，说话总是口无遮拦，因“说话没个正经”，没少挨父母打骂。先父尤其觉得男孩应当沉稳庄重，“正言厉色”是他长期给我和弟弟做的“示范”表情，一见我嘻嘻哈哈地开玩笑就骂我“轻佻”。何曾料到这种说话方式，后来被我的学生和网友热捧为“幽默机智”。

我长期为不会讲普通话而苦恼，读大学和研究生时，我的方音一直是室友们的笑料，走上大学讲坛后因不会讲普通话，差点被校方转岗去“搞行政”。何曾料到，如今“戴建业口音”上了热搜榜，网上还不断出现“戴建业口音”模仿秀。

1985年元月，研究生毕业回到母校华中师范大学后，为了弄懂罗素的数理逻辑，我还去自学高等数学《集合论》。这本书让我彻底清醒，不是所有专业都能“从头再来”，三十而立后再去读数学已无可能。年龄越大就越明白自己的本分，从此便不再想入非非，又重新回到读研究生时的那种生活状态：每天早晨不是背古诗文便是背英文，早餐后不是上课就是读书作文，有时也翻译一点英文小品，这二十多年时光我过得充实而又平静。近十几年来外面的风声雨声使我常怀愤愤，从2011年至2013年底，在三年时间里我写了四百多篇文化随笔和社会评论，因此获得网易“2012年度十大博客（文化历史类）”称号。澳门大学教授施议对先生、《文艺研究》总编方宁先生，先后热心为我联系境外和境内出版社。当年写这些杂文随笔，只想发一点牢骚，说几句真话，何曾料到，这些文章在海内外产生了相当广泛的影响，博得“十大博客”的美名，并在学术论文论著之外，出版了系列杂文随笔集。

或许是命运的善意捉弄，或许是命运对我一向偏心，我的短处常常能“转劣为优”，兴之所至又往往能“歪打正着”，陷入困境更屡屡能“遇难成祥”。大学毕业三十周年时，我没日没夜地写下两万多字的长篇纪念文章，标题就叫《碰巧——大学毕业三十周年随感》。的确，我的一生处处都像在“碰巧”。也许是由于缺少人生的定力，我一生都在命运之舟上沉浮，从来都没有掌握过自己的命运，因而从不去做什么人生规划，觉得“人生规划”就是“人生鬼话”。

说完了我这个人，再来说说我这套作品。

这套“戴建业作品集”由三部分组成：六本学术专著和论文集，两本文学史论，两本文化社会随笔。除海外出版的随笔集未能收录，有些随笔杂文暂不便选录，已出版的少数随笔集版权尚未到期，另有一本随笔集刚签给了他家出版社，部分文献学笔记和半成品来不及整理，有些论文和随笔不太满意，有些学术论文尚未发表，业已发表的文章和出版的专著，只要不涉及版权纠纷，自己又不觉得过于丢脸，大都收进了这套作品集中。

每本书的缘起、特点与缺憾，在各书前的自序或书后的后记都有所交代，这里只谈谈自己对学术著述与随笔写作的期许。

就兴趣而言，我最喜欢六朝文学和唐宋诗词，教学上主要讲六朝文学与唐代文学，学术上用力最多的是六朝文学，至于老子的专著与庄子的论文，都是当年为了弄懂魏晋玄学的副产品，写文献学论文则是我带博士生以后的事情。文学研究不仅应面对作品，最后还应该落实到作品，离开了作品便“口说无凭”，哪怕说得再天花乱坠，也只是瞎说一气或言不及义。我在《澄明之境：陶渊明新论》初版后记中说过：“古代文学研究的真正突破应当表现为：对伟大的作家、伟大的作品、重要的文学现象、著名的文学流派和社团，提供了比过去更全面的认识、更深刻的理解，并作出更周详的阐释、更缜密的论述。从伟大的作家身上不仅能见出我们民族文学艺术的承传，而且还可看到我们民族审美趣味的新变；他们不仅创造了永恒的艺术典范，而且表现了某一历史时期精神生活的主流，更体现了我们民族在那一历史时期对生命体验的深度。”虽心有所向，但力有未逮，研究伟大作家和伟大作品，既需要相应的才气，也需要相应的功力，可惜这两样我都不具备。

差可自慰的是，我能力不强但态度好，不管是一本论著还是一篇论文，我都希望能写出点新意，并尽力使新意言之成理，即使行文也切记柳子厚的告诫，决不出之以“怠心”和“昏气”，力求述学语言准确而又优美。

对于文化随笔和社会评论，我没有许多专家教授的那种“傲慢与偏见”。论文论著必须“一本正经”，而随笔杂文可以“不衫不履”；论文论著可以在官方那里“领到工分”，而随笔杂文却不算“科研成果”。因此，许多人从随笔杂文的“无用”，推断出随笔杂文“好写”。殊不知，写学术论文固然少不得才学识，写杂文随笔则除了才学识之外，“还”得有或“更”得有情与趣。仅仅从文章技巧来看，学术论文的章法几乎是“千篇一律”，随笔杂文的章法则要求篇篇出奇，只要有几篇章法上连续重复，读者马上就会掉头而去。

我试图把社会事件和文化事件视为一个文本，并从一个独特的文化视角进行审视，尽可能见人之所不曾见，言人之所未尝言。如几个月前北京大学校长林建华念错字引起网络风波，我连夜写下一万两千多字的长文《“鸿鹄之志”与网络狂欢—— 一个审视社会心理的窗口》，在见识的深度之外，还想追求点笔墨趣味。近几年我从没有中断过随笔杂文的写作，只是藏在抽屉里自娱自乐，倒不是因为胡说八道而害怕见人，恰是因文章水平偏低而羞于露脸，像上面这篇杂文仅给个别好友看过，没有收进任何一本随笔集里。

我一生都对自己的期望值不高，“何曾料到”最后结局是如此之好，而我对自己的文章倒是悬得较高，可我的水平又往往“未曾做到”。因此，我的人生使我惊喜连连，而我的文章却留下无穷遗憾。

自从我讲课的视频在网上广为流传以来，无论在路上还是在车上，无论是在武汉还是在外地，无论是男性还是女性，地不分南北，人不分老幼，总有粉丝要求与我合影留念。过去许多读者喜欢看我的文章，现在是许多粉丝喜欢听我讲课。其实，相比于在课堂上授课，我更喜欢在书斋中写作，我写的也许比我讲的更为有趣。

我赶上了互联网的好时代，让我的文章和声音传遍了大江南北；我遇上了许多好师友好同事，遇上了许多好同学好学生，遇上了许多好粉丝好网友，还遇上了许多文化出版界的好朋友，让我有良好的成长、学习和工作环境。我报答他们唯一的办法，是加倍地努力，加倍地认真，写出更多更好的作品，录下更多更好的课程，以不负师友，不负此生！

戴建业

2019年4月15日

剑桥铭邸枫雅居

目录

代序：文本阐释的多样性与有效性

——在《文本世界的内与外》国际学术会议开幕式上的致辞

尊敬的海内外各位来宾、尊敬的校党委副书记覃红教授、尊敬的中文一流学科负责人胡亚敏教授、尊敬的与会代表和听众朋友们：

早上好！

在这酷热难当的盛夏时节，大家仍然勇敢地“跳进”武汉这座火炉来参加本次盛会，不少代表边在微信群中高喊“武汉热死了”，边买高铁或飞机票来到武汉，大家这种对学术的虔诚与热情，我们学科全体同仁都深为感动，在此，请接受我对所有代表诚挚的敬意和谢意！

改革开放的这四十多年来，古代文学研究从政治舞台上的“吹鼓手”，逐渐退隐到了“灯火阑珊处”，表面上看它的地位似乎一落千丈，实际上恰恰是在向它的学术本位回归。因此，在它越来越被边缘化的同时，它也就越来越被当作学术——学术本来就是“荒江野老屋中”素心人的孤寂行为；也因此，这四十多年来古代文学研究硕果累累，在座的各位学术名家和学术新秀，既是这些成果的见证人，也是这些成果的创造者。

每一次重大的胜利之后，我们都应该打扫战场和总结经验，更何况在古代文学研究的过程中，学术研究目前也面临着许多瓶颈，对文本世界的内与外有许多困惑。我们古代文学学科与《文艺研究》编辑部联合主办这次国际学术研讨会，便是打扫战场的初步尝试，以寻求古典文学研究新的突破。这次大会的宗旨是：探讨中国古代文学内部研究与外部研究的差异与通融，探究文本阐释的多样性与有效性。

中国古代文学研究，从过去的单一视角变成了现在的“多重视域”，从过去的“作品”（work）变成了现在的“文本”（text）。“多重视域”中有不少视域移植于西方，现代意义上的“文本”概念更非华夏所本有，连这次大会的名称“文本世界的内与外”也源于西方，因为“文本世界”这一术语出自西方的“文本理论”，而把文学研究分为内部研究与外部研究则出自韦勒克等西方文艺理论家之手。遗憾的是，除了包括与会的少数学术名家之外，包括我在内的许多古代文学研究者对“文本”概念不甚了了。我们把“文本”当作“作品”的同一概念，用“文本”代替“作品”不过是追求时髦。不仅仅是对“文本”概念不甚了了，我们对西方所有新流派、新方法、新术语都是囫囵吞枣。我曾在一本论文集的自序中说过，这几十年来“西方‘历时性’的学术进程，在中国‘共时性’地全面铺开，存在主义、结构主义、形式主义、精神分析、符号学、解释学、传播学、接受美学、后现代主义、后殖民主义、西方马克思主义……一个新流派还没有混到眼熟，另一个新流派就挤到前排；一种新方法还没有学会，另一种新方法就取而代之。学者们在这些新学派、新方法、新概念面前目迷五色”。各种新理论、新方法一齐涌进中国，一方面是时间太短难以消化，一方面是过于浮躁难以沉潜，我们对这些新东西的接受，基本上采取猴子摘果子的办法——一边摘一边扔，扔到最后手头一个不剩。

任何一种新的研究方法，并不是理论上“知道如何”运用，便会在实践中“能够如此”应用。正如写诗一样，不是你明白了平仄、押韵、对仗，就能写出优美的格律诗来。譬如被视为文学内部研究的现代语言批评，从俄罗斯形式主义到英美新批评派，引进之初古代文学学界不少学者跃跃欲试，出现了不少的论文，并留下了少数名著，但很快大家都对此兴趣索然，转而抢占其他“学术高地”。从整体上来说，我们至今对俄罗斯形式主义和英美新批评仍旧似懂非懂。形式主义也好，新批评也罢，都旨在确立文学语言的独立性，追求文学批评近似于自然科学的客观性，建构一种“科学的文学研究”，为此他们切断作者与作品的联系，极端地宣布“作者死亡”，高调地批判作者的“意图谬误”。这种研究模式与西方的文化传统有关，从康德追问“我们能认识什么”，到罗素追求“知识的确定性”，他们要把所有研究都提升至“科学”的水平。我们的文化传统对此却十分隔膜，古代虽然有汗牛充栋的诗话文话，虽然它们也不乏真知灼见，但绝大多数诗话文话作者并没有追求研究的客观性，甚至还没有明确意识到是在进行文学“研究”，他们不过是兴之所至的文学消遣，是对诗文高下任心的随意褒贬。说实话，由于习惯了打一枪换一个地方，我们远没有取到形式主义和新批评的“真经”。未能取到形式主义和新批评的“真经”的另一个原因，是我们许多研究者的知识储备不足，要按形式主义和新批评的路数去研究中国古代诗歌，需要音韵、文字、音乐等知识的积累，还需要懂得并能领略古代诗文的艺术技巧，然而，从电视上某些古代文学教授一谈古代文学便丢人现眼的情况来看，少数传授古代文学的大学教师可能连平仄都一窍不通。

岂止是对形式主义和新批评浅尝辄止，我们对其他新理论新方法也是在跑马圈地。

对传统研究方法的继承和发扬，在座的各位学者做得十分出色，但不可否认在追逐现代学术转型过程中，不少传统的述学体式已经式微甚至绝传。十年前在《读书》上发表的一篇长文《别忘了祖传秘方》中，我不无遗憾地感叹说，以“别录”这种体式来总结古代学术，“自有其他学术概论或学术史所不可替代甚至无法比拟的长处”。近十几年来，萧驰阐发中国的“抒情传统”，周裕锴总结“中国古代阐释学”特征，蒋寅诠释中国“古典诗学”，傅道彬审视“礼乐文化和周代诗学精神”，葛兆光辨析“背景与意义”，与会的先生们各自正从不同路径梳理或反省传统研究方法，这些反省和梳理对当下的古代文学研究都极具启示意义。不过，从总体上看，我们对传统研究方法的运用，用黑格尔的话来说仍停留于“自在”的阶段，远没有达到“自为”的水平，就是说我们还没有真正的理论自觉。比如“知人论世”的研究方法用得十分普遍，可它到底具有多大的可靠性和有效性？它是否能够“切中”古典文本？就“知人”而言，我们常常是先通过作品来了解作者，再回头又以作者来分析作品，一般情况下都在进行这种“阐释的循环”。以作品来认识作者其实十分危险，人们过分地相信“文如其人”的古训，以致忘记了元好问“心画心声总失真”的提醒。试想一下，人们在夜深人静的时候，对自己的枕边人尚且言不由衷，对古代作家以诗文立命的门面话怎么可以轻信？在很多场合，语言并不是在表现自我，恰恰是在遮蔽真我。如何从纸面上的文字，读出纸背后的真情，这需要丰富的社会阅历，也需要深厚的专业功底，更需要清醒的问题意识。“知人”不易，“论世”亦难。在古代文学研究过程中，许多学者可能早有觉察，“论世”这种方法有时候同样并不靠谱，如杜甫“会当凌绝顶，一览众山小”的目空一切，产生于富丽繁华的大唐盛世，杜牧的“叱起文武业，可以豁洪溟”这种把地球当足球踢的豪言壮语，则出现在风雨飘摇的晚唐衰世。可见，从这些诗句并不能推断“世情”，从“世情”也未必能把握文本。

今天，我们有没有可能熔冶中外研究方法于一炉？有没有可能打通古代文学的内部研究和外部研究？有没有可能在研究方法多样性的前提下确保阐释的有效性？我们正期待所有专家的卓识宏论。

每一种研究方法都不可能包打天下，每一种研究方法都有其亮点与盲点，学术大家才能掌握十八般武艺，像我这样的普通学者学会一种招式就十分可观。关键是我们要有内在的坚守，不跟着风气转移而随波逐流，在古代文学阐释的实践中掌握一种研究方法的精髓，并将它运用到出神入化的程度，这种研究方法就成了我们自己的“拿手好戏”。在学术研究方法这一问题上，可以别古今，不必分中外，把哪种方法玩成了“绝活”，把哪种理论推向了顶峰，哪种方法理论就属于我们自己，哪种方法理论都必须倾听“中国声音”。乒乓球起源于英国的桌球，但在今天的世界乒坛上我们打遍天下无敌手，乒乓球于是便成了我们的“国球”。

文学研究方法的多样性，正昭示了我们精神生活的丰富性。古代文本世界的内部研究与外部研究，既是一种智力活，又是一种技术活，因而，既要有功力，也得有见识，更须有才华。与会学者有的执学界牛耳，有的是学界前锋，有的是学界新秀，“人人握灵蛇之珠，家家抱荆山之玉”，大家无不才、学、识兼备，因而，过去的几十年我们干得很好，未来几十年我们将干得更好！

凭大家治学的才气与热情，凭对学术的敬畏与虔诚，我们祝愿并深信本次大会将圆满成功！

谢谢！

2018年6月28日

论庄子“逍遥游”的心灵历程及其归宿

对个体存在高度自觉的庄子，不仅面对着一个强大而又异己的物质世界，同时也面对着一个僵硬抽象的伦理世界，他深切地认识到自我既有“丧己于物”的可能，又难免“失性于俗”的危险。[1]因而，竭力避免自我为异己的世界所淹没或吞噬，找回并占有自我的真正本质，确保自我的精神自由就成为他注目的中心，这样，“逍遥游”也顺理成章地构成了《庄子》的头号主题（因而本文论及的“逍遥游”不限于《逍遥游》一篇）。不过，庄子逍遥游所追寻的并不是个体现实的逍遥，他曾多次明白地交代过“逍遥游”只是“游心”而已，如《人间世》说“乘物以游心”，《德充符》说“游心乎德之和”，

1. 庄子:《庄子·缮性》。文中的《庄子》引文均引自中华书局1961年版郭庆藩辑《庄子集释》，为节省篇幅，以下只随文夹注篇名，不标版本和页码。

《应帝王》也说“游心于淡”，正如刘武所言，庄子的“逍遥游”只是“心意之逍遥”。[1] 既然逍遥游的承担者是心灵，那么实现逍遥游必须经由哪些心灵历程？逍遥游的归宿又是怎样？迄今似乎还没有人进行这样的追问。庄子在《逍遥游》和《大宗师》等篇中倒是详细地描述了实现逍遥游的途径，《大宗师》说：“参日而后能外天下；已外天下矣，吾又守之，七日而后能外物；已外物矣，吾又守之，九日而后能外生；已外生矣，而后能朝彻；朝彻而后能见独……”“外天下”“外物”“外生”恰好与《逍遥游》中的“无名”“无功”“无己”相互对应，它们既标划了达到逍遥游的心灵历程，同时也暗含了逍遥游的最终归宿。

一

《逍遥游》作为《庄子》的开篇，有意无意地标示了全书的重心所在。自我怎样才算是“逍遥游”呢？从“水击三千里”的鲲鹏到嘲笑鲲鹏的蜩与鸰雀，从耿耿于世俗毁誉的俗人到能“辩乎荣辱之境”的宋荣子，从自然界的动物到社会中的人都不能逍遥游，因为他们的一切行动都是在现实世界中展开的，因此不论大小尊卑都没有超脱“天下”的一切束缚之外。真正的逍遥游是“乘天地之正，而御六

1. 刘武：《庄子集解内篇补正》，中华书局1987年版，第1页。

气之辩，以游无穷”。“无穷”就是本篇和《应帝王》中的“无何有之乡”。《齐物论》也指出过逍遥游的所在：“乘云气，骑日月，而游乎四海之外”，“无谓有谓，有谓无谓，而游乎尘垢之外”。“无穷”“无何有之乡”“尘垢之外”等等就是“天下”之外。这个表面看来超脱于尘垢之外的“无何有之乡”其实是庄子心灵中的幻境。逍遥游只是自我与自我发生纯粹的关系，它阻断了与外在世界的一切关联，自我遨游于自我心境之中。骑日月、御飞龙、乘云气，看上去是那么寥廓幽远，其实不过是他在“游心”而已。

原来庄子实现逍遥游的起点是将自我彻底地孤立化和抽象化，从具有多方面规定的现实关系中逃离出来，退避到自己封闭的内心中去。“外天下”就是让丰富复杂的外在现实在心灵中成为空白，把自我向内完全集中到自身。通过这种心灵的内在化过程以后，自我摒弃了任何外在依赖而只依赖自我本身，自我与自我的同一保证了自我的逍遥，不必像鲲鹏去南溟要待六月的“海运”，不必像鸰雀只能起落于“榆枋之间”，也不像宋荣子还得“辩乎荣辱之境”。

庄子的逍遥游何以要在自我的心境中进行呢？这是当时严酷的现实逼迫的结果。当时的自然和社会都作为异己的力量压迫着人，自我在外在现实中感受不到任何“在家之感”，只能感受到冷酷的必然性主宰着一切。庄子把这种奴役人的必然性称为“命”。“命”的力量既不可抗拒，也不可捉摸，它在冥冥中摆布人，捉弄人，或者将王冠赐给无赖，或者将厄运送给忠良；力争富贵的反而贫穷，企求显达的不免潦倒。《大宗师》中的子桑霖雨十日而家无宿粮，他对自己贫困至此的原因十分困惑："吾思夫使我至此极者而弗得也。父母岂欲吾贫哉？天无私覆，地无私载，天地岂私贫我哉？求其为之者而不得也。然而至此极者，命也夫！"人在任何情况下都是命运的玩偶，只有老老实实听候它的发落——"无以人灭天，无以故灭命"（《秋水》）。

逍遥游不可能外在地表现于任何一种生活方式中。要么被不可认识的"命"所捉弄，要么被人为的仁义所桎梏，在身外的世界找不到一点安慰，所以，自我不得不从这个颠倒、冰冷、外在的世界逃回到自身，并断绝自我与这个世界的联系，从不能给他解脱的现实逃回到心灵，使自我疏离并超脱于这个世界之外，这才算走完了逍遥游的第一步："外天下"。于是，外在的不逍遥就转化成了内在的逍遥。

然而，并不是说想超拔于现实世界之外，自我马上就可以隔绝与外界的联系。生活中悲欢离合的交替，社会上邪恶与正义的消长，总要与人发生现实的或精神的联系，一发生联系就会形成彼此的牵扯和依赖，一形成依赖就不可能"逍遥游"。而要让精神固持于自身，自我就得对现实中的大小事物和巨细变化毫不动心。怎样才能做到这一点呢？眼见窃国贼成了万人畏恐的君侯，诚实正直者反而惨遭杀戮，能不愤慨激怒？眼见奸佞恶棍腰缠万贯，而勤劳百姓却饱受饥寒，能不感慨万端？只要肯定善恶、死生、贫富、穷达等差别的实在性，在理智和情感上就会产生好恶、取舍，就不可能不为这些变故所动心，这样"外天下"就成了一句痴人说梦的空话。因此，要在精神上“逍遥游”就须“外天下”，而要“外天下”就不得不“外物”。这样，庄子的逍遥游就转入了另一个心灵历程：“外物”。

他“外物”的法宝就是齐物——在心灵中抹杀万事万物差别的实在性，生即死，富即贫，穷与通是一回事，大与小并无二致……因而，自我就不必为生而烦恼，也不必为死而恐惧；不会因为通而骄人，也不会因为穷而沮丧。通过对一切存在物差异性和确定性的否定，自我就可以等视一切了，对任何事变就可以一律漠然视之：“万事皆一也……物视其所一而不见其所丧，视丧其足犹遗土也。”（《德充符》）这样，任何人生的变故祸福对我都毫无区别，于是就产生了自我的不动心状态：“生而不说，死而不祸。”（《秋水》）对一切事物的这种漫无差别的态度，使自我摆脱了外物的影响和束缚，虽然他不能指使命运赐给他王冠而不是枷锁，但他可以认为枷锁和王冠是一回事；虽然不能肯定自己必致通显而不会潦倒，但他可以觉得通显和潦倒毫无差别。无论是戴王冠还是戴枷锁，无论是做诸侯还是当乞丐，都不妨碍他“心意之逍遥”。

从心理现象上看，超脱了现实关系的自我是逍遥的，但这种逍遥是通过否定一切客观存在的确定性和差异性、通过躲进自我的意识之中赢得的，因而它实质上是逍遥游的幻影，逃进心灵中的自我并不能给现实存在的自我带来逍遥。作为主体的自我必然要“超出自身”，离开了所生活于其中的客观世界，他甚至没有办法获得对自身的确证，因为自我总是“由对象而意识到自己”的，“没有了对象，人就成了无”。[1]而且，生活于现实世界中的自我尽管可以主观上宣称身外的世界虚幻不实，但它却又以其千差万别的形态呈现在自我面前，因此，自我就会摇摆于自身同一和依赖于外在实在之间，“口头上宣称所看见、所听见的东西不存在，然而它自己本身却看见了，听见了”[2]。庄子一方面说世事原本无是无非，另一方面又驳斥儒家的仁义道德；一方面说“彼是莫得其偶”(《齐物论》)，另一方面又要分出个古与今、天与人来；一方面在理论上“齐一死生”，另一方面又在情感上以生为“赘疣”，以死为“至乐”；一方面宣称无所谓大小与远近，另一方面又分别出鲲鹏展翅南溟与鸮雀起止于枋榆。

庄子没有也不可能永远龟缩于自我之中，他与身外的世界总在不断地发生肯定或否定的关系，他免不了要与惠施等人争论是非曲直，免不了要对窃国的诸侯投以鄙夷的眼光，还免不了要对儒家的虚伪仁义心怀愤愤。看来仅仅在自我意识中“外天下”和“外物”，本身就已逻辑地肯定了“物”和“天下”的客观存在，只要还存在拼命想“外”“天下”和“物”的自我，“天下”和“物”就必然会与这个自我发生现实的关系，连庄子也不得不承认“绝迹易，无行地难”(《人间世》)，个体总要将其活动展现于相互依赖的现实世界。自我反复声称已忘掉外物和天下的时候，恰恰说明他还没有忘掉外物和

---

1. 费尔巴哈：《费尔巴哈哲学著作选集》下卷，商务印书馆1984年版，第29—30页。
2. 黑格尔：《精神现象学》上卷，商务印书馆1979年版，第139页。

外天下，这正如睡者声明自己已进入梦乡，恰好表明他还没有成眠一样。

二

因此，为了达到逍遥游的精神境界，自我又得开始新的心灵历程："外生"——彻底泯灭"自我意识"，即《逍遥游》中所说的"无己"。只有"无己"的人才是庄子所谓的"至人"，只有"至人"才能逍遥游。

在心灵中将"天下"和"物""外"掉，身外的客观事物并不因此而化为乌有，自我仍然受它的必然性所左右。自我不能使身外世界归于寂灭，于是回过头来使自我意识归于消亡；不能"外天下"和"外物"，于是就反过来"忘己"。"物"与"我"的对峙就是逍遥游的否定，自我为了自身的逍遥，在不能"外物"的情况下只好"外生"了。《德充符》说："死生、存亡、穷达、贫富、贤与不肖、毁誉、饥渴、寒暑，是事之变，命之行也。日夜相代乎前，而知不能规乎其始者也。"死生穷达这些冥冥的必然性无视人们美好的愿望和虔诚的祝福，它们像影子一样缠着人，可又不像影子那样顺着人。无奈，自我只好通过放弃自己的欲求、意志、目的，使自己消解于身外的世界，把本来与自己扞格的命运当作自己的目的，命运的滥施淫威反而成了自我目的的实现。《大宗师》说子舆得病后，"曲偻发背，上有五管，颐隐于齐，肩高于顶，句赘指天”，自己被病魔折磨成这般模样，他不仅“其心闲而无事”，还感恩戴德地赞叹道：“伟哉！夫造物者将以予为此拘拘也。”个体自觉地否弃了自己的意志，既不求生又不求死，既不求福也不求祸，已近于社会学意义上的死亡，自己的一切都听候命运的发落：“浸假而化予之左臂以为鸡，予因以求时夜；浸假而化予之右臂以为弹，予因以求鸮炙；浸假而化予之尻以为轮，以神为马，予因以乘之，岂更驾哉！”一个动物如果违背了自己的本性也会反抗，把人的手臂变成了公鸡还要笑嘻嘻地领受，庄子为此解释说：“夫得者，时也；失者，顺也。安时而处顺，哀乐不能入也，此古之所谓县解也，而不能自解者，物有结之。且夫物不胜天久矣，吾又何恶焉！”（同上）不能灭天就“灭”己，毁灭了自己的意志和欲求以后，人与世界的对抗和解了，一切内在和外在的束缚解除了，“外天下”和“外物”所不能实现的逍遥游现在实现了。

《逍遥游》巧妙地阐述了只有“无己”才能逍遥游：“若夫乘天地之正，而御六气之辩，以游无穷者，彼且恶乎待哉！故曰：至人无己，神人无功，圣人无名。”唐成玄英把“至人”“神人”“圣人”解释为同一的概念：“至言其体，神言其用，圣言其名。故就体语至，就用语神，就名语圣，其实一也。”[1]今天的解庄者仍多沿用此说。从庄子“彼且恶乎待哉”的强烈语气看，无待是逍遥游实现的前提，而“无名”的“圣人”和“无功”的“神人”则都有所待。求名

1. 成玄英：《庄子疏》，引自郭庆藩辑《庄子集释》，中华书局1961年版，第22页。

就是要求得社会对自己的承认，必然要斤斤计较世人的毁誉，因此求名者不能摆脱社会的束缚；“圣人”则置世人的毁誉于度外，做到“举世而誉之而不加劝，举世而非之而不加沮”，这种“无名”的“圣人”才算走完了逍遥游的第一步：“外天下”。不过，“无名”的“圣人”仍然汲汲于事功，只是求有大功于天下而不求有美名于天下而已。建立事功离不开物质实践和精神劳作，这样就要形成对身外之物的依赖。“圣人”只“外天下”而不能“外物”，“外物”只有“神人”才可做到。“神人”不仅无意于世俗的名声，而且放弃了对事功的追求，所以《逍遥游》说“神人”不“肯以物为事”。“神人”虽然不为功名所累，但还有清醒的自我意识，没有达到“无己”的境地。“有己”就必然“有待”，因为有“彼”就必有相对待的“此”。“藐姑射山”的“神人”“不食五谷”，“而游乎四海之外”，但还是免不了要“吸风饮露”(《逍遥游》)，只有“无己”的“至人”才足以当“彼且恶乎待哉”。

“圣人”“神人”“至人”的不同层次分别在《庄子》其他篇中随处可以找到佐证。《天地》说：“事求可，功求成，用力少，见功多者，圣人之道。”《徐无鬼》也说：“圣人并包天地，泽及天下，而不知其谁氏。”这明言“圣人”求功但不求名。“神人”呢？《人间世》有一则寓言说：子綦在商丘看到一棵大树，其枝拳曲不能做栋梁，树干木纹松散不能做棺椁，所以才免遭斤斧之伐而长得又高又大。他对此感叹道：“此果不材之木也，以至于此其大也。嗟乎神人，以此不材！”同篇另一段文字说，古人凡白额的牛、鼻孔上翻的猪和生痔疮的人都不用来祭河，巫祝以为这种动物和人不吉祥，但正是这些有缺陷的动物和人因此保全了性命，庄子于是赞叹道："巫祝……以为不祥也，此乃神人之所以为大祥也。""神人"不求功更不求名，只求以不才、无用避免人为的伤害，自己得以享尽天年，可见，"神人""无名""无功"但不能"无己"。真正能"无己"的是"至人"，《秋水》中又把"至人"称为"大人"："大人无己"。因此，"圣人"不能与"至人"或"大人"相提并论，《则阳》说："客，大人也，圣人不足以当之。"同时，"圣人"也要比"神人"低一个层次："圣人之所以駴天下，神人未尝过而问焉；贤人所以駴世也，圣人未尝过而问焉……"(《外物》)"圣人"比不上"至人"和"神人"，"神人"则高于"圣人"而低于"至人"，因为"神人"以无用而求享天年，没有达到"至人无己"之境。

本文之所以费许多"笔墨"阐述"至人""神人""圣人"的区别，是由于它们不仅关涉对《逍遥游》的理解，更涉及从整体上正确把握庄子逍遥游的本质。庄子的逍遥游并非常人的本能所能实现，而是要凭借复杂的精神活动，即通过自觉而且不断的否定过程，自我才能为自己赢得这种境界。如果是一个不断的否定过程，那么它就不是瞬间的顿悟可以完成，而是必须经过漫长的心灵历程才能实现。《大宗师》将这个心灵历程描述为"外天下"——"外物"——"外生"，它们刚好与《逍遥游》中的"无名"——"无功"——"无己"相对应。

三

《庄子》中“外生”“无己”“丧我”“坐忘”的含义相同，它们既是逍遥游的实现，也是逍遥游的前提。

现在的问题是：自我怎样达到“外生”“丧我”或“无己”？《大宗师》对此有过很具体的阐述：“颜回曰：‘回益矣。’仲尼曰：‘何谓也？’回曰：‘回忘仁义矣。’曰：‘可矣，犹未也。’他日复见曰：‘回益矣。’曰：‘何谓也？’曰：‘回忘礼乐矣。’曰：‘可矣，犹未也。’他日复见，曰：‘回益矣！’曰：‘何谓也？’曰：‘回坐忘矣。’仲尼蹴然曰：‘何谓坐忘？’颜回曰：‘堕肢体，黜聪明，离形去知，同于大通，此谓坐忘。’仲尼曰：‘同则无好也，化则无常也。而果其贤乎！’”“忘仁义”和“忘礼乐”只是做到了“外天下”和“外物”，所以说“犹未也”，“坐忘”才是“外生”“无己”“丧我”的境界，因此庄子借孔子之口大加称赞：“丘也请从而后也。”“坐忘”是怎么一回事呢？成玄英对后几句解释说：“堕，毁废也；黜，退除也。虽聪属于耳，明关于目，而聪明之用，本乎心灵。既悟一身非有，万境皆空，故能毁废四肢百体，屏黜聪明心智者也。”[1]不仅要泯灭自我意识，还要征服自己的生理机能，庄子的“无己”在这儿表现得最为彻底，否定自己意识、欲求还不够，还得禁绝生命的激情与冲动，做到像《齐物论》中所说的那样“形如槁木，心如死灰”，或者像《知北游》中

1. 成玄英：《庄子疏》，引自郭庆藩辑《庄子集释》，中华书局1961年版，第285页。

所描述的那样“形若槁骸，心若死灰”。

要想逍遥游就得“无己”，要“无己”就得去掉自己的情欲和意志，不管意志高尚还是卑下，情欲强烈还是微弱，对它们都得无知无觉、无拒无迎。当然，意志和欲求的否定须经过长期的自我搏斗，庄子在《庚桑楚》中提出摒弃二十四种生命的渴求：“贵、富、显、严、名、利六者，勃志也；容、动、色、理、气、意六者，谬心也；恶、欲、喜、怒、哀、乐六者，累德也；去、就、取、与、知、能六者，塞道也。”把上面这些生理或心理的机能去掉，生命的欲望之火就会熄灭，生命的意志冲动就将消亡，只剩下气息奄奄的残余躯壳，这样才进入了“至人无己”的行列。

除了“堕肢体，黜聪明，离形去知”外，顺世、游世也是达到“无己”“丧我”“外生”的途径。《德充符》中讲到卫国的丑人哀骀它，无君人之位以济人之死，无储聚之粮以饱人之腹，无过人之识以正人之误，又以面目丑恶骇天下，然而，男子和他相处不忍离开，女性见他后央求自己的父母说：“与为人妻，宁为夫子妾。”是什么使他有这么大的魅力呢？原来只是“未尝有闻其唱者也，常和人而已矣”。“和而不唱”就是顺世，它与“坐忘”只是方法上稍有不同，二者的实质殊无二致：交出自我。顺世或游世不是“堕肢体，黜聪明”，而是把本真的自我消解在他人的存在方式之中。削除或平整掉与他人的差异之处，也就是以他人的意志来取代自己的意志，以他人的欲望来替代自己的欲望。自我交出了自己的本真存在，在他人的发号施令中偷生：“彼且为婴儿，亦与之为婴儿；彼且为无町畦，亦与之为无町畦；彼且为无崖，亦与之为无崖。达之，入于无疵。”（《人间世》）“形莫若就，心莫若和”（同上），让身与心都失去自己的本真形态。这种顺世和游世就是与常人杂然共在，在这种杂然共在的非本真存在方式中，自我被抽象为人的平均数——“常人”。自我变成了“常人”就算是“无己”了，因为“常人”谁都不是，“常人”事实上就是无“此人”，自我在“常人”中被融化掉了。庄子对他的这一招很有些得意：“人能虚己以游世，其孰能害之！”（《山木》）的确，存在自我就必有失去自我之虞，假如在他人或社会剥夺自我以前，自我把自身预先出让给“常人”，已经没有了自我的时候谁还能剥夺自我呢？“游世”的本质和方式就是“虚己”，“虚己”与“无己”“外生”“丧我”“坐忘”是一回事。

庄子有时也讲“外化而内不化”（《知北游》），《人间世》中还说过：“内直而外曲。内直者，与天为徒。与天为徒者，知天子之与己皆天之所子……外曲者，与人之为徒也。擎跽曲拳，人臣之礼也。人皆为之，吾敢不为邪？”人们惯于将“内直外曲”和“外化内不化”，理解为通过外表上失去自我而真正内在地占有自我，庄子自己却说得很明白：“内直”就是把自己同化于无所不在而又一无所在的“天”——“与天为徒”；“外曲”就是把自我消失在他人之中——“与人为徒”。前者是把自我交给“天”或“命”或“道”，后者是把自我拱手让给“常人”，交出自我是一致的，差别只是交出自我的对象不同罢了。

没有“无己”“外生”或“丧我”就不能逍遥游，因此《庄子》中反复讲“无己”“虚己”“坐忘”“外生”“丧我”。人们常常在这个问题上缠绕不清，因此没有理解“吾丧我”的真谛(《齐物论》)，反而认为“吾丧我”中的“我，指偏执的我，吾，指真我”。[1]把“我”释为“偏执的我”或“假我”，把“吾”释为“真我”或“真吾”，既缺乏语义学的根据，又不符合庄子的本意，同时也与前人的理解大相径庭。许慎释“吾”为“‘我’自称也”。[2]《尔雅·释诂》曰：“吾，我也。”他又释“我”为“施身自谓也”。段玉裁注说：“不但云‘自谓’，而云‘施身自谓’者，取‘施’与‘我’古为叠韵。‘施’读施舍之施，谓用己厕于众中，而自称为则‘我’也。……《论语》二句而‘吾’‘我’互用。……盖同一‘我’义而语音轻重缓急不同。”[3]《庄子》中也常有“吾”“我”互用的：“彼近吾死而我不听”，“夫大块载我以形，劳我以生，佚我以老，息我以死。故善吾生者，乃所以善吾死也”(《大宗师》)。“吾”“我”互用与意义无关，更没有“真我”“假我”之别，只是由于二字“语音轻重缓急不同”，“吾”“我”互用以求声调顺口而已。庄子为了实现逍遥游，要舍弃“假我”，更要舍弃“真我”。“我”是“厕于众中而自称”的，有“真我”必定有他人或他物与之对待，有了对待就不能无待，不能无待谈何逍遥游？郭象的理解近于庄意：“‘吾丧我’，我自忘矣；我自忘矣，天下有何物足识哉！故都

---

1. 陈鼓应：《庄子今注今译》，中华书局1983年版，第35页。
2. 段玉裁：《说文解字注》，上海古籍出版社1981年版，第56—57页。
3. 段玉裁：《说文解字注》，上海古籍出版社1981年版，第632页。

忘外内，然后超然俱得。”[1]“吾丧我”就是主体的失落，就是自我意识的消亡。“荅焉似丧其耦”(《齐物论》)是对失落自我后的状态的描写，“耦”即匹对或对偶。物与我为对偶，丧我于内必定丧物于外，无已无物无彼无是：只有“是亦彼也，彼亦是也”，才可能是“彼是莫得其偶”(《齐物论》)，这样才可能实现“恶乎待哉”的逍遥游。

四

丧我于内与丧物于外的逍遥游，其物我两忘的状态与审美的物我两忘表面上十分相似，因此有的美学家把逍遥游说成是一种“审美态度”。[2]其实，逍遥游的物我两忘与审美的物我两忘是似是而非的两种东西，把逍遥游归结为审美不仅不能抬高逍遥游的身价，反而把二者的本质都给歪曲了。

首先，审美与逍遥游的发生过程不一样。审美是审美主体与审美对象的一见倾心，无须经过理智的算计、概念的抽象或逻辑的演绎，是审美主体在一瞬间内进入的境界，其中直觉或敏感起着主导

---

1. 郭象:《庄子注》，引自郭庆藩辑《庄子集释》，中华书局1961年版，第45页。
2. 李泽厚:《走我自己的路·庄子美学札记》，三联书店1986年版，第334页。参见李泽厚《中国古代思想史论》，人民出版社1985年版，第178、189页。另见李泽厚、刘纲纪《中国美学史》第1卷第1编第7章，中国社会科学出版社1984年版。

作用。审美就是“充满敏感的观照”，它“一方面涉及存在的直接的外在方面，另一方面也涉及存在的内在本质”，审美并没有把这两个方面分为两个过程来进行，“而是把对立的方面包括在一个方面里，在感性直接观照的同时了解到本质和概念”[1]。逍遥游的实现则要经过“外天下”—“外物”—“外生”，或者“无名”—“无功”—“无己”，由凡入“圣”，由“圣”达“神”，由“神”臻“至”，它并不像审美那样是在一刹那同时完成的，而是在时间中展开的不断否定的过程，是人生漫长而痛苦的心灵历程。把逍遥游等同于审美就无疑要否定“圣人”“神人”“至人”的区别，把“无名”“无功”“无己”当作同一的东西，将“外天下”—“外物”—“外生”中庄子所描述的心灵历程缩短为“心动”的一瞬。

其次，它们二者的发生机制也不相同。审美是审美主体与审美客体相互作用的结果，审美主体有赖于审美客体，“遵四时以叹逝，瞻万物而思纷；悲落叶于劲秋，喜柔条于芳春”[2]，“登山则情满于山，观海则意溢于海”[3]，主体在审美中悲、喜、叹、思、情、意的产生，离不开山、海、落叶、柔条等审美对象，审美中主体“神与物游”而不可无“物”（审美对象），离开了审美对象审美就不能发生，没有“美”的存在就没有审美的活动，用庄子的话来说，审美主体是

1. 黑格尔:《美学》卷一，商务印书馆1982年版，第167页。
2. 陆机:《文赋》,《陆机集》，中华书局1982年版，第1页。
3. 刘勰:《文心雕龙·神思》，范文澜《文心雕龙注》，人民文学出版社1958年版，第493—494页。

“有待”的。逍遥游则不仅不能像审美那样要设定审美对象，相反必须否定掉一切对象，必须“外天下”和“外物”，设定了对象就必定“有待”，“有待”就否定了逍遥游。展翅万里的鲲鹏、起止于枋榆之间的鸮雀、辩乎荣辱之境的宋荣子之所以都不能逍遥游，就正因为他们都是“有待”的。而且，审美一方面要设定审美客体，另一方面更要设定审美主体，但逍遥游则是以“无己”或“丧我”为其前提条件的。没有主体便没有审美，而有存在主体便没有逍遥游——“无己”则“逍遥”。

再次，审美与逍遥游时各自的心态更判然有别。审美中主体时而悠然会心，时而激动亢奋，时而紧张，时而松弛；或惊奇，或陶醉，或雀跃……它伴随着强烈的情感活动：“慷慨者逆声而击节，蕴藉者见密而高蹈，浮慧者观绮而跃心，爱奇者闻诡而惊听。”[1]逍遥游却是泯灭了自我意识，否定了主体的喜怒哀乐等所有情感反应的产物，其中不可能出现主体的悠然会心，不可能有激动昂奋，更不可能有审美中主体的那种生命的骚动、颤栗和欢娱，这儿只有抽空了心灵的古井无波，只有“形如槁木，心如死灰”的枯寂，只有无情无绪的宁静。庄子认为人“乐其性”和“苦其性”都破坏了“恬”（《在宥》），“容、动、色、理、气、意”和“恶、欲、喜、怒、哀、乐”都有碍逍遥游，“悲乐者，德之邪；喜怒者，道之过；好恶者，德之

1. 刘勰:《文心雕龙·知音》，范文澜《文心雕龙注》，人民文学出版社1958年版，第714页。

失”(《刻意》)。总之，审美必然伴随着丰富的情感活动，逍遥游则要弃绝任何情感活动。

最后，剩下来的就是物我两忘和超越于利害得失，这两种形态为审美和逍遥游所共有。正是它们容易使人把逍遥游与审美混为一谈:“因为超出眼前狭隘的功利，肯定个体的自由的价值，正是人对现实的审美感受的一个极其重要的本质特征。庄子哲学所提倡的人生态度，就其本质来看，正是一种审美的态度。”[1]既然涉及庄子逍遥游和审美本质的理解，它们双方“物我两忘”“超乎得失”的特质就不可不辨了。审美是审美主体与审美客体的相互进入和息息交流，其所以如此，是由于此刻的审美者和被审美者都是以主—客体的双重身份出现的,“太阳是植物的对象，是植物所不可缺少的，保证它的生命的对象，正像植物是太阳的对象一样”[2]，审美对象一如审美主体同它发生关系那样与审美主体发生关系。因此，审美中的物我两忘是审美主体与审美客体的相互肯定,“我见青山多妩媚，料青山、见我应如是”[3]，对象成了主体的本质的确证，主体品味、欣赏和陶醉于对象，也就是主体在对象中直观自身，审美中的无我状态本质上不是自我的丧失而是自我生命的强化。同时，这种自我生命

---

1. 李泽厚、刘纲纪:《中国美学史》第1卷，中国社会科学出版社1984年版，第241页。
2. 马克思:《1844年经济学—哲学手稿》，人民出版社1979年版，第121页。
3. 辛弃疾:《贺新郎》，邓广铭《稼轩词编年笺注》，上海古籍出版社1978年版，第338页。

的强化又不是以否定对象而是通过肯定对象来实现的，因而，在审美中，人为了对象的目的而与对象结合在一起，对象也为了人的目的而与人结合在一起，人以审美对象为中介，对象也以它的审美者为中介，各自通过对方而实现自身，这就是审美超越狭隘功利的秘密所在。庄子逍遥游的完成形态是“丧我”“外生”“无己”，它的物我两忘是“物”与“我”的双重否定：对象被抽象为不能加以规定的没有美丑是非之分的一团混沌，主体对它们毫不动心，而主体自身则又放弃了欲求、意志、情感和目的。这种物我两忘是“物”的消亡和“我”的萎顿，“物”既已被“齐一”，“我”也已“离形去知”，“物”与“我”同时堕入了一片黑暗的深渊。不管庄子的文笔如何飘逸超妙，不管逍遥游被描绘得怎样眩人心目，怎么也掩饰不了它“无己”或“丧我”——自虐的本质。逍遥游本身根本没有也不可能确立任何审美形态，因而，当然也就不能称它为一种泛审美的人生态度（庄子与美学的复杂关系容当另文论述）。

既然逍遥游的归宿不是审美，那么这种归宿的本质是什么呢？其实，庄子以“无己”为实现逍遥游的前提本身，就隐含着巨大的历史悖论：当个体占有自我的时候，就难逃“丧己于物，失性于俗”的厄运，要获得自我的独立，个体就必须舍弃自我意识；同样，当个体拥有自我时，自我就不可能逍遥游，要想自我能实现精神的逍遥游，就非放弃自我意识不可。这里，自我成了自我的否定，主体成了逍遥游的否定，于是，就出现了这样一对怪异的精神现象：以丧失自我来占有自我，以弃绝主体来换取逍遥游。然而，丧失了主体的逍遥游就是逍遥游本身的取消，庄子获得自我独立与逍遥之日，正是这种独立与逍遥的否定之时。被他描述得天花乱坠的逍遥游的真正归宿就是：自我与自由一并消亡。

这表明在当时给定的现实存在中，个体与逍遥游如冰炭不可共器，个体要么贬低自己去顺应异己的社会和自然，而这事实上是以“虚己”来取消个体；要么在自身的内在性中去寻找逍遥游，但这又要以弃绝自我为代价。庄子对个体内在精神逍遥游的高扬，恰恰表明个体外在地被桎梏和奴役的事实。然而，不能现实地占有自我的个体，也不能内在地占有自己的心灵，赢得逍遥游的唯一出路，不是从现实面前蒙面而逃，而是主动积极地改造这种现实，并进而达到主体与客体的和解。自我不可能逃避现实存在而不否定自身。庄子从寻求自我精神的逍遥开始，到三番五次要求“无己”“外生”“丧我”告终，经由否定对象（“天下”“物”）到否定自身（“己”“生”“我”）的漫长心灵历程，最后走向了自己目的的反面，他从否定的意义上给我们留下丰富而又深刻的启示。

原刊《东方丛刊》1994年第3—4期

玄学的兴盛与论说文的繁荣

——正始论说文的文化学阐释

正始时期大一统帝国的分裂、传统价值体系的失范以及王纲的解纽，使人们的思想从禁锢中解放出来，造就了一大批哲学奇才，思维既非常活跃，思辨也十分深刻，立说更异常新颖，思想界仿佛又进入了另一个百家争鸣的战国时代，章太炎就认为“魏晋之文”，“持论仿佛晚周”。[1]可惜人们通常只把这一时期的论说文当作思想史上宝贵的哲学论著，很少将它们视为文学史上难得的优美文章。其实，它们不仅“师心独见，锋颖精密”[2]，而且个性鲜明，语言优美，前人称其“守己有度，伐人有序，和理在中，孚尹旁达，可以为百

---

1. 章太炎:《国故论衡》，上海古籍出版社2003年版，第84页。
2. 刘勰撰、周振甫注:《文心雕龙注释》，人民文学出版社1981年版，第200页。

世师"[1]。我们试图从文章学的角度，在较为广阔的文化背景上阐释这些论说文的艺术特征及其成因。

一、"师心独见"与"非汤武而薄周孔"

一方面由于天下一统而思无二途，另一方面由于师弟相传不贵立异，所以汉世很少有人能在学术上自立门户。立论时别出机杼，敷旨大多依据六经，立说更不敢稍离师训，这使得汉世的论说文其下者往往以繁丽之辞文陈腐之义。章氏在《国故论衡·论式》中说："后汉诸子渐兴，迄魏初几百种，然其深达理要者，辨事不过《论衡》，议政不过《昌言》，方人不过《人物志》，此三体差可攀晚周，其余虽娴雅，悉腐谈也。"[2]他在《国学讲演录》中也说："汉人之文，后世以为高，然说理之作实寡。"[3]

东汉末年随着皇权的衰微，儒家的价值体系也失去了维系人心的力量，士人不再以此为准绳来臧否人物裁量执政，曹丕在《典论》中评论这一时期的社会思潮时说："桓、灵之际，阉寺专命于上，布衣横议于下，干禄者殚货以奉贵，要名者倾身以事势，位成乎私门，

1. 章太炎：《国故论衡》，上海古籍出版社2003年版，第84页。
2. 章太炎：《国故论衡》，上海古籍出版社2003年版，第82页。
3. 章太炎：《国学讲演录》，华东师范大学出版社1995年版，第246页。

名定乎横巷。由是户异议，人殊论。论无常检，事无定价。”[1]儒家价值标准不再能统一人们的思想，无论是发生的事件还是对事件的评价都开始离“经”叛“道”。“魏武好法术，而天下贵刑名；魏文慕通达，而天下贱守节，其后纲维不摄，而虚无放诞之论盈于朝野”[2]，正始期间儒家的价值规范受到士人普遍的怀疑、轻视和嘲讽，“纵情、背礼、败俗”在士人之间一时成为风尚。阮籍指责礼法之士“造音以乱声，作色以诡形，外易其貌，内隐其情，怀欲以求多，诈伪以要名”(《大人先生传》)，他在《咏怀》其六十七中辛辣地讥讽了礼法之士道貌岸然而又贪婪卑劣的丑态。

在理论上首先是言意之辩动摇了儒家经典文本的神圣性，玄学家认为“理之微者，非物象之所举也。今称立象以尽意，此非通于意外者也，系辞焉以尽言，此非言乎系表者也。斯则象外之意，系表之言，固蕴而不出矣”，因而“六籍虽存，固圣人之糠秕”。[3]嵇康接着又由否定“六籍”进而否定“圣人”本身，公开声言自己“非汤武而薄周孔”(《与山巨源绝交书》)，提出“越名教而任自然”(《释私论》)的命题。正始恰处在这一文化转型的历史时期，旧的权威业已衰落而新的权威尚未确立，一方面固然造成“论无定检”的思想混乱，另一方面又使作家可以不循前轨独标新义，因而形成此时论

1. 曹丕:《魏文帝集》,《三曹集》，岳麓书社1992年版，第226页。

2. 房玄龄等:《晋书》，中华书局1974年版，第1317—1318页。

3. 陈寿:《三国志》，中华书局1982年版，第319—320页。

说文“师心独见”的特点。《文心雕龙·才略》称“嵇康师心以遣论，阮籍使气以命诗”，有的学者中肯地指出这两句是“互文见义”。[1]当然不仅仅嵇康、阮籍如此，正始的其他作家遣论又何尝不是师心使气呢？

“师心独见”就是写论说文时既不仰古人的鼻息，也不随当时的大流唱和，而是经由认真思考独得于心。嵇康在《声无哀乐论》中对此有明确的表述：“夫推类辨物，当先求自然之理。理已定，然后借古义以明之耳。今未得之于心，而多恃前言以为谈证，自此以往，恐巧历不能纪耳。”只有“师心”才能“独见”，掇拾“前言”就会了无新意。如果只知道引经据典，通篇充斥着圣贤的古训，自己的思想就将窒息停滞，自己的大脑就成了古人的跑马场。嵇康对桎梏于名教之内的学者深不以为然：

> 今子立六经以为准，仰仁义以为主；以规矩为轩驾，以讲诲为哺乳；由其途则通，乖其路则滞；游心极视，不睹其外；终年驰骋，思不出位。[2]

> 驰骋于世教之内，争巧于荣辱之间，以多同自减，思不

1. 郭预衡：《中国散文史》，上海古籍出版社1980年版，第420页。
2. 嵇康撰、戴明扬校注：《嵇康集校注》，人民文学出版社1962年版，第262页。

出位。[1]

“立六经以为准”，“以规矩为轩驾”，即使“终年驰骋”也会“思不出位”，同时要做到“师心独见”还要敢于不同于“常人”，敢于质疑“常理”(《难宅无吉凶摄生论》)，敢于否定“常论”，敢于超出“常人之域”，假如“使奇事绝于所见，妙理断于常论，以言通变达微，未之闻也”(《答难养生论》)。

嵇康就是“师心独见”的典范，他立说往往与古时旧说相左。我们来看看他的《难自然好学论》一文。张邈《自然好学论》称人们诵习六经就像长夜“得照太阳”，使人变得情喜而智开，学习礼教（名教）与人的本性（自然）是和谐一致的。这一观点其实是《论语》“学而时习之，不亦说乎”的延伸，是玄学中“名教与自然合一”思想在读经这一问题上的展开。嵇康针锋相对地反驳说：“推其原也，六经以抑引为主，人性以从欲为欢；抑引则违其愿，从欲则得自然。然则自然之得，不由抑引之六经；全性之本，不须犯情之礼律。故仁义务于理伪，非养真之要术；廉让生于争夺，非自然之所出也。由是言之，则鸟不毁以求驯，兽不群而求畜；则人之真性，无为正当自然耽此礼学矣。”[2]他认为读经习礼违背人的本性，人们学

1. 嵇康撰、戴明扬校注:《嵇康集校注》，人民文学出版社1962年版，第187页。

2. 嵇康撰、戴明扬校注:《嵇康集校注》，人民文学出版社1962年版，第260—261页。

习六经是现世利益驱使的结果，“积学明经以代稼穑”，“困而后学以致”“荣利”。他进而十分激烈地指出：“今若以明堂为丙舍，以诵讽为鬼语，以《六经》为芜秽，以仁义为臭腐；睹文籍则目瞧，修揖让则变伛，袭章服则转筋，谭礼典则齿龋。于是兼而弃之，与万物为更始，则吾子虽好学不倦，犹将阙焉。则向之不学，未必为长夜，《六经》未必为太阳也。”[1]在司马氏集团借名教钳制士人思想，鼓励人们读儒家经典的时候，嵇康发表这样大胆的议论显示出了他的理论锋芒和道德勇气。

嵇康的《声无哀乐论》也是引起魏晋玄学家热烈争论的话题。传统的儒家音乐理论主声有哀乐。《左传·襄公二十九年》吴国公子季札到鲁国观乐，边听边对不同的音乐发出不同的评论和赞叹：“勤而不怨”“忧而不惧”“至矣哉！直而不倨，曲而不屈，迩而不逼，远而不携，迁而不淫，复而不厌，哀而不愁，乐而不荒”等。[2]荀子的《乐论》将声有哀乐论阐发得更为详尽，《礼记·乐记》同样代表了儒家的音乐理论：“凡音之起，由人心生也……其本在人心感于物也。是故其哀心感者，其声噍以杀；其乐心感者，其声啴以缓。”[3]嵇康则一反成说，认为“声音自当以善恶为主，则无关于哀乐；哀

1. 嵇康撰、戴明扬校注：《嵇康集校注》，人民文学出版社1962年版，第262—263页。
2. 杜预：《春秋左传集解》，上海古籍出版社1988年版，第1121—1122页。
3.《礼记·乐记》，郑玄注、孔颖达正义《礼记正义》，上海古籍出版社2008年版，第1456页。

乐自当以情感而后发，则无系于声音”。音乐以其自身的美妙与否为主，而无关于人的哀乐之情，哀乐之情源于人的感情变化，而与音乐是否美妙没有关系。音乐本身是否有哀乐至今仍然是音乐家和理论家们的不解之谜，但这丝毫不影响嵇康此文的理论价值，他能提出这一问题就说明他思辨的深度。他的《管蔡论》《释私论》《明胆论》《养生论》《难宅无吉凶摄生论》等论说文，每篇都言前人所不能言，无一不是“师心独见”的杰作。张溥在《嵇中散集题辞》中说：“集中大文，诸论为高，讽养生而达老庄之旨，辨管蔡而知周公之心，其时役役司马门下者，非为不能作，亦不能读也。”[1]

玄学的兴盛使一大批思想家宅心玄远，经虚涉旷，得以跳出儒家传统论说文不是议政便是论史的窠臼，或追问命运，如李康的《运命论》；或阐明本体，如何晏的《无名论》，王弼的《老子指略》，夏侯玄的《本无论》；或讨论才性，如锺会的《四本论》，阮德如的《才性论》；或研究养生，如嵇康的《养生论》《答难养生论》，阮德如的《宅无吉凶摄生论》；或探究言与意，如王弼的《明象》，一时精义泉涌，妙论纷呈。不少论者认为此时的思想界，虽在广度和规模上比不上战国，但在立论的新颖和深度上却有过之而无不及。

1. 张溥著、殷孟伦注：《汉魏六朝百三家集题辞注》，人民文学出版社1960年版，第92页。

二、“锋颖精密”与“校练名理”

正始论说文不仅义理上“师心独见”，而且论证过程“锋颖精密”。其辩论的激烈和逻辑的严谨，上可与先秦诸子双峰并峙，下则成为一千多年封建社会论说文难以逾越的高峰，难怪后世称此时的论说文为“论之英也”[1]。

正始论说文之所以能剖析幽微，严谨精密，与当时的文化氛围及其士人逻辑水平的提高息息相关。前文已谈到曹操时“天下贵刑名”，《文心雕龙·论说》中也指出：“魏之初霸，术兼名法，傅嘏、王粲，校练名理。迄至正始，务欲守文，何晏之徒，始盛玄论。”[2]“名法”即刑名和法术。汉武帝定儒学于一尊后，先秦的名学陷于沉寂，汉魏之际魏武帝以法术治国，人们通过循名究理的形名学研究治国之术，加之曹操有鉴于当时社会舆论和用人只“采其虚名，少于核实”造成的恶果，强调评价人才应“循名责实”“名实相副”[3]。这些因素导致人们对名学的重视。当时“校练名理”的不只是王、傅二人，《三国志·魏书》卷二十八注引荀绰《冀州记》说，邵俞“辩于论议，采公孙龙之辞以谈微理”[4]。不过，汉魏之交大多数士人只是开始对名学产生深厚的兴趣，还不能娴熟地运用名学知识于论说文的

1. 刘勰撰、周振甫注:《文心雕龙注释》，人民文学出版社1981年版，第201页。
2. 刘勰撰、周振甫注:《文心雕龙注释》，人民文学出版社1981年版，第200页。
3. 陈寿:《三国志》，中华书局1982年版，第347—348页。
4. 陈寿:《三国志》，中华书局1982年版，第781页。

写作中，除少数作家外，多数操觚者还不善于持论，刘勰就很不客气地批评"孔融《孝廉》，但谈嘲戏；曹植《辨道》，体同书抄"[1]。明张溥将阮籍与曹氏父子相比较说："曹氏父子，词坛虎步，论文有余，言理不足。嗣宗视之，犹轻尘之于泰岱。"[2]

正始玄学家几乎都注重逻辑训练，人们常常称赞他们"善名理"，如《三国志·魏书》卷二十八载锺会"精练名理"，《世说新语·贤媛》注引《陈留志名》称阮侃"饬以名理"，《太平御览》卷五九五称嵇康"研至名理"，《三国志》卷二十八注引何劭《王弼传》说王弼"通辨能言"，"锺会论议以校练为家，然每服弼之高致"。[3]王弼自己也认为概念的准确明晰和论证的逻辑严谨是从事理论探讨的基础："不能辨名，则不可与言理；不能定名，则不可与论实。"[4]

此时的形名学有所谓"名实派"与"名理派"之分，二者不可截然分开，它们分别属于魏晋形名学两个不同的逻辑层面：名实即形名学中"校实定名"，名理即形名学中的"辨名析理"。"校实定名"是通过辨"形"来定"名"以求"实"的方法，"辨名析理"是通过研究概念的异同及其联系来分析事物规律的方法，"辨名析理"是在"校实定名"的基础上进行的。名实的本质是分析名（概念）与实（本

1. 刘勰撰、周振甫注：《文心雕龙注释》，人民文学出版社1981年版，第201页。
2. 张溥著、殷孟伦注：《汉魏六朝百三家集题辞注》，人民文学出版社1960年版，第89页。
3. 陈寿：《三国志》，中华书局1982年版，第795页。
4. 王弼：《老子指略》，楼宇烈《王弼集校释》，中华书局1980年版，第199页。

质）的关系，名理则是在此基础上阐明事物的本质规律，它所常用的方法是比较和确定各概念的内涵和外延的逻辑关系。

李充在《翰林论》中指出：“研求名理而论生焉。论贵于允理，不求支离。”[1]正始论说文之所以能“锋颖精密”，就是因为此时大多数论文作者自觉地应用形名学的逻辑方法，有些玄学家还严格地遵循形名学规则来建构其理论体系。我们来看看王弼是如何按形名学方法推出他的“以无为本”的本体论的：

> 夫物之所以生，功之所以成，必生乎无形，由乎无名。无形无名者，万物之宗也。不温不凉，不宫不商。听之不可得而闻，视之不可得而彰，体之不可得而知，味之不可得而尝。故其为物也则混成，为象也则无形，为音也则希声，为味也则无呈。故能为品物之宗主，苞通天地，靡使不经也。若温也则不能凉，宫也则不能商矣。形必有所分，声必有所属。故象而形者，非大象也；音而声者，非大音也。[2]

王弼从听、视、体、味几个方面去辨知“道”，其结果是“道”

---

1. 李充：《翰林论》，引自刘师培《刘师培中古文学论集》，中国社会科学出版社1997年版，第38页。
2. 王弼：《老子指略》，楼宇烈《王弼集校释》，中华书局1980年版，第195页。

既无形又无声。形名学中“名”产生于“形”，因而无形的“道”也就无名了，既无形又无名的“道”就简称为“无”，“无”也就与宇宙本根的“道”同一了。有形有名的万事万物其共同属性即存在也即“有”。这样，“道”与万物的关系就转换成了“无”与“有”的关系，“万物生于道”这一命题从形名学的角度就转换成了有生于无，“以无为本”的本体论于是确立。[1]

嵇康的论说文是“锋颖精密”的典范，如他在《释私论》中首先严格地限定他文中“公”与“私”这两个概念的内涵。他所谓“公”并非我们常说的为公众利益着想或献身的精神，“私”也不是通常意义上为个人利益打算的杂念。他的“公”与“私”不涉一般意义上“善恶”“是非”的道德判断。“公私”与“是非”“善恶”是三组不同的概念。作者先分辨了“公私”与“善恶”的区别：“故论公私者，虽云志道存善，心无凶邪，无所怀而不匿者，不可谓无私；虽欲之伐善，情之违道，无所抱而不显者，不可谓不公。今执必公之理，以绳不公之情，使夫虽为善者，不离于有私；虽欲之伐善，不陷于不公。”可见，“公”是指坦露自己内心的真情实感，“私”则反之。接着他以东汉显宦第五伦为例阐明“公私”与“是非”的区别：第五伦曾坦言“昔吾兄子有疾，吾一夕十往省，而反寐自安；吾子有疾，终朝不往视，而通夜不得眠”。嵇康就此分疏了“公私”与“是非”两组概念，他说“私以不言为名，公以尽言为称”，“第五伦显情，是无私

1. 王晓毅：《王弼评传》，南京大学出版社1996年版，第201—210页。

也；矜往不眠，是有非也”。如果把“有非”当成“有私”，那就“惑于公私之理”了。该文旨在肯定那种“显情无措”的坦荡襟怀，提倡“任心无穷”的磊落人格。对所用概念的内涵进行严格的规定，对各概念的异同进行分梳，是论说文“锋颖精密”的基础，在此基础上才可以剖幽析微，分肌擘理。

正始论说文中有许多是辩论性的文章，此时玄学家们既与自己政治思想倾向不同的人展开辩论，如张邈的《自然好学论》和嵇康的《难自然好学论》，更常常与自己政治态度相近且思辨水平相当的知己进行思想交锋，如嵇康的《养生论》《答难养生论》，向秀的《难养生论》，又如阮德如的《宅无吉凶摄生论》《释难宅无吉凶摄生论》，嵇康的《难宅无吉凶摄生论》《答释难宅无吉凶摄生论》，还有嵇康《声无哀乐论》中“东野先生”（即作者自己）与“秦客”（辩论的客方）就音乐本身是否有哀乐展开的争论。这些论辩文章最能显示正始论说文“锋颖精密”的艺术特点。辩论为的是“辨正然否，穷于有数，究于无形，钻坚求通，钩深取极；乃百虑之筌蹄，万事之权衡也。故其义贵圆通，辞忌枝碎，必使心与理合，弥缝莫见其隙；辞共心密，敌人不知所乘”[1]。为了确立自己的观点和驳倒对方的观点，一方面要使自己的论证过程严谨精密，做到“弥缝莫见其隙”，让论敌“不知所乘”；一方面又要敏锐地发现论敌逻辑上的漏洞，借以暴露

1. 刘勰撰、周振甫注:《文心雕龙注释》，人民文学出版社1981年版，第200—201页。

其论点的虚假和错误，因而论辩文章必然要同时用到建构式论证和反驳式论证。

如嵇康就经常指出对方在论证过程中的逻辑谬误：一是以不同类事物进行推论，即“以非同类相推”。譬如，《声无哀乐论》中“秦客”以《左传》所载“葛卢闻牛鸣，知其三子为牺”为例说明“声有哀乐”。嵇康从另一视角阐释了这一事件，并据此对“秦客”进行了有力的反驳：“若谓鸣兽皆能有言，葛卢受性独晓之，此为解其语（戴明扬校注本为‘称其语’，吴宽丛书堂钞本为‘解其语’，从吴本）而论其事，犹译传异言尔。不为考声音而知其情，则非所以为难也。”[1]即使葛卢听牛鸣便“知其三子为牺”，那也只是理解牛的语言而知其事，不是欣赏音乐而知其情，仍不能由此得出“声有哀乐”的结论。二是以必然喻未必然，即以必然的事物去推论未必然的东西，如张邈在《自然好学论》中以口之于甘苦出于自然，推出人类同样自然好学的结论，嵇康在《难自然好学论》中反驳说：“夫口之于甘苦，身之于痛痒，感物而动，应事而作，不须学而后能，不待借而后有，此必然之理，吾所不易也。今子以必然之理，喻未必然之好学，则恐似是而非之议，学如米粟之论，于是乎在也。”[2]口之于甘苦是“感物而动”的生理性反应，学习六经是“先计而后学”的

---

1. 嵇康撰、戴明扬校注：《嵇康集校注》，人民文学出版社1962年版，第210页。
2. 嵇康撰、戴明扬校注：《嵇康集校注》，人民文学出版社1962年版，第261—262页。

理性强制性行为，从前者并不能推出后者。

辩论的双方常指出论敌在论证过程中的逻辑错误，嵇康就经常发现论敌违反逻辑的排中律和矛盾律。我们先看看嵇康运用排中律反驳对手违反逻辑规则的例子。阮德如在《释难宅无吉凶摄生论》中认为墨子的明鬼与董无心的无鬼皆属“偏辞”，他一方面“托心无鬼，而齐契于董生”，一方面又“复显古人之言，惧无鬼之弊”，“欲弥缝两端，使不愚不诞，两讥董墨，谓其中央可得而居”。嵇康指出论敌“辞辨虽巧，难可俱通”，在墨子的有鬼和董无心的无鬼这两个彼此矛盾的思想中不可能都假，其中必有一真，阮“两讥董墨”徒然只使得自己“貌与情乖”[1]。《声无哀乐论》中“秦客”为了证明“声有哀乐”，时而说“声音无常”，锺子知伯牙之志无须“借智于常音，借验于曲度”，时而又肯定“季子听声，以知众国之风；师襄奏《操》，而仲尼睹文王之容”。嵇康指出“秦客”违反了逻辑中的排中律：“案如所云，此为文王之功德，与风俗之盛衰，皆可象之于声音；声之轻重，可移于后世；襄涓之巧，可得之于将来。若然者，三皇五帝可不绝于今日，何独数事哉？若此果然也，则文王之《操》有常度，《韶》《武》之音有定数，不可杂以他变，操以余声也。则向所谓声音之无常，锺子之触类，于是乎踬矣；若音声之无常，锺子之

1. 嵇康撰、戴明扬校注：《嵇康集校注》，人民文学出版社1962年版，第293—294页。

触类其果然耶，则仲尼之识微，季札之善听，固亦诬矣。”[1]

我们再来看看嵇康如何运用矛盾律来揭露论敌论证过程中的逻辑问题。阮德如在《宅无吉凶摄生论》中既说寿夭为性命自然，非人力所能改变，又说寿夭取决于人为努力。在这彼此矛盾的判断中必有一假，嵇康很快就写出了《难宅无吉凶摄生论》一文，敏锐地抓住了对方思维中的逻辑混乱：“既曰寿夭不可求，甚于贫贱；而复曰善求寿强者，必先知夭疾之所自来，然后可防也。然则寿夭果可求耶？不可求耶？既曰彭祖七百，殇子之夭，皆性命自然，而复曰不知防疾，致寿去夭，求实于虚，故性命不遂。此为寿夭之来，生于用身；性命之遂，得于善求。然则夭短者，何得不谓之愚？寿延者，何得不谓之智？苟寿夭成于愚智，则自然之命不可求之论，奚所措之？凡此数者，亦雅论之矛楯矣。”[2]

除反驳对方的论证外，嵇康论说文中还常通过反驳对方论据以驳倒对方的论点，即他在《声无哀乐论》中所谓“借子之难，以立鉴识之域”的反驳方法。论辩时先假定对方的论点为真，并列出论敌可能用来论证的证据，再一一加以反驳。如《声无哀乐论》中“秦客”举“羊舌母听闻儿啼，而审其丧家”为例以证明“声有哀乐”。嵇康先提出羊舌母闻儿啼便知其将来必丧家的两种可能性：“为神心独悟

---

1. 嵇康撰、戴明扬校注：《嵇康集校注》，人民文学出版社1962年版，第203页。
2. 嵇康撰、戴明扬校注：《嵇康集校注》，人民文学出版社1962年版，第276—277页。

暗语而当耶？尝闻儿啼若此其大而恶，今之啼声似昔之啼声，故知其丧家耶？”[1]接着再逐一加以反驳，指出这两种可能性都站不住脚，因而“声有哀乐”的论点也就无法成立。

由于正始作家有“校练名理”的逻辑训练，他们阐述自己的观点时运思严密，发现论敌的逻辑破绽时又特别敏锐，自然就形成了这一时期论说文“锋颖精密”的特色。

三、“金声玉振”与“文章之美”

人们常以“金声玉振”称誉正始之音[2]，不仅由于此时玄学家论辩的激烈精彩和思维的缜密敏捷，还由于彼此的口舌之妙与吐属之美。章太炎、刘师培曾多次论及正始论说文“文章之美”与清谈的关系，刘永济在《十四朝文学要略》中也说正始时期“此标新义，彼出攻难，既著篇章，更申酬对。苟片言赏会，则举世称奇，战代游谈，无其盛也”[3]。正始清谈直接或间接地影响此时论说文的思辨深度和艺术个性。嵇康的《声无哀乐论》便是他与“秦客”论辩的记录整理，他与向秀关于“养生”的相互论难，与阮德如围绕“宅无吉凶”

1. 嵇康撰、戴明扬校注：《嵇康集校注》，人民文学出版社1962年版，第213页。
2. 房玄龄等：《晋书》，中华书局1974年版，第1317—1318、1067页。
3. 刘永济：《十四朝文学要略》，黑龙江人民出版社1984年版，第144页。

展开的争论，与吕安就“明胆”展开的商榷，与张邈因“好学”与“自然”而进行的交锋，都是所谓“此标新义，彼出攻难”的产物。刘师培认为《嵇康集》中“虽亦有赋箴等体，而以论为最多，亦以论为最胜，诚属前无古人，后无来者”[1]。这些论说文大部分是与人论辩的文章，文中“反正相间，宾主互应，无论何种之理，皆能曲畅旁达”[2]，既具有分肌擘理的论辩智慧，也富于巧譬曲喻的语言技巧，读这些相互论辩的文章仍能感受到当时玄学家们的唇枪舌剑和文采风流。如阮德如在《宅无吉凶摄生论》中说人的寿夭祸福是“性命自然”而无关乎住宅，“命有所定，寿有所在，祸不可以智逃，福不可以力致”。嵇康《难宅无吉凶摄生论》中反问道：“唐虞之世，命何同延？长平之卒，命何同短？”阮的《释难宅无吉凶摄生论》回敬说：“唐虞之世，宅何同吉？长平之卒，居何同凶？”为了在辩论中居于不败之地，论辩者不仅要想法使意翻新而出奇，还得做到理无微而不达，不管是舌战还是笔争，其文无意不新，其言无辞不巧。

嵇康认为论辩时应先抓住论题的主旨，再由此推出其旁枝末节，也就是先举起“纲领”再“顺端极末”梳理“网目”(《明胆论》)。嵇康的论说文“纲举目张”，如剥芭蕉似的层层深入，阐述己意则持论连贯运思严密，反驳他人则高屋建瓴势如破竹。刘勰称“嵇志清

1. 刘师培：《中古文学论集》，中国社会科学出版社1997年版，第114页。

2. 刘师培：《中古文学论集》，中国社会科学出版社1997年版，第128页。

峻”[1]，其诗如此，其文亦然。文“清”便不支离杂乱，文“峻”则不冗弱散缓。与嵇康辩论的向秀、阮德如等人论辩的方法和嵇康十分相近，其文风与嵇康也相去不远。

辩论的双方既以析理之微使人叹服，也以言辞之美让人称快。正始论说文常用巧譬曲喻以明理，如《声无哀乐论》以人和食物为喻阐明音乐自身有美与不美之分而无哀与乐之别：“今以甲贤而心爱，以乙愚而情憎，则爱憎宜属我，而贤愚宜属彼也。可以我爱而谓之爱人，我憎而谓之憎人；所喜则谓之喜味，所憎则谓之怒味哉？”又如他的《答难养生论》说：“夫嗜欲虽出于人，而非道之正，犹木之有蝎，虽木之所生，而非木之所宜也。故蝎盛则木朽，欲胜则身枯。”这些比喻使得抽象的义理变得生动形象。清谈使“正始名士”和“竹林名士”出言都讲究修辞的技巧，立论注意语言节奏的和谐，行文注意语言形式的整饬，如王弼在《周易略例·明象》中便以优美的骈文阐发玄远的哲理：

故自统而寻之，物虽众，则知可以执一御也；由本以观之，义虽博，则知可以一名举也。故处璇玑以观大运，则天地之动未足怪也；据会要以观方来，则六合辐辏未足

1. 刘勰撰、周振甫注：《文心雕龙注释》，人民文学出版社1981年版，第49页。

多也。故举卦之名，义有主矣；观其《彖辞》，则思过半矣。[1]

《魏氏春秋》说王弼“论道约美不如晏，自然拔出过之”，其实王弼、何晏的论说文都以简约标美，王弼的文章多以骈句成篇，句式虽然对偶，句型却很灵活，难怪刘勰称其文“要约明畅”[2]，刘师培许以“文质兼茂”了。[3]王世贞在《艺苑卮言》中说：“嵇叔夜土木形骸，不事雕饰，想于文亦尔，如《养生论》《绝交书》……类信笔成者，或遂重犯，或不相续，然独造之语，自是奇丽超逸，览之跃然而醒。”[4]如《答难养生论》：“穆然以无事为业，坦尔以天下为公。虽居君位，飨万国，恬若素士接宾客也。虽建龙旂，服华衮，忽若布衣之在身。故君臣相忘于上，烝民家足于下。岂劝百姓之尊己，割天下以自私，以富贵为崇高，心欲之而不已哉！”[5]这种语言骈散相间奇偶相生，的确给人以“奇丽”而又“超逸”的审美感受。

正始论说文各自的艺术个性十分鲜明，嵇康、阮籍与王弼、何晏、夏侯玄固不相类，嵇、阮二人论说文的风格也各不相同。与王、何的简约明畅相比，嵇、阮的论说文都显得艳逸壮丽，但如细加分

1. 王弼：《周易略例·明彖》，楼宇烈《王弼集校释》，中华书局1980年版，第591页。
2. 刘勰撰、周振甫注：《文心雕龙注释》，人民文学出版社1981年版，第201页。
3. 刘师培：《中古文学论集》，中国社会科学出版社1997年版，第36页。
4. 王世贞：《艺苑卮言》，人民文学出版社1962年版，第391—392页。
5. 嵇康撰、戴明扬校注：《嵇康集校注》，人民文学出版社1962年版，第171页。

别，嵇、阮的文风又各有其面目。嵇文丽而峻，以立意新奇和析理绵密取胜，具有雄辩的逻辑力量；阮文丽而逸，《乐论》《通易论》《达庄论》《通老论》等，都不是从逻辑上层层推进节节转深，析理之功远不如嵇文，但他的思维跳脱而文句飘逸，如《达庄论》一起笔就说“万物权舆之时，季秋遥夜之月，先生徘徊翱翔，迎风而游”，这样的文句富于诗人的想象与激情，全文也洋溢着飘逸的诗兴。曹冏的《六代论》、李康的《运命论》，在正始论说文中别具机调，二文都写得洋洋洒洒，以其体势的恢宏和气势的壮阔为人称道。

这里我们只是粗略地阐释了正始玄风如何影响其时论说文的文意与文风，这是个复杂而有趣的论域，今后无疑会有更多的人来深入地探讨它。

原刊《华中师范大学学报（人文社会科学版）》

2000年第4期

入世·愤世·超世

——比较分析左思、鲍照的人生境遇与人生抉择

历史常常有许多惊人的巧合，譬如六朝诗人鲍照在不少方面就好像是左思的“克隆”：这两位著名诗人都生活在门阀制度占统治地位的六朝，他们都同样富有才情，又都出身于寒门，同样都有一个因聪慧而被选入宫中的妹妹，还有着大致相近的人生境遇，甚至都是山东籍的诗人。过去，不少诗评家还认为就诗歌的风骨、气势、情调而言，左思、鲍照也是一脉相传，牟愿相在《小澥草堂杂论诗》中就说：“左一传而为鲍照，再传而为李白。”[1]清另一诗论家沈德潜也说：“太冲《咏史》，不必专咏一人，专咏一事，咏古人而己之性情俱见。此千秋绝唱也。后惟明远、太白能之。”[2]鲍照本人也不时

1. 郭绍虞编选:《清诗话续编》，上海古籍出版社1983年版，第922页。

2. 沈德潜:《古诗源》，中华书局1963年版，第166页。

将自己与左思进行对照和比较。锺嵘《诗品》卷下载："照尝答孝武云：'臣妹才自亚于左棻，臣才不及太冲尔。'"[1]明眼人一看就知道这种自谦中隐含着自负，左思和鲍照的时代虽有先后，但诗才和文才都难分轩轾。当然人们更多的只是看到他们相同的一面，而很少论及二人的不同之处。这里我们不拟泛论左思与鲍照诗才诗风的优劣异同，只是比较分析他们二人的人生境遇、人生意识和人生抉择，以及左右他们各自不同人生抉择的深层动因，并由此探寻晋宋之际寒士精神的发展历程与时代的价值取向。

一

左思和鲍照都对自己的才华十分自信，都有很高的用世热情，自然也都有很强的功名心和富贵欲。

左思虽家世儒学，但在魏晋仍属寒门，其妹左棻在《离思赋》中有"蓬户侧陋"之叹，直到妹妹以才华入宫时他才"移家京师"。史载左思"貌寝口讷""不好交游"[2]，看来他的性格相当内向。左思要为世所重至少有几重主客观障碍：在那个讲究门第身份的时代，他的寒素家世无疑会给他造成麻烦；魏晋士人普遍崇尚清谈，而他

1. 曹旭：《诗品集注》，上海古籍出版社1994年版，第444页。
2. 房玄龄等：《晋书》，中华书局1974年版，第2376页。

偏偏又十分“口讷”；当时社会都看重“容止”风度，而他本人却“貌寝”“丑悴”。据《世说新语·容止》载：“妙有姿容”的潘岳在洛阳道上，遇上他的女性“莫不连手共萦之”以便多看他一眼，“绝丑”的左思在街上群妪见而唾之。由于他慧于心却讷于口，美才气但丑于形，在生活中肯定常受到别人的轻视和冷眼，他受到的挫折和打击之重更不难想象，连他父亲都曾不负责任地对友人说：“思所晓解，不及我少时。”（同上）外貌丑陋和生理缺陷成了他奋发向上的刺激，激起他对优越感目标的追求。

起初，左思试图凭借自己的文学天才，以出色的文学成就寻求社会对自我价值的承认，《三都赋》的写作就是他追求优越感目标的一次艰苦努力。[1]《晋书》本传称他写《三都赋》“构思十年，门庭藩溷，皆着纸笔，遇得一句，即便疏之”[2]。为了写好《三都赋》，他认真揣摩张衡的《二京赋》，翻阅了大量的文献资料，在《三都赋序》中自述其写作经过说：“余既思摹《二京》，而赋《三都》，其山川城邑，则稽之地图；其鸟兽草木，则验之方志；风谣歌舞，各附其俗；魁梧长者，莫非其旧。”[3]他对这三篇赋的结构和语言更是惨淡经营，

---

1. 关于《三都赋》和《咏史八首》的写作时间，参看拙文《由自卑到超越的心灵历程——论左思的创作》，《华中师范大学学报》1996年第6期。
2. 房玄龄等：《晋书》，中华书局1974年版，第2376页。
3. 左思：《三都赋序》，《文选》卷四，中华书局1977年影印版，第74页。

刘勰称其“业深覃思，尽锐于《三都》”[1]。花如此大的精力，用这样长的时间来写三篇赋，就是想获得一鸣惊人的社会效果。再看他写作《三都赋》时曾“诣著作郎张载”，赋写成后见“时人未之重”，又向有“高誉”的皇甫谧索序，张载为其中的《魏都》作注，刘逵注《吴都》《蜀都》，还惊动了司空张华为之揄扬，直至最后他如愿以偿——《三都赋》使得“洛阳纸贵”。由此可见左思深谙世道，很善于“推销”自我，也可见他入世的急切心情。

为了跻身于社会上层，他还参与了以权臣贾谧为核心的“二十四友”。“二十四友”中人多为“贵游豪戚及浮竞之徒”(《晋书·贾谧传》)，这些人攀附贾谧主要是躁进贪婪，为的是很快在仕途上飞黄腾达。本“不好交游”的左思何以身预“二十四友”之列，成为这个浮华躁进集团中的一员，唯一的解释就是他入世心切。贾谧接纳左思自然有对他才华的赏识，但也不排除有左棻贵嫔的因素，他想在朝中广树党援亲信，而左思投靠贾谧，并且为贾谧讲解《汉书》，则不可否认有攀龙附凤的动机。他既不像潘岳那样“轻躁”“世利”，也不像陆机那样“好游权门”，但一个出身寒门的士子希望尽快提高自己的地位，巴结炙手可热的显贵不失为攀升的捷径。这一点毋庸为左思讳言，也不必对左思苛责。左思既非不食人间烟火的圣贤，也并非“望尘而拜”的势利鬼，他只是一位功名欲很强的士

1. 刘勰:《文心雕龙·才略》，范文澜《文心雕龙注》，人民文学出版社1958年版，第700页。

人而已。清人吴淇早就说左思“壮志勃勃，急于有为，故气象极似孟子”[1]。

与左思一样，鲍照也出身于寒门庶族，他时时忘不了自己的寒素身份，在诗文中一而再，再而三地表白这一点：“臣孤门贱生”（《解褐谢侍郎表》），“臣北州衰沦，身地孤贱”（《拜侍郎上疏》），“我以筚门士，负学谢前基”（《答客》），“臣自惟孤贱”（《谢解禁止表》）。他之所以强调自己是“北州衰沦”，是由于晋室南迁之后，“王谢诸族方盛，北人晚渡者，朝廷悉以伧荒遇之，虽复人才可施，皆不得践清途”（司马光《资治通鉴》卷一二四）。在先渡江并已占据要津的高门大族眼中，晚渡江的北人都像些讨饭的乞丐，即使走上仕途也不可能入于清流，大多数人更只有“束菜负薪”（《拜侍郎上疏》）的份了。而鲍照并不接受命运的安排，他在《侍郎报满辞阁疏》中说：“臣嚣杌穷贱，情嗜踳昧，身弱涓甃，地幽井谷。本应守业，垦畛剿芿，牧鸡圈豕，以给征赋。而幼性猖狂，因顽慕勇；释担受书，废耕学文。画虎既败，学步无成。反拙归跂，还陋燕雀。日晏途远，块然自丧。加以无良，根孤伎薄。既同冯衍负困之累，复抱相如消渴之疾。志逐运离，事与衰合。”[2]对寒素子弟来说，当时的仕途绝非坦途，既无门荫可凭，又无爵位可袭，要跻身仕途唯一的途径就是干谒王侯，而且干谒还常常要吃闭门羹或遭白眼。鲍照第一次干谒临川王刘义

---

1. 吴淇：《六朝选诗定论》，广陵书社2009年版，第190页。

2. 鲍照撰、钱仲联集注：《鲍参军集注》，上海古籍出版社1980年版，第62页。

庆就受到了冷遇,《南史》本传说:“照始尝谒义庆,未见知。”但这次失败鲍照并不气馁,不顾他人劝阻决心再次“贡诗言志”:

照始尝谒义庆,未见知,欲贡诗言志,人止之曰:“郎位尚卑,不可轻忤大王。”照勃然曰:“千载上有英才异士,沉没而不闻者,安可数哉!大丈夫岂可遂蕴智能,使兰艾不辨,终日碌碌,与燕雀相随乎?”于是奏诗,义庆奇之,赐帛二十匹。寻迁为国侍郎,甚见知赏。[1]

鲍照毫无遮掩地吐露自己的鸿鹄之志,决不甘于贫贱,更耻于平庸,害怕“终日碌碌”,更不愿“与燕雀相随”。他的《飞蛾赋》就是这一情怀的艺术再现:

仙鼠伺暗,飞蛾候明,均灵舛化,诡欲齐生。观齐生而欲诡,各会住以凭方。凌燋烟之浮景,赴熙焰之明光。拔身幽草下,毕命在此堂。本轻死以邀得,虽糜烂其何伤。岂学山南之文豹,避云雾而岩藏。[2]

“飞蛾”只要能“拔身幽草下”,不惜“毕命在此堂”,只要能

1. 李延寿:《南史》,中华书局1975年版,第360页。

2. 鲍照撰、钱仲联集注:《鲍参军集注》,上海古籍出版社1980年版,第49页。

"轻死以邀得"，即使"糜烂"又何妨？同样，诗人自己也宁可再次俯身干谒，而不愿就此"沉没而不闻"；宁可拼死一搏做人间"大丈夫"，也决不"遂蕴智能"而"使兰艾不辨"。鲍照通过对飞蛾的赞叹抒发了自己的衷曲，赋中的"飞蛾"正是诗人自己的影子。

鲍照在给上司的表疏中反复表白自己既无"远志"，更无野心："臣孤门贱生，操无炯迹。鹑栖草泽，情不及官。不悟天明广瞩，腾滞援沉。观光幽节，闻道朝年"(《解褐谢侍郎表》)，"臣素陋人，本绝分望，适野谢山川之志，辍耕无鸿鹄之叹，宦希乡部，富期农牧"(《为柳令让骠骑表》)，"臣北州衰沦，身地孤贱。众善必违，百行无一。生丁昌运，自比人曹。操乏端概，业谢成迹。徂年空往，琐心靡述。褫辔投簪，于斯终志。束菜负薪，期与相毕"(《拜侍郎上疏》)。万不可将这些自贬自抑当作个人的倾诉衷肠，它们只是下僚在上司面前的官场客套。说自己退"谢山川"之雅，进无鸿鹄之志，为官不过"希乡部"，求富也只"期农牧"，无非是向顶头上司磕头谢恩，感谢上司对自己的提拔恩宠，致使自己现在的地位超出了原先的期望，目前的所得超出了原先的所求。这反倒表现了鲍照为人的乖巧，也从反面流露了他在仕途上的雄心。声称自己不愿"与燕雀相随"的鲍照，一出仕途便为王国侍郎尚且牢骚满腹，为官岂满足于区区"乡部"？在《登大雷岸与妹书》里向妹妹描绘山川景象时无形中透露了自己的胸襟："东顾五洲之隔，西眺九派之分；窥地门之绝景，望天际之孤云。长图大念，隐心者久矣。南则积山万状，负气争高，含霞饮景，参差代雄。"胸怀"长图大念"，与世"负气争高”，不失为鲍照为人的真实写照。求富也不只期于“农牧”，鲍照的胃口还大着呢，他在《代堂上歌行》中说：

> 四坐且莫喧，听我堂上歌。昔仕京洛时，高门临长河，出入重宫里，结友曹与何，车马相驰逐，宾朋好容华。阳春孟春月，朝光散流霞，轻步逐芳风，言笑弄丹葩。晖晖朱颜酡，纷纷织女梭，满堂皆美人，目成对湘娥，虽谢侍君闲，明妆带绮罗。筝笛更弹吹，高唱相追和。万曲不关心，一曲动情多，欲知情厚薄，更听此声过。[1]

如此赤裸裸地觊觎富贵，如此明目张胆地艳羡奢华，如此大言不惭地垂涎“美人”，如此坦然地夸耀“出入重宫里”，这在鲍照以前的诗歌中还十分罕见。毫不羞羞答答地追逐奢侈豪华，毫不掩饰地表达自己的政治抱负和人生欲望，鲍照的确昭示了一种新的时代信息，预示了社会阶层的升降沉浮和社会思潮的深刻变化。

二

生于“蓬户”“孤贱”而又不安于“蓬户”“孤贱”，艳羡荣华富贵

---

1. 鲍照撰、钱仲联集注：《鲍参军集注》，上海古籍出版社1980年版，第190页。

而又得不到荣华富贵，恃才自负而又屡经坎坷，胸怀远志却又沉沦下僚，这使得左思和鲍照成了门阀制度最激烈的诅咒者，成了时代最深刻的批判者，因此他们二人便由急切“入世”顺理成章地变成了强烈“愤世”。

左思对自己的才华自视甚高，也切盼自己出群的才智能得以施展，《咏史八首》之一说：

> 弱冠弄柔翰，卓荦观群书。著论准《过秦》，作赋拟《子虚》。边城苦鸣镝，羽檄飞京都。虽非甲胄士，畴昔览《穰苴》。长啸激清风，志若无东吴。铅刀贵一割，梦想骋良图。左眄澄江湘，右盼定羌胡。功成不受爵，长揖归田庐。[1]

弱冠之年就显露出卓越的才华，饱于学问又善于属文，而且志向和眼界都高，立论、作赋都堪称一流。不仅文才盖世，武略也不让人，“虽非甲胄士”却胜过甲胄士，满腹的韬略使他根本不把偏于东隅的东吴放在眼里。文人常犯的毛病是误将自己的文学天才当作经世的干才，导致他们过于自我感觉良好，极度夸张地炫耀自己的才能。史家的记述与左思的自夸相去甚远，《世说新语》引《左思别传》说：“思为人无吏干而有文才，又颇以椒房自矜，故齐人不之重

1. 萧统编、李善注：《文选》，中华书局1977年版，第296页。

也。”[1]“颇以椒房自矜”反映了这位杰出诗人的庸人习气，“无吏干而有文才”则指出了他才华的特征。在诗人的自述和史家的记述之间，我们更倾向于相信旁观者清。毫无疑问，左思绝不会接受史家的这一判断，他那“左眄澄江湘，右盼定羌胡”的诗句，真有并吞寰宇气吞山河的气象，似乎在谈笑之间就可以把天下搞定。然而社会竟然使这样的干霄伟才不能实现自己大“骋良图”的“梦想”，于是《咏史八首》之二便对压抑人才的门阀制度大加挞伐：

郁郁涧底松，离离山上苗。以彼径寸茎，荫此百尺条。世胄蹑高位，英俊沉下僚。地势使之然，由来非一朝。金张藉旧业，七叶珥汉貂。冯公岂不伟，白首不见招。[2]

何焯《义门读书记》评此诗说：“左太冲《咏史》，‘郁郁’首，良图莫骋，职由困于资地，托前人以自鸣所不平也。唐刘秩云，‘曹魏中正取士，权归著姓，于时贤哲无位，诗道大作，怨旷之端也’。”[3]涧底的“百尺”苍松，反而被山上矮小低垂的小苗所遮盖，寒士哪怕才高也终生卑贱，士族即使平庸仍然代代显贵。“世胄蹑高位，英俊沉下僚”是对这一不合理社会现象沉痛的控诉，真实地反映了“上

1. 刘义庆撰、余嘉锡笺疏：《世说新语笺疏》，中华书局1983年版，第246页。
2. 萧统编、李善注：《文选》，中华书局1977年版，第296页。
3. 何焯：《义门读书记》下册，中华书局1987年版，第892页。

品无寒门，下品无势族”[1]的社会本质。“著论准《过秦》”“畴昔览《穰苴》”又有何用，还不是照样沉沦下僚？“金张藉旧业，七叶珥汉貂。冯公岂不伟，白首不见招”，只是进一步申写“世胄蹑高位”二句，诗人咏史实为咏怀，借古人的酒杯浇自己心中的块垒。

鲍照也同样认为自己兼备文武全才，简直就是文可以变风俗，武能够定乾坤的英杰：

十五讽诗书，篇翰靡不通。弱冠参多士，飞步游秦宫。侧睹君子论，预见古人风。两说穷舌端，五车摧笔锋。羞当白璧贶，耻受聊城功。晚节从世务，乘障远和戎。解佩袭犀渠，卷帙奉卢弓。始愿力不及，安知今所终。[2]

——《拟古八首》之二

幽并重骑射，少年好驰逐。毡带佩双鞬，象弧插雕服。兽肥春草短，飞鞚越平陆。朝游雁门上，暮还楼烦宿。石梁有余劲，惊雀无全目。汉虏方未和，边城屡翻覆。留我一白羽，将以分符竹。[3]

——《拟古八首》之三

1. 房玄龄等：《晋书》，中华书局1974年版，第1274页。

2. 鲍照撰、钱仲联集注：《鲍参军集注》，上海古籍出版社1980年版，第335页。

3. 鲍照撰、钱仲联集注：《鲍参军集注》，上海古籍出版社1980年版，第338页。

前一首诗简直就是左思《咏史八首》之一的翻版，方东树在《昭昧詹言》中评这两首诗时说："'十五讽诗书'不过言己文武足备，与太冲意同。""'幽并重骑射'承上篇而来，言己骑射之工，足以封侯。"[1]虽然鲍照"幼性猖狂，因顽慕勇"(《侍郎报满辞阁疏》)，但诗中"解佩袭犀渠，卷帙奉卢弓""毡带佩双鞬，象弧插雕服"只是想象之词，诗人是在夸耀自己不只是一介"篇翰靡不通"的文弱书生，还是一位能够"飞鞚越平陆"的悍将。

然而，这位"文武足备"的天才却"取湮当代"，难怪诗人常抒写有才不能骋的怨恨，表现有志不得伸的愤懑。元方回在《文选颜鲍谢诗评》中说："明远多为不得志之词，悯夫寒士下僚之不达，而恶夫逐物奔利者之苟贱无耻，每篇必致意于斯。"[2]我们来看看《拟行路难十八首》中的两首代表作：

泻水至平地，各自东西南北流。人生亦有命，安能行叹复坐愁。酌酒以自宽，举杯断绝歌路难。心非木石岂无感，吞声踯躅不敢言！

——《拟行路难十八首》之四

对案不能食，拔剑击柱长叹息。丈夫生世会几时，安

1. 方东树：《昭昧詹言》，人民文学出版社1961年版，第182—183页。

2. 方回：《瀛奎律髓汇评》(附录)，上海古籍出版社1986年版，第1851页。

能蹀躞垂羽翼？弃置罢官去，还家自休息。朝出与亲辞，暮还在亲侧。弄儿床前戏，看妇机中织。自古圣贤尽贫贱，何况我辈孤且直！[1]

——《拟行路难十八首》之六

上首前四句强自宽慰，水泻平地则各自流向东西南北，人生在世各有其富贵贫贱。既然是命中注定不可强求，又何苦长吁短叹怨天尤人呢？然而水流东西是水的本性所致，人分贵贱却是不公的世道造成，纵然“酌酒以自宽”也不能消愁解闷。“心非木石岂无感”一句反诘使诗意陡转，诗人好像怒发冲冠悲情难遏，久埋心头的怨愤不平即将像火山一样喷射而出。最后结尾却打破了读者的期待，一句“吞声踯躅不敢言”，抑住心中快要爆发的火山，堵住即将破闸的巨澜，这种无声的愤怒胜过有声的声讨，谁都能在这“不敢言”中体味出诗人的悲愤与无奈。下首一起笔就破空而来，“不能食”—“拔剑”—“击柱”—“长叹息”，以一连串的动作来宣泄内心的沉哀巨痛。三四句“丈夫生世会几时，安能蹀躞垂羽翼”才以逆笔交代痛苦的缘由：人生苦短而又壮志难酬。与其在俯首低眉中蹉跎岁月，还不如“弃置罢官去”，接下来通过想象中“还家”的天伦之乐，反衬官场上的压抑和痛苦。可是，一个不愿“与燕雀随行”的志士，只能“弄儿床前戏，看妇机中织”，一生不离双亲膝前，最终老死于

1. 鲍照撰、钱仲联集注:《鲍参军集注》，上海古籍出版社1980年版，第231页。

牖下，分明是在摧残和糟蹋生命，对于鲍照来说又有何快乐可言？但不这样虚度光阴又有什么办法呢？“自古圣贤尽贫贱，何况我辈孤且直”，“孤且直”道出了诗人侘傺坎壈的深层原因。“孤”是指他身世的低贱，即出身于“孤门细族”或他所谓“孤门贱生”；“直”即正道直行，是指他自己为人的禀性。既无门第可以依凭，又不愿意屈己事人逢迎拍马，等待他的命运便只能是被摧残被压抑了。因而鲍照也像左思一样对门阀制度深恶痛绝，在《瓜步山楬文》中借题发挥对它进行抨击：

古人有数寸之籥，持千钧之关，非有其才施，处势要也。瓜步山者，亦江中渺小山也，徒以因迥为高，据绝作雄，而凌清瞰远，擅奇含秀，是亦居势使之然也。故才之多少，不如势之多少远矣。[1]

“因迥为高，据绝作雄”，“才之多少，不如势之多少远矣”，文意不是和左思“郁郁涧底松，离离山上苗。以彼径寸茎，荫此百尺条”诗意相同吗？两位诗人萧条异代，竟然异口同声。

---

1. 鲍照撰、钱仲联集注：《鲍参军集注》，上海古籍出版社1980年版，第131页。

三

左思和鲍照同有入世之情，同有愤世之慨，但在最后如何安顿此生的人生抉择上，这两位杰出的诗人开始“分道扬镳”：前者选择了“高步追许由”的超世，后者则执着于人际的功名事业，成败荣枯，决不“学山南之文豹，避云雾而岩藏”。

王世贞在《艺苑卮言》中评左思《咏史八首》诗说：“‘以彼径寸茎，荫此百尺条’，是涉世语；‘贵者虽自贵，视之若埃尘’，是轻世语；‘振衣千仞冈，濯足万里流’，是出世语。每讽太冲诗，便飘飘欲仙。”[1]《咏史八首》并不是像前人所说的那样将不同时间写成的作品不分先后杂缀在一起，八首之间事实上存在着内在的联系。它们真实地表现了诗人由“入世”到“愤世”，再由“愤世”到“超世”的心灵历程。第一首自述其才大志高的自信，第二、三首写有志莫骋的悲愤，第四首写自己从追逐富贵到鄙弃富贵的精神超越，与京城内“赫赫王侯居”相比，他更看重“门无卿相舆”的“寂寂扬子宅”，《咏史八首》之五是这八首中笔力最为雄迈的一首：

皓天舒白日，灵景耀神州。列宅紫宫里，飞宇若云浮。峨峨高门内，蔼蔼皆王侯。自非攀龙客，何为欻来游？被

1. 王世贞：《艺苑卮言》，丁福保辑《历代诗话续编》（中），中华书局1983年版，第991页。

褐出阊阖，高步追许由。振衣千仞冈，濯足万里流。[1]

只有溜须拍马的名利之徒，才去奔走峨峨高门，才去伺候蔼蔼王侯。诗的前半部分写宫室的巍峨，豪门的华丽，但诗人对此不仅没有半点艳羡，反而在夸张的描绘中暗含着极度的轻蔑；不仅不想涉足“紫宫”挤进“高门”，反而扪心自问：自己并非“攀龙客”，干吗要跑到这个污浊之地来呢？结尾一句用高亢的音节表达了自己对权贵、荣华、富贵的不屑一顾。沈德潜在《古诗源》中称这首诗“雄视千古”。就“振衣千仞冈，濯足万里流”的气概而论，沈氏的评价一点也不过分。这时的左思已完全不在乎仕途的穷达和世俗的毁誉，他在《咏史八首》之六中说：“高眄邈四海，豪右何足陈。贵者虽自贵，视之若埃尘。贱者虽自贱，重之若千钧！”在“豪右”和寒士之间，贵与贱两种价值准则是完全颠倒的。“显达奢华”这些世俗之所贵者，左思则“视之若埃尘”，“清贫自守”这些世俗之所贱者，左思却“重之若千钧”。所以他最后作出了“抱影守空庐”的人生抉择：

习习笼中鸟，举翮触四隅。落落穷巷士，抱影守空庐。出门无通路，枳棘塞中途。计策弃不收，块若枯池鱼。外望无寸禄，内顾无斗储。亲戚还相蔑，朋友日夜疏。苏秦北游说，李斯西上书。俯仰生荣华，咄嗟复凋枯。饮河期

1. 萧统编、李善注：《文选》，中华书局1977年版，第297页。

满腹，贵足不愿余。巢林栖一枝，可为达士模。[1]

此诗所抒写的是诗人找到了自己在生活中的位置，透悟了人生价值后的一种自得与充实。能自得于“外望无寸禄，内顾无斗储”的贫贱生活，是因为他已经获得了精神上的富足与满足；能安于“亲戚还相蔑，朋友日夜疏”的寂寥生涯，是因为他参透了生活的意义和人生的价值。他宁可做一名“抱影守空庐”的“穷巷士”，也决不羡慕“俯仰生荣华”的名利之徒。只要精神超旷脱俗，只要人生充实而有价值，巢于一枝一木就心满意足，哪里用得着高车驷马朱门深巷？哪里还用得着去拜谒权贵乞讨侯门？此诗的语调没有《咏史八首》之五那么愤激高亢，但比前者更加深沉和坚定。他的《招隐二首》寄慨与上诗相近，我们来看看其中的第一首：

杖策招隐士，荒途横古今。岩穴无结构，丘中有鸣琴。白云停阴冈，丹葩曜阳林。石泉漱琼瑶，纤鳞亦浮沉。非必丝与竹，山水有清音。何事待啸歌，灌木自悲吟。秋菊兼糇粮，幽兰间重襟。踌躇足力烦，聊欲投吾簪。[2]

近代张琦在《宛邻书屋古诗录》中评此诗说：“此与《咏史》诗同

1. 萧统编、李善注：《文选》，中华书局1977年版，第298页。

2. 萧统编、李善注：《文选》，中华书局1977年版，第309—310页。

一感寓，太冲本有用世之志，其曰巢林栖一枝者，乃英雄失意审时识变之所为，非情甘恬退者也。”[1]左思的确不是天性就甘于恬退的人，他之所以“聊欲投吾簪”去做“落落穷巷士”，是他看穿了官场的尔虞我诈，是他超脱了人世的功名利禄，才作出的人生决断。从“踌躇足力烦，聊欲投吾簪”二语看，写此诗时左思仍身在仕途，后来他践行了自己的生命承诺，《晋书》本传载：“秘书监贾谧请讲《汉书》。谧诛，退居宜春里，专意典籍。齐王冏命为记室督，称疾不就。及张方纵暴都邑，举家适冀州。数岁，以疾终。”[2]

对鲍照精神世界的发展变化，我们很难像左思那样梳理出一个比较清晰的逻辑过程，这可能与他现存作品许多难以编年有关，也与他的精神世界缺乏质的变化有关。从其可以编年的诗文看，少作与绝笔所抒写的情怀和展露的气度并无本质的区别。[3]他终生不减用世的热情，终生都在发愤世之慨，他的心灵基本徘徊在入世－愤世这两个层面。陈祚明《采菽堂古诗选》对此颇有微词：“鲍参军既怀雄浑之姿，复挟沉挚之情。其性沉挚，故即景命词，必钩深索异，不欲犹人；其姿雄浑，故抗音吐怀，每独成亮节，自得于己。……所微嫌者，识解未深，寄托亦浅。感岁华之奄谢，悼遭逢之岑寂，

1. 转引自黄明等编《魏晋南北朝诗精品》，上海社会科学院出版社1995年版，第134页。

2. 房玄龄等：《晋书》，中华书局1974年版，第2377页。

3. 参看鲍照撰、钱仲联集注：《鲍参军集注》，上海古籍出版社1980年版，第143—145页，同书附《鲍照年表》。

唯此二柄，布在诸篇。纵古人托兴，率亦同然，而百首等情，乌睹殊解？无烦诠释，莫足耽思。”[1]

说鲍照诗文“百首等情”当然有失夸张，他也曾邀同僚“遁迹俱浮海，采药共还山。夜听横石波，朝望宿岩烟”(《和王丞》)，但这些诗句和杜甫“非无江海志，潇洒送日月”一样，只是自己兴之所至的一念之想，“遁迹”“还山”可能是附和友人的风雅闲谈，我们切不可将它当真。盘桓于鲍照胸中的不是未能“还山”的烦恼，而是不得施才骋志的焦虑，如《代结客少年场行》：

> 骢马金络头，锦带佩吴钩。失意杯酒间，白刃起相仇。追兵一旦至，负剑远行游。去乡三十载，复得还旧丘。升高临四关，表里望皇州。九衢平若水，双阙似云浮。扶宫罗将相，夹道列王侯。日中市朝满，车马若川流。击钟陈鼎食，方驾自相求。今我独何为，坎壈怀百忧！[2]

王夫之说此诗“满篇讥诃，一痕不露”[3]。细玩全诗，是以他人之显达肆志反衬自己的坎壈不遇，“升高临四关，表里望皇州”数句向往羡慕之情多于讥诃讽刺之意，“冠盖满京华，斯人独憔悴”二句可

1. 陈祚明：《采菽堂古诗选》，上海古籍出版社2008年版，第563页。
2. 鲍照撰、钱仲联集注：《鲍参军集注》，上海古籍出版社1980年版，第192页。
3. 王夫之：《古诗评选》，文化艺术出版社1997年版，第44页。

尽一篇之旨。

按冯友兰先生对人生境遇的划分标准，鲍照诗文中所呈现的属于典型的功利的人生。[1]他甚至认为追求令名盛誉高官显宦，不仅是士人的本性，也是士人的使命，他的山水诗《行京口至竹里》写出了这一“人性的秘密”：

> 高柯危且竦，锋石横复仄。复涧隐松声，重崖伏云色。冰闭寒方壮，风动鸟倾翼。斯志逢凋严，孤游值曛逼。兼途无憩鞍，半菽不遑食。君子树令名，细人效命力。不见长河水，清浊俱不息。[2]

此诗是诗人做临川王刘义庆的侍郎时，随刘义庆从江州移镇兖州路途的所见所闻所思所感。节值严冬，时当日暮，诗人仍颠簸于“复涧”“重崖”之间，日夜兼途不得喘息，甚至连粗粮也来不及果腹充饥。换了别人在官场上受这种罪定会口出怨言，还很可能像左思那样“聊欲投吾簪”，“高步追许由”，鲍照却对此无怨无悔。他从自己的亲身经历中体会到，在这个熙熙攘攘的人世谁都在孜孜以求，“君子”求名，“细人”求利，谁都在人生的战场上为此拼搏奔波，恰如“长河”的激流，无论清浊都奔流不息。树令名、建功业、享富

1. 参看冯友兰《新原人·境界》,《贞元六书》，华东师范大学出版社1996年版。
2. 鲍照撰、钱仲联集注:《鲍参军集注》，上海古籍出版社1980年版，第319页。

贵成了他生命的强大动力，不管有多少委屈，不管有多少艰辛，不管有多少愤懑，也不管能否达到目的，他都会在这条路上百折不挠地走到底。因为他害怕“沉没而不闻”，害怕寂寞贫贱，《代贫贱苦愁行》把话说得更加直露斩绝：

湮没虽死悲，贫苦即生剧。长叹至天晓，愁苦穷日夕。盛颜当少歇，鬓发先老白。亲友四面绝，朋知断三益。空庭惭树萱，药饵愧过客。贫年忘日时，黯颜就人惜。俄顷不相酬，恧怩面已赤。或以一金恨，便成百年隙。心为千条计，事未见一获。运圮津途塞，遂转死沟洫，以此穷百年，不如还窀穸。[1]

俗话说“好死不如赖活着”，而鲍照觉得“贫苦生剧”比“湮没死悲”还要难熬。与其百年受穷，与其遭人白眼，还“不如还窀穸”的好，他人生的价值取向与盛唐诗人“心心相印”。

因而，鲍照作出了与左思晚年完全不同的人生决断。贾谧伏诛后左思就拒绝征命，退出仕途，避地冀州。鲍照释褐为临川王刘义庆的国侍郎，自解侍郎后又从衡阳王之辟，不久又为始兴国侍郎，始兴王伏诛后除海虞令，很快迁太学博士，兼中书舍人。不到两年

---

1. 鲍照撰、钱仲联集注:《鲍参军集注》，上海古籍出版社1980年版，第200—201页。

又出为秣陵令，寻转永嘉令，不久为临海王前军行参军，寻迁前军刑狱参军事，四年后临海王被赐死时，鲍照在荆州任上为乱兵所杀。鲍照见临川王喜欢招纳人才，便不顾尊卑“贡诗言志”，见孝武帝自矜文才，便“为文多鄙言累句”。[1]为了求取功名，他走马灯似的改换主子，为了达到目的，不断投其所好。明张溥在《鲍参军集题辞》中说：“临川好文，明远自耻燕雀，贡诗言志。文帝惊才，又自贬下就之。相时投主，善周其长，非祢正平杨德祖流也。”[2]这一方面说明寒士当时处境的寒微心酸，另一方面也表明鲍照不失为官场的“巧宦”。他的“自贬”是对王权的恐惧，也不排除是为了实现功名欲望的某种逢迎和投机。

四

无须责难鲍照没有左思那种“藐视高门”的“豪迈气概”，也不用简单地指责“鲍照的愤慨只局限于个人的名利”[3]。左、鲍二人的人生抉择、官场行为以及最后的人生结局，都是由他们的人生意识和价值目标决定的，而人生意识的形成、价值目标的确定，又与各人

1. 参见《宋书·临川烈武王传》附《鲍照传》，中华书局1974年版，第1480页。
2. 张溥著、殷孟伦注：《汉魏六朝百三家集题辞注》，人民文学出版社1960年版，第176页。
3. 张志岳：《鲍照及其诗初探》，《文学评论》1979年第1期。

生存境遇的状况和社会思潮的影响息息相关。

左思《咏史八首》中猛烈抨击门阀制度，“世胄蹑高位，英俊沉下僚”，在晋朝似乎是空谷传响，在左思之前难以听到，到左思之后也不可闻。左思这位振臂高呼的英雄长期应者寥寥，一直到鲍照才应和了他的怒吼。魏晋诗人并非都是出身士族，难道他们都认同门阀制度？

九品中正制虽建于曹魏时期，但其本意是为了在特定的历史条件下评定人才的优劣。沈约在《宋书·恩幸传序》中说：“汉末丧乱，魏武始基，军中仓卒，权立九品，盖以论人才之优劣，非谓世族之高卑。因此相沿，遂成高法”，但到晋代被士族以九品法来“凭藉世资，用相陵驾”。[1]在魏时授官虽然“家世已是标准之一，但还不是唯一的标准”，到了“西晋期间家世已成为品第高下的主要根据，状（即对个人才德的评价——引者注）的作用就不大了”[2]，于是就出现了“上品无寒门，下品无势族”的现象。[3]这一制度对士人的利益进行了重新分配，使得社会的政治资源集中在极少数家族手中，自然就激起了许多九品中正制的反对者，有些人的言论异常激烈，其中刘毅的奏疏最为后世传诵：“今之中正，不精才实，务依党利；不均称尺，务随爱憎。所欲与者，获虚以成誉；所欲下者，吹毛以求疵。

---

1. 沈约：《宋书》，中华书局1974年版，第2301页。
2. 唐长孺：《魏晋南北朝史论丛》，三联书店1955年版，第107—109页。
3. 房玄龄等：《晋书》，中华书局1974年版，第1274页。

高下逐强弱，是非由爱憎。随世兴衰，不顾才实，衰则削下，兴则扶上，一人之身，旬日异状。或以货赂自通，或以计协登进，附托者几达，守道者困悴……是以上品无寒门，下品无势族。……自魏立以来，未见其得人之功，而生雠薄之累。毁风败俗，无益于化，古今之失，莫大于此。”[1]另据《晋书·文苑传》载：“王沈字彦伯，高平人也。少有俊才，出于寒素，不能随俗沉浮，为时豪所抑。仕郡文学掾，郁郁不得志，乃作《释时论》，其辞曰：‘衮龙出于缊褐，卿相起于匹夫，故有朝贱而夕贵，先卷而后舒。当斯时也，岂计门资之高卑，论势位之轻重乎！今则不然……百辟君子，奕世相生，公门有公，卿门有卿。指秃腐骨，不简蚩伫。多士丰于贵族，爵命不出闺庭。四门穆穆，绮襦是盈，仍叔之才，皆为才老成。贱有常辱，贵有常荣，肉食继踵于华屋，疏饭袭迹于耨耕。’”[2]为了说明问题，再看两则相关的史料：

瓘以魏立九品，是权时之制，非经通之道，宜复古乡举里选。与太尉亮等上疏曰：“魏氏承颠覆之运，起丧乱之后，人士流移，考详无地，故立九品之制，粗且为一时选用之本耳。其始造也，乡邑清议，不拘爵位，褒贬所加，足为劝励，犹有乡论余风。中间渐染，遂计资定品，使天

1. 房玄龄等：《晋书》，中华书局1974年版，第1274—1277页。

2. 房玄龄等：《晋书》，中华书局1974年版，第2381—2382页。

下观望，唯以居位为贵。人弃德而忽道业，争多少于锥刀之末，伤损风俗，其弊不细。[1]

——《晋书·卫瓘传》

今台阁选举，途塞耳目，九品访人，唯问中正。故据上品者，非公侯之子孙，则当途之昆弟也。二者苟然，则荜门蓬户之俊，安得不有陆沉者哉！[2]

——《晋书·段灼传》

上面几则引文让我们明白声讨门阀制度，并非左思一个人的呼声，而是西晋时期许多寒士的众声怒吼。诚如唐长孺所指出的那样："西晋时期反对中正制的如是之多，一方面表示世族业已控制了选举，而司马氏的政权既以世族为中心，自不能废除此制度或阻止这一个趋势，另一方面也说明这种制度事实上已为门阀所利用以巩固其既得利益，但在理论上还没有获得根据。东晋以后门阀的形式已经形成，士庶以血缘区别的理论业已建立，这种反对议论就不见了。"[3]两晋不少寒士对门阀制度仍不以为然，渡江后无论士庶都已视门阀制度为理所当然，东晋人将九品中正制当作"缙绅之清律，人

---

1. 房玄龄等:《晋书》，中华书局1974年版，第1058页。
2. 房玄龄等:《晋书》，中华书局1974年版，第1347页。
3. 唐长孺:《魏晋南北朝史论丛》，三联书店1955年版，第121页。

伦之明镜”[1]，对“公门有公，卿门有卿”这种不合理的社会现实，不只听不到诗人们的公开抗议，恐怕连暗地里的腹诽也没有了。

左思退出仕途当然也与当时的社会思潮有关，当时士林玄风正炽，“越名教而任自然”的价值取向，使得士人普遍企希隐逸，宅心玄远又必然导致他的轻官忽禄，至少在价值判断上，退隐优于出仕，超世高于用世。石崇为人“卑佞”贪婪，生活常以“奢靡相尚”[2]，连他这种人也在《思归引序》中说：“困于人间烦黩，常思归而咏叹”，希望过一种“出则以游目弋钓为事，入则有琴书之娱”的闲散生活[3]。即便史称“性轻躁，趋势利”的潘岳，也在《闲居赋序》中自称“览止足之分，庶浮云之志，筑室种树，逍遥自得”[4]。石崇、潘岳同为“二十四友”中的骨干，这些俗念缠心之辈尚且向往“逍遥自得”的人生，可见当时士风对超旷脱俗、栖心尘表的崇尚了。

我们阐述两晋寒士对门阀制度的否定态度，以及魏晋士人对超世脱俗的赞美推崇，不是要矮化左思作为杰出诗人的形象，不是要让人们得出他“不过如此”的印象，而是要让我们加深对他人生境遇和人生抉择的理解。左思对门阀制度的声讨喊出了西晋寒士的心声，而“高步追许由”的人生抉择又是魏晋士风的折射。总之，左思是时代精神的产儿，同时又是时代精神的代表。

---

1. 房玄龄等：《晋书》，中华书局1974年版，第2764页。
2. 房玄龄等：《晋书》，中华书局1974年版，第1007页。
3. 萧统编、李善注：《文选》，中华书局影印本1977年版，第642页。
4. 房玄龄等：《晋书》，中华书局1974年版，第1504页。

鲍照生活的时代，士庶地位的沉浮变化诡异而矛盾，士庶之隔表面上似乎越来越森严，而实际上又有“大量的寒人挤入仕途，以至士庶不分”[1]；表面上世族地位越来越清显高贵，而事实上军国要务又逐渐控制在寒人手中。唐长孺在《南朝寒人的兴起》一文中分析这一现象说：“士庶区别在晋宋之间似乎已成为不可逾越的鸿沟，然而那只能是表示士族集团业已感到自己所受的威胁日益严重，才以深沟高垒的办法来保护自己。”[2]

寒门士人刘裕代晋称帝，透露出士庶沉浮的重要信息，这位“田舍公”[3]登基后，汲取了“晋自社庙南迁，禄去王室，朝权国命，递归台辅。君道虽存，主威已谢”的历史教训[4]，便着手打压高门以强化皇权。宋武帝死后，世族又开始大兴废立，宋文帝即位初年又重演东晋政治的故伎，“朝权国命”再次“递归台辅”。元嘉三年先后诛灭了徐羡之、傅亮和谢晦等高门或权臣，皇室才重新收回国柄。元嘉年间的政治格局虽仍是“上品无寒门，下品无势族”，但朝政已经开始由寒人执掌机要。

寒人掌机要这种现象的出现有两方面的原因：首先是门阀贵族由于腐朽而变得无能，《颜氏家训·涉务》称“晋朝南渡，优借士族”，他们越来越“迂诞浮华，不涉世务，纤微过失，又惜行捶楚，所以

1. 唐长孺:《魏晋南北朝史论丛续编》，三联书店1959年版，第117页。
2. 唐长孺:《魏晋南北朝史论丛续编》，三联书店1959年版，第91页。
3. 房玄龄等:《晋书》，中华书局1974年版，第60页。
4. 沈约:《宋书》，中华书局1974年版，第60页。

处于清高，盖护其短也。至于台阁令史，主书监帅，诸王签省，并晓习吏用，济办时须，纵有小人之态，皆可鞭杖肃督，故多见委使，盖用其长也”[1]。士族衣冠看重门资而不重才干，以“平流进取，坐致公卿”为荣，反以勤于庶务因功晋升为耻，对于庶务由开始的“不屑”变成了后来的“不能”。南朝各代皇帝都倾向于“爱小人而疏士大夫”[2]，与士族清高而又缺乏政治才干有关。其次，出身寒门的宋皇室害怕权移世族，国政常常委之寒素。中书侍郎、中书舍人等职前朝例由士族入选，宋文帝开始这些官职就起用寒人来担任。宋孝武帝时寒门近臣更见信任。《宋书·恩幸传序》分析个中原因说：“主威独运，官置百司，权不外假，而刑政纠杂，理难遍通，耳目所寄，事归近习。赏罚之要，是谓国权，出内王命，由其掌握。”[3]《南齐书·幸臣传序》说得更加明白：“宋文世，秋当、周纠并出寒门。孝武以来，士庶杂选，如东海鲍照，以才学知名。”[4]鲍照在孝武帝朝出任的中书舍人之职在晋代只用世族高门，从宋代才开始士庶并选。这种“士庶杂选”对寒人开放了政治机会，并激发了他们的政治诉求和人生欲望。鲍照不甘于“沉没而不闻”，不愿“与燕雀相

---

1. 颜之推撰、王利器集解：《颜氏家训集解》，上海古籍出版社1980年版，第292页。
2. 颜之推撰、王利器集解：《颜氏家训集解》，上海古籍出版社1980年版，第292页。
3. 沈约：《宋书》，中华书局1974年版，第2302页。
4. 萧子显：《南齐书》，中华书局1972年版，第972页。

随”，宣称宁“轻死以邀得”，就是在这种特有的生存境遇之中产生的功名心和富贵欲。可当时对寒门开放的政治机会毕竟有限，鲍照任中书舍人也不过两年，在仕途长期沉沦下僚，所以又难免“才之多少不如势之多少”的喟叹，难免有“吞声踯躅不敢言”的无奈，更常有“何况我辈孤且直”的愤激。

至于鲍照没有左思“振衣千仞冈，濯足万里流”的气概，如果我们了解一下他的生存境遇以及当时的社会思潮，就会对他有一种“理解之同情”。元嘉以后清谈虽然仍在延续，但玄学已经失去了理论活力，在诗歌创作中出现了“庄老告退而山水方滋”的现象。统治者虽然大兴儒学，但儒学又还没有取得独尊的地位，不可能成为士人安身立命的行为准则。《代贫贱苦愁行》中“湮没虽死悲，贫苦即生剧，长叹至天晓，愁苦穷日夕。盛颜当少歇，鬓发先老白，亲友四面绝，朋知断三益……运圮津途塞，遂转死沟洫，以此穷百年，不如还窀穸”，既没有老庄玄学所追求的恬静淡泊，又没有儒家所倡言的君子固穷，成就世俗功名，享受人间富贵，在现实生活中闹得春风得意，就是他孜孜以求的人生目标，他怎么会去“高步追许由”呢？我们来听听鲍照以后盛唐人的心声吧：李白信心满满地告诉人们说“富贵吾自取，建功及春荣”（李白《邺中赠王大劝入高凤石门山幽居》），更毫不隐讳地宣称“试涉王霸略，将期轩冕荣”（李白《赠江夏韦太守良宰》），甚至对陶渊明也大为不敬地说“龌龊东篱下，渊明不足群”（李白《九日登高巴陵置酒望洞庭水军》），“诗人之达者”高适更是坚信“公侯皆我辈，动用在谋略”（高适《和崔二少府登楚丘城作》)，仕途蹭蹬的李颀也赤裸裸地叫嚷“男儿立身须自强，十年闭户颍水阳。业就功成见明主，击钟鼎食坐华堂”(李颀《缓歌行》)。盛唐诸公与鲍照的人生志向何其相似！李白等人不只是在诗艺诗风上深受鲍照的影响，就是人生意气也息息相通。可以说，鲍照是盛唐许多诗人们精神上的“兄长”，他深刻地反映了庶族士人想成为命运的主人和社会的主宰这一历史要求。

左思和鲍照深刻地把握了各自时代的本质，因而，从他们不同的人生境遇、人生意识和人生抉择中，我们可以看出由晋至宋两朝寒士精神的发展历程，也可以从他们身上看到历史未来的走向。

原刊《中华文史论丛》2008年第4期

由自卑到超越的心灵历程

——论左思的创作

如果说陆机、潘岳的创作是太康文坛审美趣味的集中表现，那么，左思诗歌的美学风格则是这一历史时期审美趣味的反动。他的诗歌无论是内容还是形式，都留下了他同那个时代抗争的痕迹，所取得的成就远远超过了他的同辈作家，这一点已越来越为后代读者所认可。但在对他诗歌杰出成就击节赞赏之余，历来评论家们很少去深究他取得这些成就的深层动因，就是今天的左思论者也仅提供了一种社会学的解释，多从他低下的家庭出身去探讨他文学创作的秘密。可是，翻一翻西晋文学史，当时文坛的名流出身寒素者不乏其人，如后来成为西晋文坛元老的张华也并无显贵门第，可张华的创作并不像左思那样对其所生活的时代愤愤不平，他的审美趣味与他的时代也协调一致。可见，仅从社会学角度去分析左思，难以真正理解他的创作，更难以探究其杰出艺术成就的真正原因。

左思出身的门第不高，史有明文。他的父亲是从小吏起家的文职官员，直到他的妹妹左棻以才华“入宫”，他们全家才得以“移家京师”。左棻在《离思赋》中还曾发出过“蓬户侧陋”的喟叹。[1]在那个讲究门第身份的时代，左思的寒素家世无疑给他的创作带来很大影响。很难想象一个门阀世族的诗人能唱出“世胄蹑高位，英俊沉下僚”这样愤慨激昂的诗句，不过，如果仅仅以一个人的出身来解释其创作，那同样不能理解与左思同样出身的诗人为何没有写出与左思相似的作品。这里，我们试图从生理和心理的角度，去分析形成他性格和感受方式，形成他审美趣味和文学成就，形成他对生活意义和生命价值独特领悟的直接原因。

《晋书·左思传》说他“貌寝口讷，而辞藻壮丽”[2]，《续文章志》也说“思貌丑悴，不持仪饰”[3]。他从小就慧于心，但却讷于口，丑于形，“少学钟、胡书及鼓琴，并不成”。他的父亲不无失望地“谓友人曰：‘思所晓解，不及我少时。’”[4]父亲这个不负责任的评价，对聪明敏感而又自尊好强的左思，其打击和侮辱之重是不难想象的。外貌丑陋的儿童其才华不容易被成人承认，从小就遭到各方面的轻

---

1. 左棻：《离思赋》，《全上古三代秦汉三国六朝文》，中华书局1958年影印本，第1533页。
2. 房玄龄等：《晋书》，中华书局1974年版，第2376页。
3. 《世说新语·容止》刘孝标注引《续文章志》，《世说新语笺疏》，中华书局1983年版，第610页。
4. 房玄龄等：《晋书》，中华书局1974年版，第2376页。

视和冷眼，很早就感受到了生活的不公，承受着比正常小孩更重的精神负担，成人善意与恶意、有意与无心的讪笑，小伙伴们无知的侮辱与揶揄，给脆弱幼小的心灵造成无可估量的精神创伤，使其从小就留下自卑情结。左思的“口讷”正是他“貌寝”的结果，是他在别人面前缺乏自信的表现，由此可见，他从小就生活在一种并不友好并不温暖的环境中。

青少年成长的道路上并没有摆满鲜花，他成年后的运气也不见得更好。洛阳的文人集团和政治集团开始并不接纳他。陆机听说左思在创作《三都赋》，“抚掌而笑，与弟云书曰：‘此间有伧父，欲作《三都赋》，须其成，当以覆酒瓮耳’”[1]。魏晋之际十分看重一个人的姿容，左思外貌的丑陋有时甚至影响他人格的尊严，《世说新语·容止》载：“潘岳妙有姿容，好神情。少时挟弹出洛阳道，妇人遇者，莫不连手共萦之。左太冲绝丑，亦复效岳游遨，于是群妪齐共乱唾之，委顿而返。”[2]

奥地利精神分析心理学家阿德勒的自卑心理研究结果告诉人们，外貌的丑陋或生理的缺陷，一方面使他在社会上遭到歧视和冷遇，因而产生自卑情绪；另一方面，这种丑陋和缺陷又是他奋发向上的刺激，激发他对优越感目标的追求，决心用杰出的成就补偿生理上的缺憾，用事业上的优越战胜心理上的自卑。开始，左思企图

1. 房玄龄等：《晋书》，中华书局1974年版，第2377页。

2. 刘义庆撰、余嘉锡笺疏：《世说新语笺疏》，中华书局1983年版，第610页。

凭借自己的文学天才，以出色的文学成就寻求社会对自我价值的肯定，《三都赋》就是他追求优越感目标的一种艰苦努力。《晋书》本传称他写《三都赋》时，“遂构思十年，门庭藩溷皆着纸笔，遇得一句，即便疏之。自以所见不博，求为秘书郎”，还为此“诣著作郎张载访岷、邛之事”[1]。为了写好《三都赋》，他认真揣摩张衡的《西京赋》和《东京赋》，翻阅了大量的文献资料，他在《三都赋序》中交代自己创作经过说：“余既思摹《二京》而赋《三都》，其山川城邑，则稽之地图；其鸟兽草木，则验之方志；风谣歌舞，各附其俗；魁梧长者，莫非其旧。”[2]对三篇赋的结构和语言更是惨淡经营，刘勰说他“业深覃思，尽锐于《三都》”[3]。为了写好《三都赋》，花如此大的精力，用如此多的时间，显然是想获得一鸣惊人的艺术效果，以此轰动自己尚未跻身其中的上层文人集团。

这是他追求优越目标的第一个阶段。写《三都赋》的左思十分看重世俗的褒贬，十分看重自己在社会上的身价。当《三都赋》初成而“时人未之重”时[4]，他很难接受世人对其精心之作的冷淡，急忙拿这三篇皇皇大赋四处拜请名流褒奖和作序，《世说新语·文学》载：“左太冲作《三都赋》初成，时人互有讥訾，思意不惬。后示张公（指张华——引者注），张曰：‘此二京可三，然君文未重于世，

1. 房玄龄等:《晋书》，中华书局1974年版，第2376页。

2. 左思:《三都赋序》，萧统编《文选》，中华书局1977年影印本，第74页。

3. 刘勰撰、范文澜注:《文心雕龙注》，人民文学出版社1958年版，第700页。

4. 房玄龄等:《晋书》，中华书局1974年版，第2376页。

宜以经高名之士。’思乃询求于皇甫谧。谧见之嗟叹，遂为作叙。于是先相非贰者，莫不敛衽赞述焉。”[1]由于当时名流为之褒扬作序，“于是豪贵之家竞相传写，洛阳为之纸贵”[2]。《三都赋》最终为他赢得了巨大的社会声誉，得以侧身贾谧的“二十四友”之列，贾谧这位权贵请他给自己讲《汉书》，左思终于步入了梦寐以求的上层文人集团。

每个人都有属于自己的优越感目标，这种目标的形成取决于个人对生活意义的认识，而一个人对生活意义的认识又会随着人生的步履而改变或加深，所以优越感目标也不可能凝固不变，它同生活一起呈现为一种动态过程。当没有被上层文人集团接纳时，左思急切地想用自己出色的创作打进这个圈子；当他一步入这个世俗权贵的圈子之后，有机会感受并认清上流社会的物质和精神生活，左思又逐渐对已经获得的这一切失望起来。

于是，他又开始了人生的第二度超越，《咏史八首》诗就是这次超越的精神记录。它们真实地表现了诗人由急切希望挤进当时的上流社会到厌恶这个社会，由希望得到这个社会的认可到不屑于世俗毁誉，并最终远离和鄙弃上流社会的心路历程。

第一首未涉及史事，往往被人看作八首诗的序诗。它表现了诗人对自己才能的充分肯定和自信，抒写了急于为世所用的企望，诗

---

1. 余嘉锡：《世说新语笺疏》，中华书局1983年版，第246—247页。

2. 房玄龄等：《晋书》，中华书局1974年版，第2377页。

人迫切希望自己出群之才能得以施展。他称弱冠之年就显示出卓越的才华，饱于学问又善于属文，而且志向和眼界都很高远，立论和作赋都堪称一流。不仅文才盖世，武略也不让人，“虽非甲胄士”却胜过甲胄士，然而，这样的英才却不能实现大“骋良图”的“梦想”，第二首便对那压抑人才的门阀制度大加讨伐：

> 郁郁涧底松，离离山上苗。以彼径寸茎，荫此百尺条。世胄蹑高位，英俊沉下僚。地势使之然，由来非一朝。金张藉旧业，七叶珥汉貂。冯公岂不伟，白首不见招。[1]

何焯《义门读书记》评此诗说：“左太冲《咏史》，‘郁郁’首，良图莫骋，职由困于资地。托前人以自鸣所不平也。”[2]涧底茂密高耸的“百尺”苍松，反而被山上矮小低垂的小苗所遮盖，才高的寒士终生卑贱，愚蠢的世族却代代显贵，“世胄蹑高位，英俊沉下僚”是对这一不合理的社会现象的沉痛控诉。“著论准《过秦》”“畴昔览《穰苴》”又有何用，还不照样沉沦下僚吗？

这八首诗并不是如前人所说的那样，将不同时间写成的作品不分先后地杂缀在一起，八首之间事实上存在着内在联系，感情发展的逻辑是八首诗联结的主线。前三首愤慨于得不到社会价值标准的

---

1. 萧统编、李善注：《文选》，中华书局1977年版，第296页。
2. 何焯：《义门读书记》，中华书局1987年版，第892页。

肯定，到第四首就开始鄙视这种价值标准。第四首将汉代金、张两贵戚的奢华与那时著名文士扬雄的寂寞进行了尖锐的对比，以王侯的显赫豪华反衬文士的清寒寂寞，同时，又用文士“悠悠百世后，英名擅八区”的身后名来反讽那些权倾一朝的贵族只不过是过眼云烟。诗人此刻所追求的已不是红极一时的世俗名声，他关注的乃是生命的永恒价值。要是扬雄生前耐不住“门无卿相舆”的冷淡寂寥，又哪有死后“英名擅八区”的流芳百世？生命的意义不在于物质生活的奢华，也不在于倾动朝野的权势，而在于默默无闻地实现自我的价值。一旦明白了现实社会已经一无可为，看清了上流社会的本质所在，他就从骨子里蔑视那些媚世取容的社会宠儿，在精神上他便获得了更高的内在超越。《咏史八首》诗之五是这八首诗中笔力最为雄迈的一首：

皓天舒白日，灵景耀神州。列宅紫宫里，飞宇若云浮。峨峨高门内，蔼蔼皆王侯。自非攀龙客，何为欻来游？被褐出阊阖，高步追许由。振衣千仞冈，濯足万里流。[1]

只有攀龙附凤的名利小人，才去奔走峨峨高门，才去伺候蔼蔼王侯。诗的前半部分写宫室的巍峨、豪门的壮丽，但诗人对此不仅没有半点垂涎和艳羡，反而在极度的夸张描写中暗含着极度

1. 萧统编、李善注：《文选》，中华书局1977年版，第297页。

的轻蔑；不仅不想涉足“紫宫”挤进高门，反而扪心自问：我自己并非攀龙附凤的小人，为什么要跑到这种地方来呢？最后两句用激烈的语气和昂扬的感情，表达了自己对权势、荣华、富贵的不屑一顾。沈德潜在《古诗源》中称这首诗“俯视千古”[1]，就“振衣千仞冈，濯足万里流”的气概而论，沈氏的评价一点也不过分。诗人再也不会由于上流社会不承认自己而羞愧难言了，此刻他全不在乎那些志满意得而实则颟顸无知的豪右的毁誉，《咏史八首》诗之六说：

高眄邈四海，豪右何足陈。贵者虽自贵，视之若埃尘。贱者虽自贱，重之若千钧！[2]

既然贵与贱两种价值标准，在豪右与寒士之间完全是颠倒的，那么，他们自身的价值为何非得要这些权贵名流来认可呢？让权贵们去孤芳自赏吧，他们在寒士们眼中却“视之若埃尘”；让权贵老爷一边去轻视讥笑，我们明白自己在社会中的斤两！第七首列举了主父偃、朱买臣、陈平和司马相如，这四位在各自不同的领域都干出了出色成绩的古人，都不是出生于“峨峨高门”和“蔼蔼王侯”之家。在他们事业成功之前，或者被“骨肉相轻薄”，或者

---

1. 沈德潜：《古诗源》，中华书局1963年版，第165页。

2. 萧统编、李善注：《文选》，中华书局1977年版，第297—298页。

被妻子所抛弃，或者穷得“壁立何寥廓”，然而这一点也不妨碍他们是久被尘埋的珍珠：“四贤岂不伟，遗烈光篇籍，当其未遇时，忧在填沟壑。英雄有迍邅，由来自古昔。何世无奇才，遗之在草泽。”“遗之在草泽”的“奇才”毕竟是奇才，登于庙堂之上的草包终归是草包。

第八首的情况要复杂些，为了阐明诗人心灵发展的轨迹，我们不妨录下全诗：

习习笼中鸟，举翮触四隅。落落穷巷士，抱影守空庐。
出门无通路，枳棘塞中涂。计策弃不收，块若枯池鱼。
外望无寸禄，内顾无斗储。亲戚还相蔑，朋友日夜疏。
苏秦北游说，李斯西上书。俯仰生荣华，咄嗟复雕枯。
饮河期满腹，贵足不愿余。巢林栖一枝，可为达士模。[1]

北大中国文学史教研室编的《魏晋南北朝文学史参考资料》评此诗说：“这诗慨叹社会的黑暗，但又有消极避世的思想。”[2]其实，这首诗虽然慨叹了“社会的黑暗”，但却没有流露什么“消极避世的思想”。它所抒写的是诗人找到了自己在生活中的位置，领悟到了

1. 萧统编、李善注：《文选》，中华书局1977年版，第298页。
2. 北京大学中国文学史教研室编：《魏晋南北朝文学史参考资料》，中华书局1962年版，第297页。

生活的意义和人生的价值后的一种自足。能自得于“外望无寸禄，内顾无斗储”的贫贱生活，是由于他已经具有内在的精神充实；能自安于“亲戚还相蔑，朋友日夜疏”的寥寞，是由于他清楚生活的意义到底是什么。“抱影守空庐”的穷巷之士，仍然瞧不起汲汲于富贵的苏秦之流，只要能完满地实现自我价值，完满地成就庄严的人生，巢于一枝一木就心满意足，哪里还用得着高车驷马高门深巷？哪里还用得着去拜谒权贵乞讨侯门？这首诗的语调没有第五首那么愤激昂扬，但比前者更深沉更坚定。

追求外在权威的承认和世俗的声誉，支配了创作《三都赋》时期的左思，而到了《咏史八首》诗时他才真正认识到，一个人的意义和价值全不在于上流社会的可否，不在于世俗的毁誉。这里，辨明《三都赋》和《咏史八首》在创作时间上的先后十分重要。左思现在留下来的作品很少，除《三都赋》和《咏史八首》外，见于《先秦汉魏晋南北朝诗》中仅存六首完诗，其他的都是零星的断简残句，其中最重要的作品还是《三都赋》和《咏史八首》。目前因资料缺乏，不可能编写出左思的创作系年，他这两部作品的具体创作年代已不可考。《晋书·左思传》中关于《三都赋》的写作情况，使人生疑的地方很多，如：“及赋初成，时人未之重。思自以其作不谢班、张，恐以人废言，安定皇甫谧有高誉，思造而示之。”同传又称：“初陆机入洛，欲为此赋，闻思作之，抚掌而笑，与弟云书曰：‘此间有伧父，欲作《三都赋》，须其成，当以覆酒瓮耳。'"[1]皇甫谧《晋书》有传，据载卒于太康三年，即公元282年，时年六十八岁。陆机入洛在太康十年，即公元289年。《晋书·陆机传》："年二十而吴灭，退居旧里，闭门勤学，积有十年。"[2]吴灭于280年，至太康末正好十年，与该传"至太康末，与弟云俱入洛"正好吻合。《三都赋》如果请皇甫谧作序确有其事，那么此赋至少应在282年前定稿；如果陆机嘲笑左思不自量力真有其事，那么，该赋至少在289年前还未完成。就是说，皇甫谧为《三都赋》作序与陆机在《三都赋》创作期间对其作者的嘲讽，二者肯定有一方违背了历史的真实。当代学者有的认为现在的皇甫序"我们没有理由怀疑它不出于皇甫谧之手"[3]，有的则怀疑皇甫谧的序文为伪。[4]肯定皇甫序为真则必断定《三都赋》完成于282年以前，肯定陆机嘲笑为真必断定其赋完成于289年以后。由于《晋书》本传疑窦丛生，现在很难断定我们应该相信它的哪些叙述。不过，这并不影响本文前面论旨的成立，尽管诸家对《三都赋》写作年代的意见不一，但对《三都赋》写于《咏史八首》诗之前的意见是一致的。确定《三都赋》与《咏史八首》诗创作先后并不难，这从各自作品的内容、风格就可作出判断。就左思拿着《三都赋》去请权威定评来看，他还缺乏足够的自信。当一个人对自我没有足够

---

1. 房玄龄等:《晋书》，中华书局1974年版，第2377页。
2. 房玄龄等:《晋书·陆机传》，中华书局1974年版，第1467页。
3. 傅璇琮:《左思〈三都赋〉写作年代质疑》，载于《中华文史论丛》1979年第2辑。
4. 牟世金、徐传武:《左思文学业绩新论》，载于《文学遗产》1988年第2期。

的把握时，他才特别看重别人对自己的评价。只要左思还热心于世俗的名声和自己在名流眼中的身价，就证明他还未真正战胜自己内在的自卑。《三都赋》还没有显示出左思独特的艺术个性，由于他有意迎合世俗的审美趣味，虽然获得一时的轰动效应，但现在看来它僵硬乏情，并不具有很高的文学价值。待到他写《咏史八首》诗时情况就大不一样了，诗人公开宣称“贵者虽自贵，视之若埃尘；贱者虽自贱，重之若千钧”，很难想象这时左思还会将《咏史八首》诗拿去定价于名流。只有当作家足于己无待于外时，作品的内容和美学风格才不受世俗偏见的影响，内容才能真实地表达自己的情感意志，风格才能是自己人格和气质的外在显现。《咏史八首》诗不仅是左思创作水平的一次飞跃，也是他对自卑感的一次真正超越，是他人生境界的一次升华。

左思两次对自卑感的超越，其实质就是对人生意义的追寻，寻找自我价值完满实现的道路，寻找人格自我完善的途径，这在太康文坛的作家群中难能可贵。太康前后，由于上层各政治派系之间相互争夺，文士们就要在忠于皇帝之外，还得在权臣中寻找自己的政治靠山。随着政治权力的不断起伏更替，文士们也不断地改变自己所依附的主子。他们不得不随风转舵地更换主人，否则就会随着政治力量的起落而丢了性命。当国戚贾谧炙手可热时，一些著名的文学家如陆机、陆云、潘岳、石崇等，都纷纷依附到他的门下；贾谧被诛杀后，陆机、陆云、刘殷等又投靠他人。在西晋短促的五十年中，大多数文士们一直可怜地扮演着卑下的“家奴”角色。政失准的带来了士无操行，作家在这种局面下既不可能像建安作家那样，用短暂的生命追求永恒的价值，又没有正始作家那种反叛传统礼教，去寻求新的理想人格的勇气；他们卑躬屈膝地拜倒在权贵的脚下，东汉末年以来对个体生命的珍视在他们身上表现为苟且偷生。因此，整个太康文坛除了左思等个别作家外，可怜的寄生生活使他们人格低下，而人格的低下必然造成作品格调的卑弱，既失去了正始作家那种悲壮激烈的情感，更不可能产生建安作家那种慷慨刚健的雄风，“儿女情多，风云气少”是锺嵘给张华诗歌下的断语[1]，正好可以将它借用来概括太康绝大部分作家作品的主要特征。刘勰也认为西晋诗歌“采缛于正始，力柔于建安”[2]，它比起正始诗歌来不过徒有繁华富艳的外表，其感情却缺乏建安诗歌中那种力度和深度。

左思因《三都赋》一时的成功，虽然也曾跻身于贾谧的“二十四友”之列，但这不过是他首次力图战胜长期折磨自己的自卑感的一种奋争，是他谋求社会对自己才能的承认，与“好游权门，与贾谧亲善，以进趣获讥”的陆机不同[3]，更与“性轻躁，趋世利，与石崇等谄事贾谧，每候其出，与崇辄望尘而拜”的潘岳有别。[4]《晋书·左思传》说贾谧请左思讲《汉书》，“谧诛，退居宜春里，专意典籍。齐

1. 锺嵘撰、曹旭注：《诗品集注》，上海古籍出版社1994年版，第216页。

2. 刘勰撰、范文澜注：《文心雕龙注》，人民文学出版社1958年版，第67页。

3. 房玄龄等：《晋书》，中华书局1974年版，第1481页。

4. 房玄龄等：《晋书》，中华书局1974年版，第1504页。

王冏命为记室督，辞疾不就。及张方纵暴都邑，举家适冀州”[1]。不妨拿他与陆机的行藏出处做一比较。陆机这位东吴名将之后，吴亡后来到敌国京城洛阳，起初尝尽亡国的耻辱。当他与弟陆云去拜访执文坛牛耳的张华时，张华不无夸张地对他们兄弟俩说：“伐吴之役，利获二俊。”这不是明显将他们兄弟当作伐吴的“战利品”吗？抬举之中又难免叫人心酸，可陆机似乎没有什么难堪。一次，“范阳卢志于众中问机曰：‘陆逊、陆抗于君近远？’机曰：‘如君于卢毓、卢珽。’志默然。既起，云谓机曰：‘殊邦遐远，容不相悉，何至于此？’机曰：‘我父祖名播四海，宁不知邪？’议者以此定二陆之优劣”[2]。想不到“名播四海”的父祖竟生下奴颜媚骨的子孙。他在京城先厚着脸皮投靠贾谧门下，后又拜倒在赵王伦脚下，并帮他策划谋杀过去的主子贾谧，伦被诛后马上为齐王冏效力，冏败再去为成王颖卖命。左思为上层文士圈子接纳后，有机会看清上流社会的真实面目，不仅对于“峨峨高门”“蔼蔼王侯”“赫赫紫宫”不以为然，对于“攀龙客”、名利徒也轻若敝履。名列“二十四友”后他的精神境界就逐渐超出了“二十四友”。贾谧刚伏诛他就远远离开了“峨峨高门”中的王侯，“举家适冀州”一走了之，让豪右和陆、潘辈“贵者自贵”，这和当年拿着《三都赋》请人揄扬的左思判若两人，更非

1. 房玄龄等：《晋书》，中华书局1974年版，第2377页。

2. 房玄龄等：《晋书》，中华书局1974年版，第1472—1473页。

"潘、陆辈所能比埒"。[1]

假如左思停留在超越自卑的第一个阶段，得到了上层文人集团接纳后就与上层社会同流合污，满足于与他们相同的精神境界和相同的人生追求，去和潘岳一起遥拜权贵的车尘，和陆机一道朝秦暮楚地巴结王侯，不敢自立于时辈，不能独拔于流俗，那么他断然写不出熠熠生辉的《咏史八首》诗，终生把自身的价值建立在上层权贵的脸色上，一辈子都不会真正超越自己的自卑心理。只有从热衷于上流社会的承认到不屑于世俗的毁誉，他才真正完成了自我的超越，彻底战胜长期像病魔一样纠缠着自己的自卑感。

"举家适冀州"不仅仅是左思的一次迁居，也不仅仅意味着他对荣华的舍弃，更意味着他与过去的"左思"决裂，向一个更高的人生目标迈进，这正与魏晋以来人的觉醒，与建安作家那种昂奋进取的人生态度，与正始作家那种对理想人格的追求合着节拍。魏晋人的自觉主题是探求个体的存在价值、人生的意义与归宿，力图建构一种新的理想人格。前于左思的阮籍、嵇康深切地感受到人生的短促与无常，个体存在的终极意义和生命的永恒是他们关注的焦点，他们一直在苦苦地寻求超越有限而达于"无限"的人格本体。后于左思的陶渊明则把人生的价值实现在日常田园生活中，实现在与淳朴农民的交往中，实现在种豆南山的辛勤劳动中，在"穷巷寡轮鞅"的草庐茅舍获得对存在意义的领悟。从小经受

---

1. 沈德潜:《古诗源》，中华书局1963年版，第163页。

自卑感折磨的左思则深切地感受到：人生的价值不在于精神的恬淡适意，不在于对渺茫的“无限”的追求，而在于将自己“本质力量”外化，把自己的才情完满地实现，并且不介意于世俗的褒贬，《咏史八首》诗就是他这种人生体验的表现，是他新的人生境界的写照。

外形“绝丑”且言谈“口讷”使左思从小感受到了世俗的偏见，使他本能地厌恶当时人们所崇尚的价值观念，因此，他的精神境界在太康作家群中独迈时流；在感情卑弱而词藻富艳的诗风里，他逐渐厌恶那时流行的审美趣味——对缺乏生命力的外在形式美的偏好，因此，他的诗歌创作在太康诗坛也算独树一帜。清人陈祚明在《采菽堂古诗选》中说：“太冲一代伟人，胸次浩落，洒然流咏。似孟德而加以流丽，仿子建而独能简贵。创成一体，垂式千秋。其雄在才，而其高在志。”[1]早在南朝的锺嵘也指出过陶诗“协左思风力”。[2]这是由于左思、陶渊明的人格卓尔不群，所以其诗也独标新格。“被褐出阊阖，高步追许由。振衣千仞冈，濯足万里流”掷地有声，一反陆、潘辈诗风的庸弱平衍，字里行间洋溢着英风豪气，劲挺的笔力和高亢的声调，很容易使人想起建安风骨，甚至胡应麟在《诗薮》中还称道“太冲纵横豪逸类子长”。[3]

---

1. 陈祚明:《采菽堂古诗选》，上海古籍出版社2008年版，第344页。
2. 锺嵘撰、曹旭注:《诗品集注》，上海古籍出版社1994年版，第260页。
3. 胡应麟:《诗薮》，上海古籍出版社1958年版，第33页。

的确，左思其诗其人，不独在太康诗坛迥拔时辈，在整个魏晋诗坛也极有个性。他的《咏史八首》诗既不同于阮籍《咏怀》诗的深沉忧伤，也不同于陶渊明诗歌的恬淡真淳。阮籍所追求的理想人格本体远离现实，在尘世只是一种邈茫难求的幻影，他终归不能离开混浊的现实去把握那高洁渺远的“太虚”，永远做不成自己所描绘的那种理想人格化身——“大人先生”，所以他的情绪不可避免地要陷入痛苦压抑；固然面对阴暗的现实常常“使气以命诗”[1]，却掩饰不住骨子里的深沉忧伤。陶渊明根本用不着挖空心思去寻觅不着边际的“无垠”，他在“不复劳智慧”的淳朴生活中得到了自己想得到的东西，因而他的诗歌呈现出一片清明恬静的风味。由于左思后期精神上内在的充实和对自我的肯定，昂首挺腰理直气壮地做人，这样，形成一种他所特有的雄迈刚健的“左思风力”，前与阮籍、后与陶渊明遥相辉映。

左思的意义不仅在于他精神上超越了自卑，诗风上超越了时辈，更在于他不断地突破并超越了自我：不因为自己得到上流社会的接纳便被上流社会所同化，而是深刻地怀疑和猛烈地抨击上流社会所盛行的虚伪道德，竭力为天下还未被承认且惨遭压抑的天才鸣冤叫屈：“冯公岂不伟，白首不见招”“何世无奇才，遗之在草泽”。不再只考虑自己的才能是否能得到世人的恭维，而主要关心的是社会上的人才是否被埋没；不再只看重个人命运的不幸，而更注重导致压

1. 刘勰撰、范文澜注：《文心雕龙注》，人民文学出版社1958年版，第700页。

抑天才的社会悲剧："世胄蹑高位，英俊沉下僚。"这种坦荡无私的境界，只有在他找到并占有了自我的时候才能达到，早年苦苦战胜自卑，并终生追求生命的意义和价值的左思，正是此刻才在一个更高的层次上实现并成就了他自己。

原刊《华中师范大学学报（人文社会科学版）》

1996年第6期

“委心”与“委运”

——论陶渊明的存在方式

陶渊明认为“所以贵我身，岂不在一生”(《饮酒二十首》之三)，绝不能使宝贵的生命成为猎取声名、利禄、权势和富贵的工具，生命存在的本身就自成目的，真实而不虚矫地坦露生命的真性便是存在的首要课题，因而他将“任真”“自得”作为自己最高的人格理想(参见《连雨独饮》《始作镇军参军经曲阿作》)。萧统也以“任真自得”品其为人[1]，苏轼对他的为人之“真”更是赞不绝口:“孔子不取微生高，孟子不取於陵仲子，恶其不情也。陶渊明欲仕则仕，不以求之为嫌，欲隐则隐，不以去之为高，饥则扣门而乞食，饱则鸡黍以延客，古今贤之，贵其真也。”[2]这种“任真自得”的人格理想在他

1. 萧统:《陶渊明传》,《全梁文》，中华书局1958年版，第3068页。

2. 苏轼:《书李简夫诗集后》,《苏轼文集》，中华书局1986年版，第2148页。

的生命历程中便呈现为“委心”与“委运”的存在方式。

一

“委心”这一存在方式是陶渊明在《归去来兮辞》中提出的：“木欣欣以向荣，泉涓涓而始流；善万物之得时，感吾生之行休！已矣乎，寓形宇内复几时，曷不委心任去留，胡为乎遑遑兮欲何之？富贵非吾愿，帝乡不可期。怀良辰以孤往，或植杖而耘耔；登东皋以舒啸，临清流而赋诗。聊乘化以归尽，乐夫天命复奚疑。”[1]“委心”的本质就是让生命本真地存在，率性而动了无矫饰，任情而行不待安排。在陶渊明的诗文中不违本心与不违本性是同一个意思，听任本心的自然也即顺其本性的自然，他没有用过《中庸》中“率性”或《孟子》中“尽性”这两个理性色彩很浓的字眼，而较多地使用“称情”“肆志”一类情感化的词句，“称心”“纵心”等词在陶集中更为常见：

咨大块之受气，何斯人之独灵；禀神智以藏照，秉三五而垂名。或击壤以自欢，或大济于苍生，靡潜跃之非

1. 陶渊明撰、逯钦立校注：《陶渊明集》，中华书局1979年版，第161—162页。

分，常傲然以称情。[1]

——《感士不遇赋》

迁化或夷险，肆志无窊隆。[2]

——《五月旦作和戴主簿》

人亦有言，称心易足，挥兹一觞，陶然自乐。[3]

——《时运》

虽留身后名，一生亦枯槁，死去何所知，称心固为好。[4]

——《饮酒》其十一

静念园林好，人间良可辞，当年讵有几，纵心复何疑？[5]

——《庚子岁五月中从都还阻风于规林二首》其二

为了阐明“委心”这一存在方式的实质和特点，有必要先分梳

1. 陶渊明撰、逯钦立校注:《陶渊明集》，中华书局1979年版，第147页。
2. 陶渊明撰、逯钦立校注:《陶渊明集》，中华书局1979年版，第53页。
3. 陶渊明撰、逯钦立校注:《陶渊明集》，中华书局1979年版，第13—14页。
4. 陶渊明撰、逯钦立校注:《陶渊明集》，中华书局1979年版，第93页。
5. 陶渊明撰、逯钦立校注:《陶渊明集》，中华书局1979年版，第74页。

“心”“性”“情”三者的关系，这样才能明了陶渊明所引诗文中“委心”“纵心”“称心”“称情”的本意。孟子最先论及“心”与“性”的关系：“尽其心者，知其性也；知其性，则知天矣”[1]，“君子所性，仁义礼智根于心”[2]。在先秦道家和儒家的典籍中，“性”与“情”常常组成一词：“起礼义，制法度，以矫饰人之情性而正之，以扰化人之情性而导之。”[3]“此六子者，世之所高也，孰论之，皆以利惑其真，而强反其情性，其行乃甚可羞也。”[4]《庄子》有时又将“情性”写成“性情”：“道德不废，安取仁义？性情不离，安用礼乐？”[5]宋儒认为在“心”“性”“情”三者中“心统性情”[6]。“性”和“情”都根于“心”[7]。《朱子语类》卷五说：“性是未动，情是已动，心包得已动未动。盖心之未动则为性，已动则为情，所谓‘心统性情’也。”[8]由此可知，“性”是“心”寂然不动时的本然状态，“情”是“心”感物触事而起的波动状态，因此后世常将“心情”“心性”“性情”联缀成词。陶渊明在诗文中不仅说到“委心”“称心”“纵心”和“称情”，也几次谈论自己的本性或个性：“性刚才拙，与物多忤”(《与

1. 朱熹：《四书章句集注》，中华书局1983年版，第349页。
2. 朱熹：《四书章句集注》，中华书局1983年版，第355页。
3. 梁启雄：《荀子集释》，中华书局1983年版，第328页。
4. 郭庆藩：《庄子集释》，中华书局1961年版，第997页。
5. 郭庆藩：《庄子集释》，中华书局1961年版，第336页。
6. 张载：《张子全书》卷十四，四部备要本。
7. 朱熹：《四书章句集注》，中华书局1983年版，第18页。
8. 朱熹：《朱子语类》卷五，中华书局1986年版，第93页。

子俨等疏》),“少无适俗韵，性本爱丘山”(《归园田居五首》之一)。他在《感士不遇赋》一开篇就说，每个人都各有不同的个性，有的乐意并宜于“击壤以自欢”式的隐逸生活，有的立志且能够出仕“大济于苍生”，只要遵循自己的本性选择人生的出处以尽自己的本分，那么或潜或跃或仕或隐就无不“傲然以称情”。这里的“称情”也就是“委心”“称心”或适性。可见，他的“委心”“纵心”“称心”既指适性，也指任情。

陶渊明用云为之际无不是率性而行——独酌于黄昏之后(《饮酒二十首》之七)，采菊于东篱之边(《饮酒二十首》之五)；“景物斯和”的暮春一人“偶影独游”(《时运》),“风物闲美”的夏日便携侣远足(《游斜川》)；读书不求甚解而只求适性(《五柳先生传》)，弹琴无须有弦而只在畅情；可能是不耻刺史檀道济的为人，将他馈赠的“粱肉”“麾而去之”，或许与另一江州刺史王弘性情相投，在半路上不妨与他“欣然”共酌[1]。无论是一人独处还是与他人相聚，无论是接人还是待物，他都不会迁就世俗以扭曲自己的本性，更不会曲意逢迎，虚饰矫情，任其真性流行，还人生以自在。《宋书·隐逸传》载:“颜延之为刘柳后军功曹，在浔阳，与潜情款，后为始安郡，经过浔阳，日日造潜。每往，必酣饮至醉，临去，留二万钱与潜。潜悉送酒家，稍就取酒。尝九月九日无酒，出宅边菊丛中坐久，忽值弘送酒至，即便就酌，醉而后去归。潜不解音声，而畜素琴一张，

---

1. 萧统:《陶渊明传》,《全梁文》，中华书局1958年版，第3068页。

无弦，每有酒适，辄抚弄以寄其意。贵贱造之者，有酒辄设。潜若先醉，便语客：‘我醉欲眠，卿可去。’其真率如此。”[1]

心迹难并就算不上“委心”，身心分裂更不可能“称情”，他早年“投耒去学仕”（《饮酒二十首》之十九）的时候，“遥遥从羁役”使得他“一心处两端”（《杂诗十二首》之九），所求超出了他自己的本分，所行抵牾于自己的本性，本来醉心于“林园”却置身于官场，“依依在耦耕”偏又“宛辔”去出仕（《辛丑岁七月赴假还江陵夜行涂口》），难怪他每次刚一出仕马上就厌仕，束装初出便急切思归。《始作镇军参军经曲阿作》一诗抒写了他“始作”镇军参军时的心情：

> 弱龄寄事外，委怀在琴书。被褐欣自得，屡空常晏如。时来苟冥会，宛辔憩通衢。投策命晨装，暂与园田疏。眇眇孤舟逝，绵绵归思纡。我行岂不遥，登陟千里余。目倦川涂异，心念山泽居。望云惭高鸟，临水愧游鱼。真想初在襟，谁谓形迹拘。聊且凭化迁，终返班生庐。[2]

寄情于世事之外，委怀于琴书之中，“自得”于“被褐”则无意于仕途，“屡空”仍“晏如”便无羡于富贵，“寄”字“怀”字两两相形，“自得”“晏如”彼此相映，可见诗人的襟怀原自超脱而淡泊，所以，

1. 沈约：《宋书》，中华书局1974年版，第2288页。
2. 陶渊明撰、逯钦立校注：《陶渊明集》，中华书局1979年版，第71页。

“憩通衢”而说是“苟”，“疏园田”也只是“暂”，刚离“衡茅”便思归去，一出仕就想挂冠。“题是《始作镇军参军经曲阿作》，束装初出，何尝有仕途岁月之苦，而曰‘归思纡’，曰‘心念居’，曰‘终返庐’，一篇三致意，如若旷历年岁，久堕难脱然。”[1]望云致惭于天上高飞之鸟，临水有愧于水中游嬉之鱼，因为鱼鸟无知之物尚且自由自在，而自己这寄怀琴书之人却如拘如囚。我们不难想象此时此刻诗人内心的矛盾痛苦。

历来人们只从伦理的角度阐释陶渊明最终弃官归田这一严肃的生命决断，“不为五斗米折腰”一直被人传为美谈，它已经成了气节和操守的代名词，其实任心适性的生命意识才是驱使他弃官彭泽的深层动因，这一点他在《归去来兮辞》中交代得非常清楚。“不为五斗米折腰”一说在陶集中找不到本证，难怪宋以后不断有史家对此说提出质疑，宋韩子苍认为“五斗折腰”之说为子虚乌有，是时人的误传或史家的虚构；清林云铭断言“五斗折腰”之说并非出于诗人的真情，是渊明自己去官时的托词和借口；清陶澍认为渊明去官时开始借督邮以为名，至为文时又借奔妹丧以自晦，而诗人归田的真正原因是“悯晋室之将终”[2]。在《归去来兮辞》和《归园田居五首》等抒写归田的诗文中，既找不到“不为五斗米折腰”的陈述，也没

---

1. 黄文焕：《陶诗析义》卷三，引自北京大学中文系编《古典文学资料汇编·陶渊明卷》下编，中华书局1965年版，第114—115页。
2. 参见北京大学中文系编《古典文学资料汇编·陶渊明卷》下编，中华书局1965年，第328、333、336页。

有要为晋室守节的表白，更何况他辞官彭泽在晋亡前十几年，陶渊明断不至于提前十几年就“不食周粟”。我们还是来听听诗人自己在《归去来兮辞·序》中是怎么说的：

> 余家贫，耕植不足以自给。幼稚盈室，瓶无储粟，生生所资，未见其术。亲故多劝余为长吏，脱然有怀，求之靡途。会有四方之事，诸侯以惠爱为德，家叔以余贫苦，遂见用于小邑。于时风波未静，心惮远役，彭泽去家百里，公田之利，足以为酒，故便求之。及少日，眷然有归欤之情。何则？质性自然，非矫厉所得，饥冻虽切，违己交病。尝从人事，皆口腹自役。于是怅然慷慨，深愧平生之志。犹望一稔，当敛裳宵逝。寻程氏妹丧于武昌，情在骏奔，自免去职。仲秋至冬，在官八十余日。因事顺心，命篇曰《归去来兮》，乙巳岁十一月也。[1]

求官是由于“幼稚盈室”而“瓶无储粟”的生活所迫，不仅不是出于他个人的内在需求，反而有违他“自然”的天性，因而奔走仕途完全“口腹自役”，心灵的折磨比身体的饥冻更加难熬。序文中的“矫厉”是指用人力强行改变事物的形状或性质，语出《荀子·性恶》

1. 陶渊明撰、逯钦立校注：《陶渊明集》，中华书局1979年版，第159页。

篇："故枸木必将待檃栝烝矫然后直，钝金必将待砻厉然后利。"[1] 诗人称自己淳真自然的"质性"绝非矫厉所能改变，曲己从人勉强入仕，让心灵为口腹所役，怎么能让自己"称心"？扭曲自己内在的本性，怎么能使自己"适性"？对自己个性有深刻体认的诗人，自然也深刻认识到选择"违己"入仕这一生命存在方式的迷失，《归去来兮辞》一开篇就大彻大悟地说："归去来兮，田园将芜胡不归？既自以心为形役，奚惆怅而独悲。悟已往之不谏，知来者之可追；实迷途其未远，觉今是而昨非。""园林无世情"却强迫自己沉浮宦海，这正是"自以心为形役"，使得自己的生命存在违己失性，便是误入"迷途"，便要"身心交病"，"云无心以出岫，鸟倦飞而知还"才是"迷途"知返。回到自己"日梦想"的田园，"引壶觞以自酌，眄庭柯以怡颜。倚南窗以寄傲，审容膝之易安。园日涉以成趣，门虽设而常关。策扶老以流憩，时矫首而遐观"（《归去来兮辞》），只有这种存在方式才是"委心"，也只有这种存在方式才叫"称情"。

二

陶渊明还在《形影神》一诗中提出"委运"这一存在方式："大钧无私力，万物自森著。人为三才中，岂不以我故。与君虽异物，生

1. 梁启雄著：《荀子简释》，中华书局1983年版，第327页。

而相依附。结托既喜同，安得不相语！三皇大圣人，今复在何处？彭祖爱永年，欲留不得住。老少同一死，贤愚无复数。日醉或能忘，将非促龄具！立善常所欣，谁当为汝誉？甚念伤吾生，正宜委运去。纵浪大化中，不喜亦不惧，应尽便须尽，无复独多虑。”[1]“委运”和“委心”一样，是在面临死亡深渊时的存在论选择，是诗人生命的一种庄重决断。“委运”的本意是一切听凭造化因任自然。“委心”与“委运”是一个铜板的两面。“委心”的“心”指自己内在的本性，“委运”的“运”指外在的自然大化。“委心”是听任内在的自然，“委运”是听任外在的自然，能“委心”且能“委运”就做到了“任真”，“任真”就是一个人内在性与外在性的同时完成，并因之成为一个本真存在的人。“委心”与“委运”相辅相成，如果不能回到自己内在的自然——生命的真性，那么外在的自然——自然大化，就将永远与他是疏离和对峙的。陶渊明找回自己“质性自然”的真性，并回到他自己“日梦想”的田园，这才实现了他任真适性的理想，了却了他“返自然”的宿愿，《归园田居五首》就是他“委心”与“委运”存在方式的生动展现：

少无适俗韵，性本爱丘山。误落尘网中，一去三十年。羁鸟恋旧林，池鱼思故渊。开荒南野际，守拙归园田。方宅十余亩，草屋八九间，榆柳荫后檐，桃李罗堂前，暧暧

---

1. 陶渊明撰、逯钦立校注：《陶渊明集》，中华书局1979年版，第36—37页。

远人村，依依墟里烟，狗吠深巷中，鸡鸣桑树巅。户庭无尘杂，虚室有余闲。久在樊笼里，复得返自然。

——《归园田居五首》其一

野外罕人事，穷巷寡轮鞅。白日掩荆扉，虚室绝尘想。时复墟曲中，披草共来往。相见无杂言，但道桑麻长。桑麻日已长，我土日已广，常恐霜霰至，零落同草莽。

——《归园田居五首》其二

种豆南山下，草盛豆苗稀。晨兴理荒秽，带月荷锄归。道狭草木长，夕露沾我衣。衣沾不足惜，但使愿无违。

——《归园田居五首》其三

黄文焕在《陶诗析义》卷二中评论这一组诗说："'返自然'三字，是归园田大本领，诸首总纲。'绝尘想''无杂言'，是'返自然'气象，'衣沾不足惜，但使愿无违'是'返自然'方法。"诗中的"尘网""樊笼""自然"具有双重含义：从外在层面讲，"尘网""樊笼"是指束缚人的仕途或官场，它与诗中的"丘山""园田"等外在自然相对；内在层面的"尘网""樊笼"是指人干禄的俗念和阿世的机心，它与诗人"少无适俗韵，性本爱丘山"的内在本性相对。"返自然"相应也包含两个层面的意思：一是回到自己"旧梦想"的田园，即他在组诗第一首中如数家珍地罗列的"地几亩，屋几间，树几株，花几种，远树近烟何色，鸡鸣狗吠何处”[1]，这一层面的“返自然”与他“委运”的存在方式相应；二是回到他自己生命的真性，摆脱一切官场应酬、仕途倾轧和人事牵绊，“相见无杂言”则于人免去了俗套，“虚室绝尘想”则于己根绝了俗念，“守拙”则是去机心而显真性，这一层面的“返自然”与他“委心”的存在方式相应，可见陶渊明的“返自然”既是“委运”也是“委心”。

要能“委心”而又“委运”地存在，首先就得斩断钻营媚俗干禄求荣的世俗百情，超越俗世的声名、利禄、富贵，这就是上诗所说的要“虚室绝尘想”。如果其心未“绝尘想”，其身必然要“落尘网”；如果自己为外物所累，必然要导致“心为形役”，“委心”和“委运”也就无从谈起了。只有远离了功名的浮嚣，厌恶了市朝的奔竞，超然于世俗的穷通，才有可能率性任情。我们不妨看看陶渊明对自己存在方式的自述：

> 含欢谷汲，行歌负薪，翳翳柴门，事我宵晨。春秋代谢，有务中园，载耘载耔，乃育乃繁。欣以素牍，和以七弦。冬曝其日，夏濯其泉。勤靡余劳，心有常闲。乐天委分，以致百年。惟此百年，夫人爱之；惧彼无成，愒日惜时。存为世珍，殁亦见思；嗟我独迈，曾是异兹。宠非己荣，

1. 黄文焕：《陶诗析义》卷三，北京大学中文系编《古典文学资料汇编·陶渊明卷》下编，中华书局1965年版，第49页。

涅岂吾缁？捽兀穷庐，酣饮赋诗。[1]

——《自祭文》

热衷于功名者害怕在“惟此百年”中一事无成，希望以耀眼的才华、惊人的业绩和盖世的功勋，使自己生前为世人所敬重钦仰，死后为后人所怀念追思，他们为此而匆匆忙忙熙熙攘攘，丧失人格以讨好上司，扭曲本性以迎合世俗，在求名求利患得患失中了此一生。陶渊明则“独迈”时流，从功名利禄中解脱了出来，看他“含欢谷汲，行歌负薪”的那份惬意、“冬曝其日，夏濯其泉”的那份疏放、“乐天委分，以致百年”的那份自足，我们恍然如见天际真人。

敝屣人间富贵，鄙弃世俗声名，自然就会率性而行，称心而言，毫无遮掩地展露出自己生命的真性，自然也就“委心”和“委运”了。《五柳先生传》被时人称为陶渊明的生平“实录”[2]，是他“委心”和“委运”存在方式的真实写照：

先生不知何许人也，亦不详其姓字，宅边有五柳树，因以为号焉。闲静少言，不慕荣利。好读书，不求甚解；每有会意，便欣然忘食。性嗜酒，家贫不能常得；亲旧知其如此，或置酒而招之。造饮辄尽，期在必醉。既醉而退，

1. 陶渊明撰、逯钦立校注：《陶渊明集》，中华书局1979年版，第197页。

2. 萧统：《陶渊明传》，《全梁文》，中华书局1958年版，第3068页。

曾不吝情去留。环堵萧然，不蔽风日；短褐穿结，箪瓢屡空，晏如也。常著文章自娱，颇示己志。忘怀得失，以此自终。

赞曰：黔娄之妻有言："不戚戚于贫贱，不汲汲于富贵。"其言兹若人之俦乎？衔觞赋诗，以乐其志。无怀氏之民欤？葛天氏之民欤？[1]

人们称陶渊明"任真自得"，这位"五柳先生"的"任真"既可爱又可亲：家贫无酒时"亲旧"招之即去，没有任何违心的推迟婉谢；每去总是尽兴酣饮必至于微醉，从不故作姿态假装斯文；醉后便独自离席归去，毫不在意去留的客套礼节，其言其行无不称心率性。他的"自得"同样令人敬仰：卑微到人不知其为"何许人"，甚至连称呼他的姓字也不被人知道；清贫到住宅"不蔽风日"，家中"环堵萧然"，衣着"短褐穿结"，饮食"箪瓢屡空"，可"五柳先生"的心境仍是那样"晏如"快乐，并对这种生活满足得愿"以此自终"。这种满足当然不是感性的满足和快意，而是精神的充盈与富有，"不慕荣利"自然就无羡于荣华，"忘怀得失"便无往而不自得。他在任何情况下都能委心任情的关键，就是他能既"不戚戚于贫贱"又"不汲汲于富贵"。

不过，"不戚戚于贫贱"未必就能不戚戚于死亡，能超然于得失

1. 陶渊明撰、逯钦立校注：《陶渊明集》，中华书局1979年版，第175页。

未必就能超然于生死。前人早已说过"俗网易脱，死关难避"，而一个人要"委心"与"委运"地存在，就要既"忘怀得失"又超脱生死。陶渊明在道及"委运"时说，对自己的生死"甚念伤吾身，正宜委运去"。那么如何才能坦然地"委运"而行呢？他的回答是"纵浪大化中，不喜亦不惧。应尽便须尽，无复独多虑"。面对死亡恣意纵酒或汲汲求名都将使人失去生命的真性。陶渊明在《饮酒二十首》之十一中也否定了养生与求名这两种选择："颜生称为仁，荣公言有道，屡空不获年，长饥至于老。虽留身后名，一生亦枯槁。死去何所知，称心固为好。客养千金躯，临化消其宝。裸葬何必恶，人当解意表。"颜回、荣启期以美名为宝，"客"以千金躯为宝，可是身、名都不可久恃，因而总不如以"称心"为宝。不管是以身还是以名为宝，都是把个人生命作为一己的占有物，对死亡心存恐惧表明恐惧者还心中有"私"，他们把自己的生命体验为个人的一种私有财产，因此企图牢牢抓住生命不放。有占有的欲望就有害怕失去的忧虑。怕死并不是害怕死亡本身，"因为当我们存在的时候，死亡并不存在；而当死亡在这里的时候，我们就不存在"[1]。怕死是害怕失去自己已经占有的东西——躯体、名誉、地位、财产、个性、学识等等，所以苏格拉底认为，"对死亡感到悲哀"的人"是一个爱欲者"，

1. 黑格尔:《哲学史讲演录》卷三，商务印书馆1959年版，第8页。

“或者爱财，或者爱名，或者两者都爱”[1]。“营营惜生”者的胸襟狭隘而又自私，他们一提到死亡不是“举目情凄洏”就是“念之五情热”（《形影神》）。相反，陶渊明并不把生命体验为个人的占有物，因而他没有渴望个人不朽的冲动——不论是躯体的长生还是美名的长存，追求躯体的长生或美名的长存只会把生命当成沉重的负担。他认为个体生命是自然大化的一部分，应当将个体融进宇宙广阔的生命洪流，将一己生命融入自然大化的生命节律之中，一方面在精神上吐纳山川，另一方面又与造化和同一气，随天地而同流，与大化而永在。既然个体生命是自然大化生命的一部分，既然从少至老再到死是一个自然的变化过程，那么就应当平静地面对死亡，“应尽便须尽，无复独多虑”，他在绝笔《自祭文》中也说：“识运知命，畴能罔眷，余今斯化，可以无恨。寿涉百龄，身慕肥遁，从老得终，奚所复恋！”

不在乎生死，不役于尘世，不累于富贵，对这个世界不忮不求无滞无碍，生老病死一一听从自然之运，出处进退一一听从生命的本然天性，这才真正做到了“委运”和“委心”。

---

1. 柏拉图：《苏格拉底的最后日子·〈费多〉篇》，上海三联书店1988年版，第131页。

三

陶渊明"委心"与"委运"的存在方式，与魏晋"达自然之性，畅万物之情"[1]的人格理想一脉相承。魏晋名士受尽名教的桎梏拘系，见惯了许多士人的虚伪矫情，十分厌恶礼法之士"外厉贞素谈，户内灭芬芳"[2]的丑态，渴望坦露"任实之情"[3]和畅达自然之性。嵇康认为不论是"尧舜之君世"还是"许由之岩栖"，只要他们各自"能遂其志"都无可指责，"故君子百行，殊途而同致，循性而动，各附所安"。事实上他已把委心循性当作"君子百行"人生选择的准绳，他自己"不涉经学""不喜作书""不喜吊丧""不喜俗人""卧喜晚起""心不耐烦""轻肆直言"[4]，无一不是依"循性而动"这一准则处事为人。魏晋名士们不仅不堪忍受名教的束缚，而且要求抛弃一切外在于生命的功利目的，一切都为了生命的适意与称情。如《世说新语·鉴识》载："张季鹰辟齐王东曹掾，在洛阳见秋风起，因思吴中菰菜羹、鲈鱼脍，曰：'人生贵得适意尔，何能羁宦千里以要名爵！'遂命驾便归。"[5]不过此时不少名士将"自然"等同于人的感

1. 王弼：《老子道德经注》，楼宇烈：《王弼集校释》，中华书局1980年版，第77页。
2. 阮籍：《咏怀诗》，陈伯君：《阮籍集校注》，中华书局1987年版，第377页。
3. 嵇康撰、戴明扬校注：《嵇康集校注》，人民文学出版社1962年版，第118页。
4. 嵇康撰、戴明扬校注：《嵇康集校注》，人民文学出版社1962年版，第117—122页。
5. 刘义庆撰、余嘉锡笺疏：《世说新语笺疏》，中华书局1983年版，第393页。

性欲求，认为“好荣恶辱，好逸恶劳，皆生于自然”，假如不能“燕婉娱心，荣华悦志，服飨滋味，以宣五情，纳御声色，以达性气”，就是“不本天理”，就是“悖情失性”[1]。从理论上肯定“人性以从欲为欢”，在生活上就会滑向纵欲。

陶渊明高于魏晋名士的地方是他并没有将生命本性等同于动物性，因而也没有像他们那样由委心堕入纵欲。他所谓“质性自然”中的“自然”是指未被世俗污染扭曲的生命真性，“委心”只是要坦怀任意，“委运”只是要适性自然，本质上是一种回归生命真性的形而上冲动。他的“肆志”并不是像有些魏晋名士那样“去巾帻，脱衣服，露丑恶，同禽兽”[2]，使陶渊明“委心”“称心”的东西，不外乎种豆于南山之下，获稻于西田之中，佳日则登高赋诗，有酒便与邻共酌，就像深渊的游鱼自由自在，天空的飞鸟任意西东，不必周旋应对，不必掩饰矫情。他“委心”和“委运”的存在方式所展露的便是这种尽情坦露真性的生命境界。

原刊《北京工业大学学报（社会科学版）》2002年第1期

---

1. 向秀：《难养生论》，戴明扬：《嵇康集校注》，人民文学出版社1962年版，第166—167页。

2. 王隐：《晋书》，引自余嘉锡笺疏《世说新语笺疏》，中华书局1983年版，第24页。

论元嘉七言古诗的诗史意义

——兼论七言古诗艺术形式的演进

胡应麟在论述七言古诗的发展时说："七言古乐府外，歌行可法者，汉《四愁》，魏《燕歌》，晋《白纻》。宋、齐诸子，大演五言，殊寡七字。至梁乃有长篇，陈、隋浸盛，婉丽相矜。"[1]不知这位对诗史十分熟悉的诗论家为何做出如此不符合史实的判断。我从《先秦汉魏晋南北朝诗》中粗略统计，南朝齐诗坛上的确"殊寡七字"，七言诗加上断句也不过四五首，可是宋代现保存完整的七言歌行就有五十一首之多（包括七言杂诗），除少于梁代的八十六首之外，远远超过陈代的四十三首和隋代的十八首。即使六朝七古数量较多的梁代也没有产生像鲍照这样的七言歌行名家，除鲍照外，宋代诗坛名家如谢灵运、谢庄、谢惠连、汤惠休等都或多或少创作过七言歌

1. 胡应麟：《诗薮》，上海古籍出版社1979年版，第42页。

行，宋代七言诗与五言诗的比例也绝对高于梁代。在整个南北朝七古的创作中，既不能说“陈、隋浸盛”，更不能说宋“殊寡七字”，相反宋元嘉时期是七言古诗创作的一个高峰，在诗歌发展史上具有里程碑的意义：从文体本身讲，七言古诗艺术形式至元嘉才臻于成熟；从诗歌发展史讲，元嘉七言古诗更是前无古人后启来者。王夫之在《古诗评选》中说：“七言之制，断以明远为祖何？前虽有作者，正荒忽中鸟径耳。柞棫初拔，即开夷庚，明远于此，实已范围千古。故七言不自明远来，皆荑稗而已。”[1]本文试图从七言古诗艺术形式的演进中，揭示元嘉七古的诗史意义。

一、从单一韵式到因情转韵

《世说新语·排调》刘孝标注引“《东方朔别传》曰：‘汉武帝在柏梁台上，使群臣作七言诗。’七言诗自此始也。”[2]七言诗是否始于这首《柏梁诗》尚存争议，而且这首由武帝和大臣们七嘴八舌拼凑而成的二十六句七言诗，从艺术上看也“殊不成章”，连唯古是尚的胡应麟也嫌它“兴寄无存”[3]。但它在形式上满足了七言诗的条件，

1. 王夫之：《古诗评选》，上海古籍出版社2011年版，第44页。

2. 刘义庆撰、余嘉锡笺疏：《世说新语笺疏》，中华书局1983年版，第811页。

3. 引自许学夷《诗源辩体》，人民文学出版社1987年版，第65页。

每句都由七言构成，句句押韵且一韵到底，在节奏上也都是上四下三，后来人们将这种艺术形式的诗歌称为“柏梁体”。从西汉的《柏梁诗》至东晋末五百多年时间，七言的用韵和表现手法没有根本的突破，尽管产生了像曹丕《燕歌行》那样出自一人之手的“纯粹七言古诗”，尽管它达到了“倾情、倾度、倾色、倾声”的艺术效果[1]，但在体式上《燕歌行》二首还是典型的“柏梁体”，和《柏梁诗》一样每句用韵，押平声韵并一韵到底。由于全诗每句用韵，所以诗歌无须凑成偶数句子,《燕歌行》其一共十五句，其二共十三句。这种韵式使它的用韵受到很多限制，也容易造成声韵的重复单调。诗人们虽偶尔写作七言诗，但并没有自觉的文体意识，也没有发现七言诗艺术上的表现潜力，比起五言诗的成熟与繁荣来，七言诗的用韵和表现手法都比较幼稚单调，七言诗的作者与作品更显得寂寥。连仿作七言诗的诗人也轻视七言诗，如西晋傅玄在《拟四愁诗》的小序中说:“昔张平子作《四愁诗》，体小而俗，七言类也，聊拟而作之。”[2]将七言诗看成“小而俗”的东西，恐怕不是傅玄一个人的私见而是当时文人的公论。直至东晋上流文人还不知道七言诗为何物,《世说新语·排调》载:“王子猷诣谢公，谢曰:‘云何七言诗?’子猷承问，答曰:‘昂昂若千里之驹，泛泛若水中之凫。’”[3]王子猷回答的这两

1. 王夫之:《古诗评选》，上海古籍出版社2011年版，第18页。

2. 逯钦立辑校:《先秦汉魏晋南北朝诗》，中华书局1983年版，第573页。

3. 刘义庆撰、余嘉锡笺疏:《世说新语笺疏》，中华书局1983年版，第811页。

句无论是句型还是节奏，都不能说是七言诗。虽然是调侃一类的“排调”，由此也可看出东晋文人对七言诗的隔膜与生疏。对什么是七言诗尚且说不出子丑寅卯，自然就不会有兴趣去写七言诗，更不会写出好的七言诗来。

元嘉诗人登上诗坛后，七言诗表现手法的种种局限才得以克服，这一诗体在艺术形式上才逐渐走向成熟。元嘉诗人对七言诗的主要贡献，首先表现在打破了柏梁体严格整齐的齐言句式，以及句句押韵且只押平声韵的格局，创造了一种声调和句式都较为灵活自如的新型七言诗体。

七言诗产生的时间与五言诗同时甚至略早，可汉代五言乐府诗在艺术上很快走向成熟，并产生了像《孔雀东南飞》这样的长篇巨制，东汉后期文人就写出了被誉为“一字千金”的五言杰作《古诗十九首》，而直到东晋许多文人还不知道“何为七言诗”。为什么七言诗的“发育”如此迟缓呢？其中的原因自然很多也很复杂，可能是“七言节奏的生成原理”致使早期七言难以意脉连贯[1]，可能是七言诗在当时不像五言乐府诗那样便于入乐歌唱，可能是这种诗体比五言诗更难以掌握，也可能是此时文人对这一诗体心存“小而俗”的审美偏见，在诸多“可能”中王力先生又增加了另一种“可能”的说法：“原来韵文的要素不在于‘句’，而在于‘韵’。有了韵脚，韵文的节奏就算有了一个安顿；没有韵脚，虽然成句，诗的节奏还是

1. 参见葛晓音《早期七言的体式特征和生成原理》，《中国社会科学》2007年第3期。

没有完。依照这个说法，咱们研究诗句的时候，应该以有韵脚的地方为一句的终结……汉代的七言诗句句为韵，就只有七个字一句，比隔句为韵的五言诗倒反显得短了。这种七言诗即使出于五言诗以前，也毫不足怪。”[1]

如果“以有韵脚的地方为一句的终结”，隔句为韵的五言一句便是十字，而句句为韵的七言一句只有七字，在叙事、抒情和写意上，一句七言就显得单调而又局促，而以一逗隔开的两个五字句反倒委婉从容，可见打破句句用韵对七言诗的发展何等重要。这一任务主要是由鲍照和汤惠休来完成的，正是由于他们这一贡献才将七言诗的发展，从“荒忽中鸟径”引入康庄通衢，在诗史上具有极其重要的意义。

鲍照《拟行路难》十八首及其他七言歌行，一反汉魏晋以来七言诗用韵的陈规，变原来的逐句押韵为隔句押韵，除有些诗歌在奇数句上起韵外，大多数诗歌的韵脚都在偶句，这样两个七言才是一句的终结，它使七言诗抒情表意的功能大大增强，如《拟行路难》其三（“璇闺玉墀上椒阁”）只有首句在奇数句上起韵，其他每句韵脚都在偶句，“阁”“幕”“藿”“爵”“乐”“鹤”，都以入声韵一韵到底。其十（“君不见舜华不终朝”）则换韵两次，从“朝”“销”平声萧韵换为“头”平声尤韵，最后换为“词”“基”“时”“怡”平声支韵。全诗都用平声韵，换韵韵头的奇数句有的用韵有的不用韵。

---

1. 王力:《汉语诗律学》，上海教育出版社2002年版，第16—17页。

另一位与鲍照齐名的宋代诗人汤惠休也突破了七言诗句句用韵的限制，如他的《秋思引》："秋寒依依风过河，白露萧萧洞庭波。思君末光光已灭，眇眇悲望如思何。"晋代张翰的《秋风歌》虽然也是七言四句，但中间每句都有一个"兮"字，句式仍是骚体，韵调还是句句押韵。汤这首诗按惯例起句的奇数句入韵，接着便是隔句押韵，如果不是平仄和粘对尚不合律，这首七言诗句型和韵式已近于七绝了。

鲍照、汤惠休在突破句句入韵这一限制的同时，也有意打破了七言诗只押平声韵的惯例，他们的作品有时全篇押平声韵，有时又全篇押仄声韵。胡应麟在《诗薮》内编卷三中说，汉魏诸歌行"纯用七字而无杂言，全取平声而无仄韵"[1]。自《柏梁诗》后无论七言乐府还是七言骚体诗全押平韵，魏晋七言乐府《燕歌行》《白纻舞歌诗》是如此，汉代犹带楚歌余韵的《四愁诗》也莫不如此，它们即使转韵也是平转平。胡应麟在同卷中又说："萧子显、王子渊制作浸繁，但通章尚用平韵转声，七字成句，故读之犹未大畅。至王、杨诸子歌行，韵则平仄互换，句则三五错综，而又加以开合，传以神情，宏以风藻，七言之体，至是大备。"[2]当代学者赵昌平先生也认为："晋、宋以前的歌行，用韵是没有一定规律的，且多一韵到底。如曹丕《燕歌行》的一、三节。鲍照《拟行路难十八首》，时用转

1. 胡应麟：《诗薮》，上海古籍出版社1979年版，第41页。
2. 胡应麟：《诗薮》，上海古籍出版社1979年版，第46页。

韵，但往往平转平、仄转仄。齐、梁以后歌行逐渐形成平、仄韵相间，或四句、或六句、或八句一转的体式，而诗意的转折一般都在转韵之处。”[1]胡、赵二人所言都有违诗史的实际情况，通首以仄声为韵的韵式并非始于初唐而是始于鲍照，如《拟行路难十八首》其三就通体押仄韵，从晋至初唐的《白纻舞歌诗》全押平韵，鲍照是这一七言乐府中第一个以仄声押韵的诗人，如《代白纻舞歌辞四首》之三：“三星参差露沾湿，弦悲管清月将入，寒光萧条候虫急。荆王流叹楚妃泣，红颜难长时易戢。凝华结藻久延立，非君之故岂安集？”韵尾“湿”“入”“急”“泣”“戢”“立”“集”都为入声缉韵。“平仄互换”也不是“齐、梁以后歌行逐渐形成”，更不必等到初唐的“王、杨诸子”来实现，元嘉诗人汤惠休的七言诗中就已开始平仄转韵了，如他的《白纻歌三首》之一：

琴瑟未调心已悲，任罗胜绮强自持。忍思一舞望所思，将转未转恒如疑。桃花水上春风出，舞袖逶迤鸾照日。徘徊鹤转情艳逸，君为迎歌心如一。[2]

诗的前四句押平韵，后四句换仄韵。当然在诗中“平仄互换”用得最多最娴熟的要数鲍照，如《拟行路难》：

1. 赵昌平：《赵昌平自选集》，广西师范大学出版社1997年版，第19页。

2. 逯钦立辑校：《先秦汉魏晋南北朝诗》（中），中华书局1983年版，第1244页。

君不见河边草，冬时枯死春满道；君不见城上日，今暝没尽去，明朝复更出。今我何时当得然？一去永灭入黄泉。人生苦多欢乐少，意气敷腴在盛年。且愿得志数相就，床头恒有沽酒钱。功名竹帛非我事，存亡贵贱付皇天。[1]

——《拟行路难十八首》其五

中庭五株桃，一株先作花。阳春妖冶二三月，从风簸荡落西家。西家思妇见悲惋，零泪沾衣抚心叹：初送我君出户时，何言淹留节回换？床席生尘明镜垢，纤腰瘦削发蓬乱。人生不得恒称意，惆怅徙倚至夜半。[2]

——《拟行路难十八首》其八

前首诗头二句逐句用韵，“草”“道”押上声皓韵，接下来三句隔句用韵，“去”“出”转为入声质韵，最后八句“然”“泉”“年”“钱”“天”又转为平声先韵，只换头的奇数句入韵，其余诗句仍旧隔句用韵。全诗连续转韵三次，由仄转仄又由仄转平。草冬枯而春再荣，日暮落而朝复出，人生却年老无再少，诗人用四个仄声韵表现自然的周而复始生生不息，再用五个平声韵意味深长地抒写人生苦短而功业难成的喟叹。后首开头四句以“花”“家”平

1. 鲍照撰、钱仲联集注：《鲍参军集注》，上海古籍出版社1980年版，第230页。

2. 鲍照撰、钱仲联集注：《鲍参军集注》，上海古籍出版社1980年版，第234页。

韵描写桃花缤纷阳春妖冶，后半以“惋”“叹”“换”“乱”“半”仄韵表现思妇心绪的骚动不平。清人陈仪在《竹林问答》中说：“转韵以意为主，意转则韵换，有意转而不换韵，未有韵换而意不转者。故多寡缓急，皆意之所为，不可勉强。”[1]鲍照的七言诗完全根据诗情来选择诗韵，自由地使诗韵随诗情的发展而变化，真正做到了古人所谓“韵随情转”。他在七言歌行转韵上的许多创意令人叫绝，如《梅花落》：

> 中庭杂树多，偏为梅咨嗟。问君何独然？念其霜中能作花，露中能作实。摇荡春风媚春日，念尔零落逐寒风，徒有霜华无霜质。[2]

以杂树的“徒有霜华无霜质”反衬梅花的坚贞卓绝，与之相应用韵便是一气陡转，前半“嗟”“花”押悠长的平声麻韵，后半“实”“日”“质”押短促的入声质韵，在声调上形成陡折拗峭的特点。尤其是“念其霜中能作花，露中能作实”，意脉一贯而用韵分承，语意足上而用韵启下，“霜中”“露中”“花”“实”叠句，“花”与上“嗟”成韵，“实”与下“日”“质”成韵，这种用韵方式大胆奇横之至，沈

---

1. 陈仪：《竹林问答》，《清诗话续编》，上海古籍出版社1983年版，第2236页。
2. 鲍照撰、钱仲联集注：《鲍参军集注》，上海古籍出版社1980年版，第245页。

德潜对这种“格法甚奇”的用韵方式赞不绝口。[1]

二、句型的丰富变化与章法的跌宕创新

元嘉诗人在七言古诗韵式上的突破较易被人发现，尚且只为极少古人所知晓和称道，他们创新七古的表现手法本不易被人们认识，自然就少有人系统深入地阐述其艺术价值，更少有人将它放在七古艺术演进中来分析它的诗史意义。其实，从七古艺术发展史的角度看，元嘉诗人在后一方面贡献的意义和价值与前者同样重要。他们对七言古诗艺术手法的创新体现在诗歌句型的丰富变化、诗歌章法的跌宕创新等方面。

鲍照在七古的语言上做了不少的探索和创新，就像他确立了后世七古的韵式一样，七古的基本句式也是在他手中大致定型，后来七古语言只是在他基础上的变化发展。此前的七言古诗的句式有三种类型：乐府歌谣中的杂体，如陈琳的《饮马长城窟行》；汉以后形成的柏梁体，如曹丕的《燕歌行》；受楚辞影响的齐言或杂言，如傅玄的《吴楚歌》。鲍照七言古诗句式的创新自然是在前人基础上进行的。不过，鲍照之前的七言诗正如王夫之所说的那样“正荒忽中鸟径耳”，艺术上仍处朴质稚拙的阶段，如曹植的《当墙欲高行》

1. 沈德潜:《古诗源》，中华书局1963年版，第257页。

中四句四言、二句五言、一句六言、三句七言，体式上很难说它是七言歌行。又如陈琳著名的《饮马长城窟行》全诗由多数五言和少数七言构成，内容是筑城卒与长城吏的问答以及筑城卒与家乡妻子的书信对话，深得汉乐府质朴的古趣。鲍照广泛地吸收前人的艺术成果，最终创造出一种新兴的七古体式：用韵以隔句押韵为主，或平韵通押或仄韵通押，或平韵与仄韵互转，句式以七言句为主，时杂以三言或五言。仍以《梅花落》为例，一起笔是三个五言句，其中“问君何独然”为一独句，接着以“念其”两个领字领起一对偶句“霜中能作花，露中能作实”，然后三个七字句中又有一个独句“摇荡春风媚春日”，再用两个领字领起两个单句。音调前缓后促，句式骈散相间，既得一张一弛之趣，又极奇偶相生之妙。再如《拟行路难十八首》其十四：“君不见少壮从军去，白首流离不得还。故乡窅窅日夜隔，音尘断绝阻河关。朔风萧条白云飞，胡笳哀极边气寒，听此愁人兮奈何，登山远望得留颜。将死胡马迹，能见妻子难。男儿生世轗轲欲何道？绵忧摧抑起长叹。”它不像早期杂诗那样在“杂言”中偶尔点缀两句七言，而是在以七言为主的同时间以五言短句和九言长句，这使它既比汉魏杂言体警策，又较柏梁体“齐言”诗灵动，唯有这种句式才能表现诗人那种摧抑郁闷而又慷慨悲壮的情怀。

鲍照的七言诗即使齐言也比他此前的同类作品更富于变化，这种变化不再表现为句子的长短结合，而在于七言句式的精心锤炼和诗中意象的巧妙组合，如《拟行路难十八首》之一：

奉君金卮之美酒，玳瑁玉匣之雕琴，七彩芙蓉之羽帐，九华蒲萄之锦衾。红颜零落岁将暮，寒光宛转时欲沉。愿君裁悲且减思，听我抵节《行路》吟。不见柏梁铜雀上，宁闻古时清吹音？[1]

一起笔就用“奉君”二字领起四个排比句奔腾而来，美酒盛以金卮，雕琴藏于玉匣，羽帐饰以七彩芙蓉，锦衾印上九华蒲萄，语言整密而意象华丽。后面四句又全为散句，“不见”“宁闻”也是一气直下。诗人不仅在排偶之后运以散行单句，又在四个排比句子中都引进古文虚词，使得诗歌语言整饬而又不失其疏宕，密辞丽藻之中又富于排荡的气势，难怪张玉穀称它“气达而词丽”了。[2]

鲍照在七古章法上的创造真可谓横绝一世，流惠万年。他之前汉魏晋七言诗的章法以两种类型为主：一是张衡《四愁诗》那种借鉴《诗经》重章叠句的方式，后面几节是第一节结构的重复，它的好处是能加深读者对诗中情感的印象，并造成一种回环往复的艺术效果，其不足是不断重复容易给人以单调的审美感受，更重要的是不能表现急遽骚动复杂多变的诗情；二是曹丕《燕歌行》那种以诗中情感发展的时空顺序来展开诗歌的结构，章法特点是没有中断没有反复的直线抽绎，这种章法善于委婉地抒写情感的发展，善于倾

1. 鲍照撰、钱仲联集注：《鲍参军集注》，上海古籍出版社1980年版，第224页。

2. 张玉穀：《古诗赏析》，上海古籍出版社2000年版，第389页。

诉细腻幽微的意绪，但难以表现飘逸起落的诗兴，难以表现波澜壮阔的情怀，其末流则失于气缓势孱、平衍无力。鲍照七古章法上的突出特点是陡起陡落，起则如黄河落天破空而来，壁立万仞，结则如悬崖勒马突然而止，斩绝有力；意脉气势的转折更是跳脱跌宕，陡折拗峭，既有驰骤排荡的气势，又有顿挫劲健的骨力。我们先分析他七古结构的陡起陡落，仍以代表作《拟行路难十八首》为例：

泻水置平地，各自东西南北流；人生亦有命，安能行叹复坐愁？酌酒以自宽，举杯断绝歌路难。心非木石岂无感？吞声踯躅不敢言！[1]

——《拟行路难十八首》其四

君不见枯箨走阶庭，何时复青著故茎？君不见亡灵蒙享祀，何时倾杯竭壶罂？君当见此起忧思，宁及得与时人争？人生倏忽如绝电，华年盛德几时见？但令纵意存高尚，旨酒嘉肴相胥宴。持此从朝竟夕暮，差得亡忧消愁怖。胡为惆怅不能已？难尽此曲令君忤。[2]

——《拟行路难十八首》其十一

1. 鲍照撰、钱仲联集注：《鲍参军集注》，上海古籍出版社1980年版，第229页。
2. 鲍照撰、钱仲联集注：《鲍参军集注》，上海古籍出版社1980年版，第237—238页。

上首前二句“泻水置平地，各处东西南北流”亦兴亦比——对全诗的内容而言它是生动的起兴，对后二句来说它又是形象的比喻。如此发端突兀奔放，沈德潜在《古诗源》中评这几句说：“起手无端而下，如黄河落天走东海也。若移在中间，犹是恒调。”[1]“人生”二句与上二句在似对非对之间，表面看诗人表现的是认命和旷达。正如水泄在地各自东西南北流一样，人生在世各有其穷通贵贱，既然这一切都是命中注定，何必自寻烦恼长吁短叹呢？诗从慷慨淋漓的发端跌入了“酌酒以自宽”的掩抑低沉。可是水向东西南北流是自然本性，而人的穷通贵贱却是社会造成，于是“心非木石岂无感”一句陡然振起，强抑的愤怒又像火山一样要喷薄而出。“吞声踯躅不敢言”又突然反跌，诗情再一次跌进深渊，诗人强咽下自己的巨大的愤激和深沉的悲哀，“不敢言”三字中包含着多少屈辱、多少无奈。诗人以大开大合的结构抒写大起大落的情怀。下一首的发端同样奇峭耸动，以两个“君不见”领起两对排偶句奔腾直下，加之“茎”“罂”“争”连续三个平声韵，音调上亢音亮节，气势更是莽莽滔滔。煞尾部分诗情愤懑甚至绝望，与发端形成强烈的反差，收尾以“怖”“忤”两个急促的仄声字戛然而止。

《拟行路难十八首》的振响发端大气磅礴，落笔也往往斗峭斩绝。这种起结方式对后世影响深远，成了许多诗人有意无意取法的对象，如李白《宣州谢朓楼饯别校书叔云》起笔“弃我去者”四句，

1. 沈德潜：《古诗源》，中华书局1963年版，第255页。

在句式上就酷似“泻水置平地”四句。《将进酒》也同样以两个“君不见”排比句发端，又酷似“君不见枯箨走阶庭”一诗开头的两个“君不见”排比句。清人说“鲍明远在宋定为好手，李太白全学此人”[1]，信然。

鲍照七言诗的意脉转折顿挫跌宕，其转折或疾转或逆转，很少有平接顺转的现象，这使得他的七言诗显得棱角嶒崚。即使写爱情的诗歌也是如此，如《拟行路难十八首》：

> 洛阳名工铸为金博山，千斫复万镂，上刻秦女携手仙。承君清夜之欢娱，列置帏里明烛前。外发龙鳞之丹彩，内含麝芬之紫烟。如今君心一朝异，对此长叹终百年。[2]
>
> ——《拟行路难十八首》其二

此诗从博山香炉着笔表现被遗弃女子的沉痛与悲哀。前七句先铺陈博山香炉千斫万镂极尽精巧，香炉上“秦女携手仙”更象征爱情的美好幸福。“承君”四句写“金博山”是他们甜蜜爱情的见证，金博山曾置于床帏间陪伴两位有情人共度良宵，香炉上的龙鳞纹与烛光相互辉映光彩照人，炉内轻烟的香气沁人心脾，他们的爱情是

1. 牟愿相:《小澥草堂杂论诗》,《清诗话续编》，上海古籍出版社1983年版，第917页。
2. 鲍照撰、钱仲联集注:《鲍参军集注》，上海古籍出版社1980年版，第226—227页。

那样叫人沉醉与销魂，诗人将爱情的甜美推向顶峰。读者以为这是一曲爱情的颂歌，不料最后两句陡然勒转反跌：“如今君心一朝异，对此长叹终百年。”昔日爱情幸福的见证成了今日爱情悲剧的嘲讽，当年的沉醉换来了今日的辛酸，过去的两情缱绻突然变成了如今的恩爱断绝，前后形成巨大的情感落差。鲍照这种顿挫跌宕的意脉转折使他善于以健笔写柔情，如《拟行路难十八首》其九以奇警耸动的比喻发端，写被弃女子心绪的痛苦与烦乱。中间六句再以逆笔抚昔感今，“今日见我颜色衰，意中索寞与先异”，将被弃弱女子写得凄楚、哀伤而又柔婉。不料诗歌以劲挺的诗句煞尾，“还君金钗玳瑁簪”比上首诗尾句“对此长叹终百年”更斩钉截铁。沈德潜称此诗“悲凉跌宕，曼声促节，体自明远独创”[1]。

最后阐述鲍照等人七言诗艺术表现手法创新的第三个方面：叙事与抒情的有机结合。鲍照之前的七言诗都是抒情诗，他本人的七言诗也大多为短峭的抒情体，这可能与七言乐府诗中的音乐有关，即曹丕《燕歌行》中所说的“短歌微吟不能长”。这种情况至鲍照和谢庄开始有了变化，结束了七言抒情短诗独领风骚的局面。鲍照和谢庄都是辞赋高手，《芜城赋》和《月赋》都是赋中的名篇，这样他们可能无意中以赋笔抒情。鲍照《拟行路难十八首》其十三第一次出现了长达二十六句的叙事兼抒情的七言长诗。此诗以“春禽喈喈旦暮鸣”的春时春景，兴起征人的“忧思”之情，再以第一人称开

1. 沈德潜：《古诗源》，中华书局1963年版，第256页。

始叙事和对话。又从“我初辞家从军侨，荣志溢气干云霄”的过去，说到“流浪渐冉经三龄，忽有白发素髭生。今暮临水拔已尽，明日对镜复已盈。但恐羁死为鬼客，客思寄灭生空精。每怀旧乡野，念我旧人多悲声”的眼前，原原本本地交待了前面“忧思情”的原因。接下来通过与“过客”的问答，引出征人“忧思情”的对象——“闺中孀居独宿有贞名”的妻子，借“过客”的答话述说征人的心事：“亦云朝悲泣闲房，又闻暮思泪沾裳。形容憔悴非昔悦，蓬鬓衰颜不复妆。见此令人有余悲，当愿君怀不暂忘。”此诗在鲍照的七言诗中可说是一例“变体”，基本上是一首富于浓郁抒情韵味的叙事诗，寓抒情于叙事之中。诗风上不像鲍照其他七言诗那样纵横驰骋，顿挫跳荡，它叙事委曲而又详明，音节纡徐而又和婉。这首诗的艺术成就，尤其是在七言古诗发展史上的意义，一直被学术界所忽视。它将叙事、铺展和描摹等手法引入七言诗中，因而成了七古长篇的先声，也深刻地影响了后来中唐“长庆体”七古，如“我初辞家从军侨，荣志溢气干云霄”的述说，很容易让人想起白居易《琵琶行》中“我从去年辞帝京，谪居卧病浔阳城”的倾诉。

谢庄借鉴骚赋铺陈描写等手法写诗的时间与鲍照同时，而且作得和鲍照同样出色，甚至在某些方面比鲍照更加出色些。鲍谢二人生前有过交谊，他们还曾在一起作联句诗，《鲍参军集》中还存有《与谢尚书庄三联句》。谢庄现存长篇七言杂诗三首，《怀园引》凡四十八句，《山夜忧》四十三句，《瑞雪咏》四十五句。三诗共同的特点是其表现手法和诗歌句式融诗、赋、骚于一炉，它们是亦诗亦赋的七言杂诗。如《瑞雪咏》以赋的铺张手法，对瑞雪展开穷形尽相的描摹，全诗完全用的赋句和赋笔。辞赋、骈文与诗歌的相互影响和彼此越界，最终在南北朝后期产生七言化的骈赋，并在初唐出现的骈赋化的七言歌行。《怀园引》句式上以七言和五言为主，是六朝写得最早也骈赋化最成功的歌行。诗中有三言、五言、六言而以七言为多，有骈赋句式、楚风歌吟而以古诗句型为主，融诗歌、骈赋和楚辞于一体，语言自由错落中有和谐对称，极尽锤炼却又灵动自然，而且全诗转韵也是“平仄互换”。当然此诗最成功处还在于它以赋笔抒情的表现手法。诗开始以北雁南飞比喻中原陈郡阳夏这一谢氏望族的离乡南渡，再用两个长排比句写南渡时的旅程和心境，由前四句的仄韵转为平韵，并采用重章叠句的形式，表现去国离乡的凄楚缠绵之情。接着用十个整饬的七言句表现自己“临堂独坐”思念故乡的怅惘与悲伤，将无形的思乡之情融入可见的四季之景，描写生动而又富于层次。“试托意”八句进一步由前面对故园的思念变为对故乡的神游，诗人以化虚为实的手法将想象中的故乡写成了人间天堂：这儿绿蘋冒沼，幽兰盈园，此时桃花缤纷，春莺夕鸣。梦想中的故乡越是美好，诗人当下的心情就越是沉重，这一手法王夫之称之为“以美景写哀情”。最后几句用带有骈赋韵味的句式，并大量运用典故来表现自己回乡无望的悲凉。诗人的思乡之情由想望、无望而至于绝望，之所以能将这种感情细腻地铺展开来抒写，主要在于成功地借鉴了辞赋的表现手法。诗人以阔大幽深的境界、巨大的时空跨度，表现了悲怆而又凝重的情怀。东晋中期至整个南朝，门阀士族早已“误将他乡作故乡”，难得谢庄还对中原故土有如此深沉的思念！无论是诗情，还是诗境，抑或诗艺，此诗在整个六朝堪称一篇七言杂诗的不朽杰作。

鲍照和谢庄的七言歌行和七言杂诗清楚地表明，七古这种诗体在艺术形式上至元嘉已臻于成熟。

三、七古题材的拓展与文体风格的形成

对于梁元帝萧绎所作的《燕歌行》和王筠的《行路难》，陈允吉先生在《中古七言诗体的发展与佛偈翻译》一文中断言：“这两首乐府诗均为篇制完整的通体七言，而两句两句衔接转递的结构又始终如一地贯穿在全诗之中，上述两个形式特点成功的结合，即我国七言诗发展到梁代而臻于成熟的核心标志。”[1]我很难同意陈先生关于衡量七言诗是否成熟的这两个标准，自然也难以认同陈先生关于“我国七言诗发展到梁代而臻于成熟”的论断。“通体七言”不能作为七言古诗成熟的标准，李白的《将进酒》《蜀道难》《梦游天姥吟留别》《宣州谢朓楼饯别校书叔云》《行路难》和杜甫的《兵车行》《醉时歌》《天育骠骑歌》《茅屋为秋风所破歌》等七言古诗代表作都非“通体七言”。胡应麟在《诗薮》中说：“凡诗诸体皆有绳墨，惟歌行出自

1. 陈允吉：《古典文学佛教溯缘十论》，复旦大学出版社2002年版，第35页。

《离骚》、乐府，故极散漫纵横。”[1] 我们断定元嘉七古在艺术上已经臻于成熟，其依据就是它们已满足了如下几个基本条件：（一）韵式和句式已经基本定型；（二）表现手法丰富多样；（三）这一诗体能够表现各种丰富的精神生活，能够表现各种复杂的社会题材；（四）已经形成了最适合于这一诗体的文体风格，同时已有代表诗人通过这一诗体形成了最能体现自己气质个性的个人风格。

第一、二点本文一、二节已有论述，这里我们再阐释上面所说的第三个条件。从汉武帝时七言《柏梁诗》产生算起直到东晋末的五百多年时间里，七言诗创作的数量既少题材更窄。《柏梁诗》属于七言文字游戏可以不论，东汉的《四愁诗》从字面上看是不折不扣的情诗，也许袭用楚骚美人君子的手法别有所托，但其深层含义至今旨意难明。建安前后的《燕歌行》二首写思妇的思君之情，晋代七言乐府《白纻舞歌诗》三首也是写舞女的舞姿与媚态。元嘉诗人鲍照、谢庄等人登上诗坛后，极大地开拓了七言诗的表现题材，他们的七言诗已涉及社会和精神生活的各个层面，仅就谢庄的杂言诗而言，有的表现自己深沉的故国之思，如《怀园引》；有的表现贵族身处政治旋涡中如履薄冰的忧惧，如《山夜忧》；有的描摹大自然的美景，如《瑞雪咏》。

鲍照七言诗反映生活的广度与深度前无古人，尤其是《拟行路难十八首》表现了各种人物人生道路的曲折与艰难，抒写了他们各

1. 胡应麟：《诗薮》，上海古籍出版社1979年版，第48页。

自的不幸与哀伤：这儿有弃妇的眼泪悲叹，如第二首的“如今君心一朝异，对此长叹终百年”；有闺中少妇的幽怨孤独，如第三首的“宁作野中之双凫，不愿云间之别鹤”；有飘泊游子剪不断的乡思，如第十三首的“每怀旧乡野，念我旧人多悲声”；有志士流年似箭而壮志难酬的苦闷，如第五首中的“功名竹帛非我事，存亡贵贱付皇天”；有对帝王被废遇害的悲怆，如第七首中的“中有一鸟名杜鹃，言是古时蜀帝魂，声音哀苦鸣不息，羽毛憔悴似人髡”；有对人生命运坎坷的喟叹，如第十四首中的“男儿生世轗轲欲何道？绵忧摧抑起长叹”；更有对门阀制度压抑和摧残英才的愤怒，如著名的第六首“对案不能食，拔剑击柱长叹息。丈夫生世会几时？安能蹀躞垂羽翼？弃置罢官去，还家自休息。朝出与亲辞，暮还在亲侧。弄儿床前戏，看妇机中织。自古圣贤尽贫贱，何况我辈孤且直”！《拟行路难十八首》之外,《代白纻曲二首》还反映了“秦吹卢女”“千金顾笑”的卖笑生涯,《代淮南王》讽刺王侯“服食炼气”以求长生的荒唐，乐府《梅花落》通过对梅花的咏叹歌颂了坚贞不屈的品格。

从皇帝的宫廷政变到平民百姓的生活艰辛，从身处政治旋涡的忧惧到独守空闺的哀怨，从军国大事到儿女相思，现实生活的方方面面都被“采入”元嘉七言歌行之中，它们真实地反映了社会各阶层的生活与情感。可以说元嘉七言诗已成为一种“无事不可入，无意不可言”的成熟诗体。

最后元嘉七言古诗艺术上走向成熟的另一标志，是它已经形成了最适合于这一诗体的文体风格，同时已有代表诗人通过这一诗体形成了最能体现自己气质个性的个人风格。这二者往往是通过一个代表诗人来实现的，就是说某一诗体的文体风格，刚好吻合某一诗人的气质个性并因而形成了他的个人风格。

任何一种成熟的文体都有其文体风格。如王国维在《人间词话》中论词说："词之为体，要眇宜修。"[1]最适合词这种文体的风格特征是"要眇宜修"，细腻婉约，因而即使高才如苏东坡创造了豪放词，也被他的时人甚至门人视为"别调"，陈师道在《后山诗话》中就毫不客气地说东坡词："虽极天下之工，要非本色。"[2]那么，就七古这一诗体而言，它突出的文体风格有哪些特点呢？前人对此多有论述，毛先舒说七古当以"气势"为主[3]，庞垲说"七言古要须一气开阔"[4]，贺贻孙说"七言古须具轰雷掣电之才，排山倒海之气，乃克为之"[5]，刘熙载说得更加透彻，"五言尚安恬，七言尚挥霍。安恬者，前莫如陶靖节，后莫于韦左司；挥霍者，前莫如鲍明远，后莫如李太白"[6]。总之，人们对七古文体风格的特点早已形成了共识：它宜于豪迈奔放的激情，顿挫跌宕的骨力，刚健劲挺的语言。

1. 王国维：《人间词话》，《蕙风词话》《人间词话》合订本，人民文学出版社1960年版，第226页。
2. 陈师道：《后山诗话》，《历代诗话》，中华书局1981年版，第309页。
3. 毛先舒：《诗辩坻》，《清诗话续编》，上海古籍出版社1983年版，第46页。
4. 庞垲：《诗义固说》，《清诗话续编》，上海古籍出版社1983年版，第729页。
5. 贺贻孙：《诗筏》，《清诗话续编》，上海古籍出版社1983年版，第188页。
6. 刘熙载：《艺概·诗概》，上海古籍出版社1978年版，第70页。

鲍照的为人个性又是怎样的呢?《南史》本传中的一则记载很能表现他的个性:“(照)欲贡诗言志,人止之曰:‘卿位尚卑,不可轻忤大王。’照勃然曰:‘千载上有英才异士沉没而不闻者,安可数哉。大丈夫岂可遂蕴智能,使兰艾不辨,终日碌碌,与燕雀相随乎?’”[1] 由此可见鲍照为人的豪迈进取、自信刚强。《代贫贱苦愁行》毫无遮掩地坦露他的人生态度:“运圮津途塞,遂转死沟洫,以此穷百年,不如还窀穸。”由此又可见他的情感是多么激烈。诗人的气质个性决定了他的艺术个性。明陆时雍对他诗歌艺术个性曾有精彩的评论:“鲍照材力标举,凌厉当年,如五丁凿山,开人世之所未有。当其得意时,直前挥霍,目无坚壁矣。骏马轻貂,雕弓短剑,秋风落日,驰骋平冈,可以想此君意气所在。”[2]

鲍照诗歌的主导风格是豪迈、遒劲、壮丽,他的七古更是“此君意气”和诗歌风格的最佳体现。宋许顗《彦周诗话》说:“明远《行路难》,壮丽豪放,若决江河,诗中不可比拟,大似贾谊《过秦论》。”[3] 黄节也在《黄节诗学诗律讲义》中说:“若夫七言之作,则以六朝之大,惟鲍照一人,最为遒宕。”[4] 由于七古的文体风格与他诗歌的艺术风格在很大程度上是重合的,所以他七古中那种气势的奔涌驰骋、章法的峭折跌宕、语言的遒劲有力,既标志着他诗歌主导风格的成

---

1. 李延寿:《南史》,中华书局1975年版,第360页。

2. 陆时雍:《诗镜总论》,《历代诗话续编》,中华书局1983年版,第1407页。

3. 宋许顗:《彦周诗话》,《历代诗话》,中华书局1981年版,第383页。

4. 黄节:《黄节诗学诗律讲义》,天津古籍出版社2007年版,第16页。

熟，同时也凸显了七古文体风格的形成。王士禛在《带经堂诗话》中说："六朝唯鲍明远最为遒宕，七言法备矣。"[1]"七言法备"于鲍照或"七言成于鲍照"基本上是清人的公论。[2]

四、从"尚风容"到"尚筋骨"

元嘉七言古诗在诗史上具有里程碑式的意义，不仅由于它突破了这一体式原先的种种局限，取得了极高的艺术成就，并使这一诗体在艺术形式上臻于成熟，而且还在于它对后来七古的创作产生了深远的影响。

元嘉之后齐代七言诗创作陷入了低谷，到梁代才出现七言诗创作的又一个高潮。梁、陈和北周的七言诗创作有如下特点：首先，韵式紧承元嘉鲍照等人七言诗隔句用韵的方式，节奏也和元嘉七言诗一样多为上四下三，从这个意义上说没有元嘉诗人在七言诗韵式上的革新创造，梁代七言诗创作也许是另一番风貌。其次，此时七言诗句式更加整饬，鲍照七言歌行中仅有一部分是通体七言，大部分还是以七言为主而掺以杂言，而这三个朝代的七言诗则大部分是通体七言。当然，通体七言只能说是梁陈时期七言诗的特点，但绝

1. 王士禛:《带经堂诗话》，人民文学出版社1963年版，第94页。
2. 李重华:《贞一斋诗说》,《清诗话》，上海古籍出版社1978年版，第923页。

不能说这是它的优点，更不能说这是七言诗“臻于成熟的核心标志”之一，因为七古这一诗体本身是允许杂言存在的，盛唐诗人七古名篇中就有很多杂言，代表唐代七言歌行最高成就的李白，七古中杂言的比重尤其大。李白的七古名篇如《蜀道难》《将进酒》《行路难》《宣州谢朓楼饯别校书叔云》《梦游天姥吟留别》《梁甫吟》等全是七言杂诗，杜甫的七古名篇《茅屋为秋风所破歌》《奉先刘少府新画山水障歌》《醉时歌》《兵车行》等也都是七言杂诗。胡应麟甚至将句式“三五错综”作为“七言之体大备”的一种标志。[1]再次，这一历史时期七言诗中偶句和律句明显增加，七言古诗的律化与五言古诗的律化是同步的。最后，七言古诗骈赋化的倾向越来越明显，而骈赋与七言古诗也越来越相互靠近，七言古诗越来越像骈赋，同时骈赋也越来越像七言古诗，如庾信《春赋》《对烛赋》中就有大量的七言句式。七古骈赋化的突出特点是章法的铺张排比，这样七古在篇幅上就不断拉长。由于此时七古词藻的过分丽密，使七言诗失去了鲍照七言歌行的那份疏宕之气；句式的越来越律化，又使此时七言诗逐渐“格调卑弱”；而章法上毫无波澜的铺叙，又使此时七言诗变得平衍而无气势，所以古人常说梁陈七言诗“气孱力馁”。

元嘉七古对唐代七言古诗创作产生了巨大的影响。初唐七言歌行有些方面仍承续着梁陈七言诗的流风余韵：章法上还是节节铺陈，词藻仍旧浓艳华丽，句式越来越骈化。初唐七言歌行超越了梁

1. 胡应麟:《诗薮》，上海古籍出版社1979年版，第46页。

陈的地方是它能以气行辞，从那些宏大场面的铺排和“生龙活虎般腾踔的节奏”中[1]，我们仿佛又见到初唐士人那种开阔的胸襟，那种昂扬向上的精神风貌。

刘熙载在《艺概·诗概》中说：“七古可命为古近二体：近体曰骈、曰谐、曰丽、曰绵，古体曰单、曰拗、曰瘦、曰劲。一尚风容，一尚筋骨。此齐梁、汉魏之分，即初、盛之所以别也。”[2]初唐诗人似乎还没有认识到拗峭与筋骨对于七言古诗的重要性，一直要到李、杜等盛唐诗人登上诗坛，才可能完成七言古诗从“尚风容”到“尚筋骨”的艺术转变，只有他们才能真正体认到鲍照七言歌行“精金粹玉”般的艺术价值。

人们总是强调李白与鲍照的承继关系，“太白七古短篇，贺季真称其为精金粹玉，是真知太白者。然不读鲍明远乐府，其佳处从何处识来？”[3]不过，最先在诗中推崇鲍照长句的是杜甫，最先从理性上认识到鲍照艺术价值的也是杜甫：“明远长句，慷慨任气，磊落使才，在当时不可无一，不能有二。杜少陵《简薛华醉歌》云：‘近来海内为长句，汝与山东李白好。何刘沈谢力未工，才兼鲍照愁绝倒。’此虽意重推薛，然亦见鲍之长句，何、刘、沈、谢均莫及也。”[4]李、杜的七古代表了这一诗体已经达到的最高成就，李白七古固然如长

1. 闻一多：《唐诗杂论》，《闻一多全集》卷三，三联书店1982年版，第14页。
2. 刘熙载：《艺概·诗概》，上海古籍出版社1978年版，第72页。
3. 厉志：《白华山人诗说》，《清诗话续编》，上海古籍出版社1983年版，第2275页。
4. 刘熙载：《艺概·诗概》，上海古籍出版社1978年版，第56页。

江奔涌纵横排荡，杜甫的七古同样也是“浏漓顿挫，豪荡感激”[1]，二人都臻于七古艺术至境。清人早已发现李、杜七古在艺术上渊源于鲍照的七言歌行，“且七言成于鲍照，而李、杜才力廓而大之，终为正宗”[2]。章法的顿挫跌宕，气势的豪荡感激，语言的矫健峭劲，二人七古的风神与鲍照一脉相承。杜甫将鲍照视为唐前七古第一人，且将李白与鲍照的长句并称，这突显了元嘉七古在诗史上的地位与意义。

原刊《文艺研究》2008年第8期

---

1. 杜甫:《观公孙大娘弟子舞剑器行·序》,《杜诗镜铨》，上海古籍出版社1980年版，第882—883页。

2. 李重华:《贞一斋诗说》,《清诗话》，上海古籍出版社1978年版，第923页。

“忧愤”与“激荡”

——元嘉士庶的人生际遇及其诗歌的情感基调

《文心雕龙·时序》说东晋虽“世极迍邅，而辞意夷泰”[1]，士人身历去国的仓皇和流离的痛苦，眼见政局的动荡和国事的衰微，但这都无妨他们体气的平和与精神的超脱，鲁迅先生在《魏晋风度及文章与药及酒之关系》中也说东晋文人虽然看惯了杀戮、动乱，他们笔下的文章却日趋“和平”。可是入宋后士人的心境便失去了前辈的那份宽舒从容，“辞意”也不像前辈那样“夷泰”恬静。元嘉时期门第不论士庶之隔、仕途不论显晦之殊，诗人们心灵深处无一不“内怀忧惧”与愤懑[2]，他们的心境大多变得躁动不安，可以说“忧愤”与“激荡”成了这一历史时期诗歌的情感基调。本文将阐述元嘉时期诗

1. 刘勰撰、范文澜注：《文心雕龙注》，人民文学出版社1958年版，第675页。

2. 沈约：《宋书》，中华书局1974年版，第1339页。

歌这一情感基调的特质，并探寻形成这一情感基调的深层动因。

一

东晋的衣冠士族“嗤笑徇务之志，崇盛忘机之谈”[1]，在士人们看来“望白署空，显以台衡之望；寻文谨案，目以兰薰之器”[2]。他们身处政权的中枢却又全不以国事为意，“居官无官官之事，处事无事事之心”的人才显得超脱清远，而尽职徇务的人反而被嘲笑为“尘下俗气”[3]。《世说新语·简傲》中的两则记载形象地表现了当时华宗贵族居官处事的态度：

> 王子猷作桓车骑骑兵参军。桓问曰：“卿何署？”答曰：“不知何署，时见牵马来，似是马曹。”桓又问：“官有几马？”答曰：“不问马。何由知其数？”又问：“马比死多少？”答曰：“未知生，焉知死。”[4]

> 王子猷作桓车骑参军。桓谓王曰：“卿在府久，比当相

1. 刘勰撰、范文澜注：《文心雕龙注》，人民文学出版社1958年版，第67页。
2. 应詹：《上疏陈便宜》，《全晋文》卷三十五，中华书局1958年版，第1661页。
3. 房玄龄等：《晋书》，中华书局1974年版，第1992页。
4. 刘义庆撰、余嘉锡笺疏：《世说新语笺疏》，中华书局1983年版，第774页。

料理。”初不答，直高视，以手版拄颊云：“西山朝来，致有爽气。”[1]

世家子弟为什么如此“高迈不羁”和“简傲”放达呢？这是因为“居官”对士族来说是“平流进取”的结果，他们既无须努力也无须才华就可以“坐致公卿”，尤其是乌衣巷中王、谢这样显赫的世族，卿相之位好像天生就该属于他们。他们根本用不着为“居官”而奋斗焦虑，更用不着为保住乌纱帽而勤勉操劳，所以他们人在官场却宅心事外，身居要职却又恬淡闲散，人们常说东晋士大夫看起来“举体无常人事”[2]，甚至连谢安这样的人也“悠然远想，有高世之志”[3]。然而正是这些“有高世之志”的士族左右着东晋的政局，王导被人视为“江左管夷吾”[4]，《晋书·王敦传》载：“帝初镇江东，威名未著，敦与从弟导等同心翼戴，以隆中兴，时人为之语曰：‘王与马，共天下。’”[5]王导的出处安危和健康状况也成了人们注目的中心，“顾司空未知名，诣王丞相。丞相小极，对之疲睡。顾思所以叩会之。因谓同坐曰：‘昔每闻元公道公协赞中宗，保全江表，体小不安，令人喘

---

1. 刘义庆撰、余嘉锡笺疏：《世说新语笺疏》，中华书局1983年版，第775页。
2. 刘义庆撰、余嘉锡笺疏：《世说新语笺疏》，中华书局1983年版，第492页。
3. 刘义庆撰、余嘉锡笺疏：《世说新语笺疏》，中华书局1983年版，第784页。
4. 刘义庆撰、余嘉锡笺疏：《世说新语笺疏》，中华书局1983年版，第97页。
5. 房玄龄等：《晋书》，中华书局1974年版，第2554页。

息'"[1]。陈郡谢氏同样也身系国家的存亡，史家认为"建元之后，时政多虞，巨猾陆梁，权臣横恣。其有兼将相于中外，系存亡于社稷，负扆资之以端拱，凿井赖之以晏安者，其惟谢氏乎！"[2]他们俨然是拯国家于倾圮救黎民于水火的柱石，有一点"悠然远想"反而更能显出所谓"雅人深致"，甚至更能显出他们在政坛上的分量。[3]谢安本人就深谙此道，他举手投足总是那样镇定、从容而又矜持，让人觉得他的器量"足以镇安朝野"[4]。《世说新语·排调》载："谢公在东山，朝命屡降而不动……诸人每相与言：'安石不肯出，将如苍生何！'"[5]他们越"举体无常人事"，朝野就越怕他们"不豫人事"[6]。

入宋后原先为士族所鄙视的"老兵""劲卒"成了南面之君，那些平日倨傲不恭的衣冠子弟不得不俯首称臣，这对王、谢这样的士族来说情何以堪！张溥在《谢康乐集题辞》中说："夫谢氏在晋，世居公爵，凌忽一代，无其等匹。何知下伾徒步，乃作天子，客儿比肩等夷，低头执版，形迹外就，中情实乖。……盖酷祸造于虚声，怨毒生于异代，以衣冠世族，公侯才子，欲倔强新朝，送龄丘壑，

1. 刘义庆撰、余嘉锡笺疏：《世说新语笺疏》，中华书局1983年版，第95页。
2. 房玄龄等：《晋书》，中华书局1974年版，第2090页。
3. 刘义庆撰、余嘉锡笺疏：《世说新语笺疏》，中华书局1983年版，第111页。
4. 刘义庆撰、余嘉锡笺疏：《世说新语笺疏》，中华书局1983年版，第369页。
5. 刘义庆撰、余嘉锡笺疏：《世说新语笺疏》，中华书局1983年版，第801页。
6. 刘义庆撰、余嘉锡笺疏：《世说新语笺疏》，中华书局1983年版，第477页。

势诚难之。”[1]对刘裕“低头执版”而深感屈辱的当然不止谢客一人。但以王、谢为代表的衣冠子弟在鼎祚既移之后，只得向这位“下伾徒步”低头“认命”：“高祖因宴集，谓群公曰：‘我布衣，始望不至此。’傅亮之徒并撰辞欲盛称功德。弘率尔对曰：‘此所谓天命，求之不可得，推之不可去。’”[2]《宋书》卷五十二载史臣的评论说，“高祖虽累叶江南，楚言未变，雅道风流，无闻焉尔”，但“前代名家，莫不望尘请职，负羁先路”。[3]

尽管这些“望尘请职”的华宗望族满腹屈辱，但刘裕对他们的臣服并不领情，表面让他们位望清显而实际并无实权，在他身边“奋其鳞翼”的是那些“起处竖夫出于皂隶”的武夫。[4]由于目睹“晋自社庙南迁，禄去王室，朝权国命，递归台辅。君道虽存，主威久谢”[5]，也由于自己“田舍公”出身的门第，刘裕及其子孙“常虑权移臣下”[6]，对世家望族一直心存戒备，谢安之孙谢澹佯醉对宋武帝刘裕说：“陛下用群臣，但须委屈顺者乃见贵，汲黯之徒无用也。”[7]王、谢等膏腴望族逐渐衰落，并日益被政坛边缘化，赵翼在《廿二史札记》卷

---

1. 张溥著、殷孟伦注：《汉魏六朝百三家集题辞注》，人民文学出版社1960年版，第169页。
2. 沈约：《宋书》，中华书局1974年版，第1313页。
3. 沈约：《宋书》，中华书局1974年版，第1507页。
4. 沈约：《宋书》，中华书局1974年版，第1441—1442页。
5. 沈约：《宋书》，中华书局1974年版，第60页。
6. 沈约：《宋书》，中华书局1974年版，第2173页。
7. 李延寿：《南史》，中华书局1975年版，第527页。

十二说宋代“立功立事，为国宣力者，亦皆出之寒人。如……檀道济、朱龄石、沈田子、毛脩之、朱脩之、刘康祖、到彦之、沈庆之等之于宋……而所谓高门大族者，不过雍容令仆，裙屐相高，求如王导、谢安，柱石国家者，不一二数也”。谢晦在谏刘裕不要亲自披甲上阵时说：“天下可无晦，不可无公，晦死何有！”[1]的确，王氏中再也没有“江左管夷吾”，谢氏中再也没有“镇安朝野”的巨擘，世家望族成了政坛上可有可无的点缀和花环。谢氏中谢安孙谢混、从孙谢晦、从曾孙谢世基先后被杀，谢晦与谢世基被戮前写下了《临终连句》：

> 临死为连句诗曰：“伟哉横海鳞，壮矣垂天翼。一旦失风水，翻为蝼蚁食。”晦续之曰：“功遂侔昔人，保退无智力。既涉太行险，斯路信难陟。”[2]

真是“三十年河东，四十年河西”，谁能料到“伟哉横海鳞”的谢家子孙会“翻为蝼蚁食”呢？这首连句诗也许可以视为士庶沉浮的象征。

---

1. 沈约：《宋书》，中华书局1974年版，第1347页。
2. 沈约：《宋书》，中华书局1974年版，第1361页。

二

谢晦《悲人道》诗中说："悲人道兮，悲人道之实难。哀人道之多险，伤人道之寡安。懿华宗之冠胄，固清流而远源，树文德于庭户，立操学于衡门。应积善之祐余，当履福之所延。何小子之凶放，实招祸而作愆。"[1]华宗冠胄们此时才实实在在地感受到了"人道之多险"，王、谢子弟大都不像从前那样"任诞"和"简傲"了，他们中有一部分人开始变得审慎、勤勉和"实际"，从超脱玄远的理想境界回到"人道之实难"的现实人间，从过去的极度放达一变而为现在的"恭谨过常"[2]，如谢弘微"举止必循礼度"[3]，王导曾孙王弘同样"造次必存法礼法"[4]。又如"生自华宗"的王家子弟有的不得不低调地"身安隐素"，王微常常以"止足为贵"自律，以"持盈畏满"自警，史载"王微常住门屋一间，寻书玩古，如此者十余年"。[5]当看到弟弟谢晦"权遇已重"，他门前"宾客辐辏，门巷填咽"时，谢瞻便十分惊骇地对谢晦说："汝名位未多，而人归趣乃尔。吾家以素退为业，不愿干豫时事，交游不过亲朋，而汝遂势倾朝野，此岂门

---

1. 沈约：《宋书》，中华书局1974年版，第1359页。
2. 李延寿：《南史》，中华书局1975年版，第551页。
3. 李延寿：《南史》，中华书局1975年版，第551页。
4. 沈约：《宋书》，中华书局1974年版，第1322页。
5. 沈约：《宋书》，中华书局1974年版，第1666—1670页。

户之福邪？”并与谢晦“篱隔门庭”，忧心忡忡地说“吾不忍见此”[1]。乌衣子弟都害怕“不能保身”，所以人人“自求多福”，如谢瞻不断苦口婆心地给兄弟和子侄们传授“明哲保身”的方法：“处贵而能遗权，斯则是非不得而生，倾危无因而至。”[2]士人们为人开始强调“敦厚”“素退”，为官则注重“抱义怀忠，竭尽智力”[3]，史称王弘“博练治体，留心庶事，斟酌时宜，每存优允”[4]。谢晦为人虽然有些张扬，可为官却十分勤谨干练：“高祖尝讯囚，其旦刑狱参军有疾，札晦代之，于车中一览讯牒，催促便下。相府多事，狱系殷积，晦随问酬辩，曾无违谬。高祖奇之”[5]。

士族中的另一部分人则开始变得浮竞狂躁，全无祖父辈那种从容洒脱和潇洒镇定之风。王僧达为人之“轻险无行”史有明文[6]，他“自负才地，一二年间便望宰相。尝答诏曰：‘亡父亡祖，司徒司空’”[7]。王华与孔宁子等人“并有富贵之愿”，王华与刘湛每次“得官便拜”[8]。谢灵运是这类士人中表现得最为充分的一个，《宋书》本传载谢灵运为人“褊激”“横恣”，“朝廷唯以文义处之，不以

1. 沈约：《宋书》，中华书局1974年版，第1557页。
2. 李延寿：《南史》，中华书局1975年版，第526页。
3. 沈约：《宋书》，中华书局1974年版，第1322页。
4. 沈约：《宋书》，中华书局1974年版，第1670页。
5. 沈约：《宋书》，中华书局1974年版，第1557页。
6. 沈约：《宋书》，中华书局1974年版，第1322页。
7. 李延寿：《南史》，中华书局1975年版，第573页。
8. 沈约：《宋书》，中华书局1974年版，第1317页。

应实相许。自谓才能宜参权要，既不见知，常怀愤愤”，同书又称：

> （灵运）既自以名辈，才能应参时政，初被召，便以此自许。既至，文帝只以文义见接，每侍上宴，谈赏而已。王昙首、王华、殷景仁等，名位素不逾之，并见任遇，灵运意不平，多称疾不朝直。穿池植援，种竹树堇，驱课公役，无复期度。出郭游行，或一日百六七十里，经旬不归，既无表闻，又不请急。[1]

王僧达、王华、孔宁子和谢灵运等人之所以立身浮竞、躁于名利，毫不掩饰地表现“富贵之愿”，赤裸裸地贪恋“权要”，急不可耐地要“参时政”，完全撕下父辈们那层“矜持谦退”的外衣，是因为以王、谢为代表的世家大族已经开始被挤出了权力的中心，张狂、贪婪和躁动正表明他们对自身处境的焦虑不安。这与王弘、谢瞻等由前辈的放达变为“恭谨”，表现形式相反而其本质则相同，他们都朦胧地感觉到或明白地意识到自己被政权边缘化。当年谢安高卧东山要等“朝命屡降”和“缙绅敦逼”，朝野都怕他“不豫人事”，要几请几逼才肯出来“大济苍生”[2]，而他的后代们却每次“得官便拜”，因为朝廷不让“参权要”而愤愤不平。倒不是前辈天生就洒脱从容，

---

1. 沈约：《宋书》，中华书局1974年版，第1347页。

2. 刘义庆撰、余嘉锡笺疏：《世说新语笺疏》，中华书局1983年版，第477页。

后代天性就贪婪躁进，世易时移，士人们的人生境遇大不相同，他们各自的气度自然就判然有别。

"常怀愤愤"和牢骚"不平"是元嘉士人的心境，也是元嘉诗歌主要抒写的诗情——"忧愤"与"激荡"也就成了元嘉诗歌的情感基调。

先看看元嘉诗人中"达者"的吟咏。如果说傅亮"道路咏诗抚躬乾惕"[1]，还只是"抚躬愧疲朽"的诚惶诚恐[2]，谢庄《山夜忧》中"仰绝炎而缔愧，谢泪河而轸忧"[3]，还只是对自己未来命运不可名状的隐忧，那么谢晦在兵败被收前《悲人道》中的"怨天而尤人"就完全是绝望哀嗥："我闻之于昔诰，功弥高而身蹙。霍芒刺而幸免，卒倾宗而灭族。周叹贵于狱吏，终下蕃而靡鞠。虽明德之大贤，亦不免于残戮。怀今惮而忍人，忘向惠而莫复。绩无赏而震主，将何方以自牧。非砀石之圆照，孰违祸以取福？"[4]这些诗中的"忧愤"有的是来自于诗人的某种预感，有的则是"死到临头"的沉哀，作者都曾"参权要"，每个人都进入了权力的核心，但傅亮、谢晦最终都被"残戮"，谢庄也曾被投进大牢险些命丧黄泉。

谢灵运、谢惠连等属士族中另一类"忧愤"者，张溥在《谢法曹

1. 张溥著、殷孟伦注：《汉魏六朝百三家集题辞注》，人民文学出版社1960年版，第166页。
2. 逯钦立辑校：《先秦汉魏晋南北朝诗》，中华书局1983年版，第1139页。
3. 逯钦立辑校：《先秦汉魏晋南北朝诗》，中华书局1983年版，第1254页。
4. 逯钦立辑校：《先秦汉魏晋南北朝诗》，中华书局1983年版，第1142页。

集题辞》中说："谢客四友，尤莫逆者，东海何长瑜，与从弟惠连。长瑜轻嘲僚佐，黜作流人，后殒风暴。阿连爱幸小吏，沦废下位，命亦不长。盖自康乐失志，知己寂寞，廷尉论刑，目为反叛，一二轻厚，宁免轻薄之诮？连即才悟无双，而荣华路绝，同时憔悴，亦物各以类乎？"[1]这些由于各种原因导致"荣华路绝"的倒霉鬼，他们"忧愤"的当然不是傅亮、谢晦等人那种身居高层所常难免的"颠坠覆亡之祸"[2]，而是不得参与"时政"的痛苦愤恨，往好处说是不得施展抱负的牢骚不平。如谢惠连因禀性轻薄而为人诟病，因行为放荡而"被徙废塞"[3]，这些遭遇可能致他长期心情压抑恼怒，他在《西陵遇风献康乐》一诗中说："积愤成疢痗，无萱将如何。"他的《秋怀诗》是这种"积愤"的生动展露：

平生无志意，少小婴忧患。如何乘苦心，矧复值秋晏。皎皎天月明，奕奕河宿烂。萧瑟含风蝉，寥唳度云雁。寒商动清闺，孤灯暖幽幔。耿介繁虑积，展转长宵半。夷险难豫谋，倚伏昧前算。虽好相如达，不同长卿慢。颇悦郑生偃，无取白衣宦。未知古人心，且从性所玩。宾至可命觞，朋来当染翰。高台骤登践，清浅时陵乱。颓魄不再圆，

1. 张溥著、殷孟伦注：《汉魏六朝百三家集题辞注》，人民文学出版社1960年版，第181页。
2. 沈约：《宋书》，中华书局1974年版，第1958页。
3. 沈约：《宋书》，中华书局1974年版，第1677页。

金石终销毁。丹青暂雕焕，各勉玄发欢，无贻白首叹。因歌遂成赋，聊用布亲串。[1]

身“婴忧患”又逢时值“秋宴”，屋外秋风萧瑟，室内孤灯幽暗，前路茫茫“夷险”难料，诗人心烦意乱以致“辗转长宵半”，难怪明谭元春在《古诗归》中说此诗“怨甚”了。

谢灵运也许要算华宗望族中“不遇”士人的代表，他诗歌中所抒发的怨愤牢骚说出了“荣华路绝”者的心声。他在抒情诗、山水诗和酬答诗中都或明或暗地发泄了自己的苦闷愤懑和痛苦失望，史家记载他“常怀愤愤”，诗人白居易《读谢灵运诗》中也说：“谢公才廓落，与世不相遇。壮士郁不用，须有所泄处。泄为山水诗，逸韵谐奇趣。”[2]看来抒写怨愤郁闷是他创作最深沉的动力，也是他诗中最突出的诗情。他的《临终诗》凄绝沉痛：“龚胜无余生，李业有终尽。嵇公理既迫，霍生命亦殒。凄凄凌霜叶，网网冲风菌。邂逅竟几何，修短非所愍。送心自觉前，斯痛久已忍。恨我君子志，不获岩上泯。唯愿乘来生，怨亲同心朕。”[3]张溥在《谢康乐集题辞》中指

1. 逯钦立辑校：《先秦汉魏晋南北朝诗》，中华书局1983年版，第1194页。

2. 白居易撰、顾学吉校点：《白居易集》，中华书局1979年版，第131页。

3. 谢灵运撰、顾绍柏校注：《谢灵运集校注》，中州古籍出版社1987年版，第204页。

责灵运："涕泣非徐广，隐遁非陶潜，而徘徊去就，自残形骸"。[1]谢灵运在《长歌行》中曾感叹"亹亹衰期迫，靡靡壮志阑"。由于有"参权要"的雄心"壮志"，所以他羡慕从兄谢瞻"之子名扬"，惭愧自己"鄙夫忝官"[2]，他从来就不想成为晋朝"涕泣"的徐广，也并不想去做"送龄丘壑"的陶潜。他在《九日从宋公戏马台集送孔令》中说"良辰感圣心，云旗兴暮节"[3]，东晋还没有灭亡就忙着称寄奴为"圣"，可见谢客想到的不是去当晋朝的忠臣，而是迫切想做新朝的权贵。新朝似乎从未体察他的一片忠心，也不看好他的治国"才能"，"唯以文义处之，不以应实相许"，武帝和文帝两朝一直没有让他"参权要"，这才是他"常怀愤愤"的深层原因。史称灵运"出守既不得志，遂肆意遨游"[4]，他那些"寻山陟岭"和"凿山浚湖"所得来的山水诗大都是负气的产物，如"羁苦孰云慰，观海藉朝风"(《行田登海口盘屿山》)，"千念集日夜，万感盈朝昏"(《入彭蠡湖口》)，"祁祁伤豳歌，萋萋感楚吟。索居易永久，离群难处心"(《登池上楼》)，"凄凄明月吹，恻恻广陵散，殷勤诉危柱，慷慨命促管"(《道路忆山中》)，诗中感情既孤寂凄楚，氛围也沉重凄厉，从诗情诗境中不难体会诗人"倔强新朝"的意味。

---

1. 张溥著、殷孟伦注：《汉魏六朝百三家集题辞注》，人民文学出版社1960年版，第169页。
2. 谢灵运撰、顾绍柏校注：《谢灵运集校注》，中州古籍出版社1987年版，第1页。
3. 谢灵运撰、顾绍柏校注：《谢灵运集校注》，中州古籍出版社1987年版，第23页。
4. 沈约：《宋书》，中华书局1974年版，第1753页。

三

出身庶族的刘宋统治者既然打抑世家大族，寒门子弟是否能如颜延之所说的那样“出粪土之中而升云霞之上”[1]呢？的确有不少“武夫皂隶”因军功位至卿相，傅亮以“布衣儒生侥幸际会”而位居宰辅，武帝病危时还成为顾命大臣，颜延之也以寒门官金紫光禄大夫。一方面由于新朝害怕“权移臣下”，一方面由于豪族日渐腐朽无能，从宋文帝开始实权已转到寒族手中，皇室觉得寒族“身卑位薄”不可能对皇权构成威胁，加以他们处事干练而又顺从，将实权交给寒族比较放心，这使得寒族巢尚之、戴法兴等人“执权日久，威行内外”。沈约在《宋书·恩幸传》中分析寒族得势原因说：“夫人君南面，九重奥绝，陪奉朝夕，义隔卿士，阶闼之任，宜有司存。既而恩以幸生，信由恩固，无可惮之姿，有易亲之色。孝建、泰始，主威独运，官置百司，权不外假，而刑政纠杂，理难遍通，耳目所寄，事归近习。赏罚之要，是谓国权，出内王命，由其掌握，于是方途结轨，辐凑同奔。”[2]《南齐书·幸臣传》也说：“宋文世，秋当、周纠并出寒门。孝武以来，士庶杂选，如东海鲍照，以才学知名。又用鲁郡巢尚之，江夏王义恭以为非选。帝遣尚书二十余牒，宣敕论辩，义恭乃叹曰：‘人主诚知人。’及明帝世，胡母颢、阮佃夫之徒，专

1. 李延寿：《南史》，中华书局1975年版，第881页。

2. 沈约：《宋书》，中华书局1974年版，第1338页。

为佞幸矣。”[1]像中书侍郎、中书舍人这样的官职过去一律都由士族名流出任，宋文帝开始便士庶杂选，如“孤门贱生”的鲍照就曾在宋孝武帝朝任中书舍人。这大大刺激了寒士从政的热情，也激起了他们干世的雄心。可是刘宋王朝仍要仰仗世族的声望来维持政权，清显的职位还是得留给世家子弟，而士族为了保住既得的地位和利益，为了挽救日渐衰微的宗风与势力，有意高自标置，处处以门第自矜，表面看来士庶之隔的门槛比过去更为高峻，寒门子弟入仕的道路仍旧艰难。鲍照在《赠傅都曹别》一诗中就感叹道：“短翮不能翔，徘徊烟雾里。”[2]当时的寒俊很少有人能直冲云霄，大多数只好“徘徊烟雾里”，这使寒俊之士愤怒而又无奈。元嘉前后寒士的人生际遇相当微妙：既给他们带来希望，又使他们十分失望；既使他们欢欣鼓舞，又让他们垂头丧气，因而元嘉寒士诗歌的情感基调也以“忧愤”和“激荡”为主，只是他们“忧愤”的对象和“激荡”的原因与士族诗人不同罢了。鲍照是寒俊之士的代言人，他的诗歌抒写了寒士的希望与失望，表达了他们的痛苦与忧伤。

鲍照年轻时气冲牛斗，立志做展翅云天的鸿鹄而不做俯仰随人的燕雀，第一次干谒临川王刘义庆就受到冷遇后毫不气馁，不顾他人劝阻决心再次“贡诗言志”：

---

1. 萧子显：《南齐书》，中华书局1972年版，第972页。

2. 鲍照撰、钱仲联集注：《鲍参军集注》，上海古籍出版社1980年版，第297页。

照始尝谒义庆未见知，欲贡诗言志，人止之曰："郎位尚卑，不可轻忤大王。"照勃然曰："千载上有英才异士，沉没而不闻者，安可数哉！大丈夫岂可遂蕴智能，使兰艾不辨，终日碌碌，与燕雀相随乎？"于是奏诗，义庆奇之，赐帛二十匹。寻迁为国侍郎，甚见知赏。[1]

他决不甘于贫贱，更耻于平庸，害怕"终日碌碌"，更不愿"与燕雀相随"。他的《飞蛾赋》就是这一情怀的艺术再现：

仙鼠伺暗，飞蛾候明，均灵舛化，诡欲齐生。观齐生而欲诡，各会住以凭方。凌燋烟之浮景，赴熙焰之明光。拔身幽草下，毕命在此堂。本轻死以邀得，虽糜烂其何伤。岂学山南之文豹，避云雾而岩藏。[2]

"飞蛾"只要能"拔身幽草下"，不惜"毕命在此堂"，只要能"轻死以邀得"，即使"糜烂"又何妨？同样，诗人自己也宁可再次俯身干谒，而不愿就此"沉没而不闻"；宁可拼死一搏做人间"大丈夫"，也决不"遂蕴智能"而"使兰艾不辨"。

为了实现自己的鸿鹄之志，"临川好文，明远自耻燕雀，贡诗言

---

1. 李延寿：《南史》，中华书局1975年版，第360页。

2. 鲍照撰、钱仲联集注：《鲍参军集注》，上海古籍出版社1980年版，第49页。

志。文帝惊才，又自贬下就之。相时投主，善用其长，非祢正平杨德祖流也”[1]。他的志向不可谓不大，意志不可谓不强，才华不可谓不高，然而在那个仍旧以门第取人的时代，绝不是志大才高就可以成为“鸿鹄”的，最终他还是沉沦下僚穷愁潦倒，不得不与自己讨厌的“燕雀”为伍，不得不在强大的士族势力面前承认“人生亦有命”[2]。他在《瓜步山楬文》中绝望地叹道：“才之多少，不如势之多少远矣。”他在《拟行路难十八首》之六中对门阀制度进行了猛烈的抨击：

对案不能食，拔剑击柱长叹息。丈夫生世会几时，安能蹀躞垂羽翼？弃置罢官去，还家自休息。朝出与亲辞，暮还在亲侧。弄儿床前戏，看妇机中织。自古圣贤尽贫贱，何况我辈孤且直！[3]

元嘉前后特有的社会氛围，士人面临奇异的人生际遇，士、庶双方都愤愤不已、牢骚不平，因而“忧愤”与“激荡”成为了元嘉诗歌最突出的情感基调。

原刊《中南民族大学学报（人文社会科学版）》

2005年第3期

1. 张溥著、殷孟伦注：《汉魏六朝百三家集题辞注》，人民文学出版社1960年版，第176页。

2. 鲍照撰、钱仲联集注：《鲍参军集注》，上海古籍出版社1980年版，第229页。

3. 鲍照撰、钱仲联集注：《鲍参军集注》，上海古籍出版社1980年版，第231页。

论谢灵运的情感结构及其诗歌的形式结构

由于谢灵运是我国山水诗当然的开山鼻祖，人们乐意不遗余力地总结他诗歌创作的成功经验，而不愿严肃认真地去分析他创作中存在的失误，虽然屡屡叹惋他山水诗结构上的割裂，但总是把这个过错归咎于该死的玄言诗的影响。[1] 可是，只要看一看与谢诗同时产生的陶诗是那么浑融无迹，我们马上就会意识到把一个杰出诗人创作上的失误，仅仅归之于外在环境的影响未免失之粗率简单。多年来，我们习惯于把作品中的内容看成是社会现实和作家情感的反映，很少考虑到作品的形式结构同作家的情感结构之间是否存在着对应关系。艺术形式并不是一个放在某墙角里容纳艺术内容的瓷罐。

1. 参见游国恩等编《中国文学史》、中国社科院文研所《中国文学史》和刘大杰《中国文学发展史》相关章节。

诗歌内容的产生过程就是形式的形成过程，而形式的形成过程就是内容的实现过程。诗歌的形式结构与诗人情感之间的关系直接而又明显：艺术形式恰恰是诗人情感体验方式的符号化。[1]谢灵运山水诗形式上的缺陷，必然起于他作为诗歌内容的情感的缺陷。因为他山水诗中的情感只有通过形式结构展现出来，同时，它又在一种更深刻的意义上制约着形式结构，并作为艺术的内容直接被纳入形式本身，诗歌艺术形式结构的破碎割裂，自然昭示了他自身情感结构的矛盾分裂，反过来说，正因为他情感结构的分裂，才导致他诗歌形式结构的割裂——本文就是围绕这一论旨展开的。

一

生长于特殊家庭环境的谢灵运，对晋宋易代的政治气候非常敏感："鼻感改朔气，眼伤变节荣。"(《悲哉行》)刚演完受禅把戏的刘宋王朝，对他这个东晋数一数二的世胄子弟恩威并至，一方面将他的封爵由公降为侯，一方面又起用他为散骑常侍和太子左卫率。此刻，如何与这个新王朝相处这一难题摆到了谢灵运面前，明末张溥对他在这个问题上的态度很不以为然："涕泣非徐广，隐遁非陶潜，

1. 参见苏珊·朗格《艺术问题》中《生命的形式》一章，中国社会科学出版社1983年版。

而徘徊去就，自残形骸。”[1]谢氏之所以在改朝换代之际“徘徊去就”，是由于这个问题涉及人生道路的价值抉择，而恰巧价值委身问题又困扰着他的一生。谢灵运的时代，汉代传统的价值规范和人生信念受到了普遍的质疑，而新的价值规范还在形成之中，他在这样的文化背景下汲取各家各派的学说思想时，自然难存信奉和践履它的虔诚感。他常常景仰提倡自然无为的老庄，在山水诗中也禁不住谈玄论道；又不时远瞻外域的释伽牟尼，乐于同佛教徒一起论佛译经，《辩宗论》至今还被认为是佛教史上的宝贵资料。综观其一生的行藏出处，他又远没有看破红尘或无为淡泊，倒更近于一个不能忘情俗务的儒家弟子。这种文化构成的驳杂而又缺乏主导信念，没有办法让他确立一种价值规范作为自己安身立命的行为准则，找不到何处是自己的精神归宿：是争取像祖辈那样在政治舞台上大出风头，还是终生享受遨游山水的乐趣？是满足现实的物质欲望，还是去过一种淡泊的悟道生涯？是迎合世俗以邀时誉，还是虔诚地去追求某种人生的永恒价值？

刘宋王朝两次命他做京官，一次是在宋武帝刘裕的时候，一次是在宋文帝刘义隆的时候，每次他都没有拒绝朝命，而且还为这两位皇帝的登基大唱赞歌，所以方虚谷尖锐地指出：“灵运之为人，非静退者。”但如果说他没有一丁点企希山林的念头，恐怕连谢灵运自

1. 张溥著、殷孟伦注：《汉魏六朝百三家集题辞注》，人民文学出版社1960年版，第169页。

己也感到冤枉，他的诗集中差不多首首有钦羡嘉遁的句子。令人费解的是，在东晋还未“禅让”时就多次表白早存退隐宿心的谢灵运，居然还会接受新王朝的朝命。事后他辩解说自己本来“偶与张邴合，久欲还东山”的，只因为“圣灵昔回眷，微尚不及宣”[1]。言外之意是在朝做京官实属身不由己的感恩图报，徜徉山林才是自己的本心。有一次他还说自己同官场的气氛很不协调，深感自己像被囚禁起来的小鹿。谢灵运身为朝官却“意不平”，“多称疾不朝直，穿池植援，种竹树果，驱课公役，无复期度”。[2]

他企希归隐向往山林的心情很复杂，既有不满刘宋王朝对自己的政治待遇，以此显示不愿与新政权合作的愤激，也有对隐逸本身那种逍遥生活的羡慕；既有远灾避祸以求明哲保身，也不可否认其中含有对独立不移的个体人格的追求。“人生谁云乐，贵不屈所志”[3]，很容易使人想起“三军可夺帅也，匹夫不可夺志也”的儒家遗训。《登永嘉绿嶂山》说：“《蛊》上贵不事，《履》二美贞吉。幽人常坦步，高尚邈难匹。”四句诗中两处引用了《周易》中的典故，《周易·蛊卦》上九：“不事王侯，高尚其事”，同书《履卦》九二：“履道坦坦，幽人贞吉。”诗人用典的本意在于表白自己“不事王侯”的孤高脱俗的操守，所以诗后四句接着说：“颐阿竟何端，寂寂寄抱一，恬如既已

1. 谢灵运撰、顾绍柏校注：《谢灵运集校注》，中州古籍出版社1987年版，第124页。

2. 沈约：《宋书》，中华书局1983年版，第1772页。

3. 谢灵运撰、顾绍柏校注：《谢灵运集校注》，中州古籍出版社1987年版，第59页。

交，缮性自此出。”[1]他甘愿不为人知地抱朴守道（“抱一”）。也不愿“丧己于物，失性于俗”[2]。

然而，我们看到的还只是谢灵运的一个方面。不错，他的确有过对理想人格的追求，但一旦与现实利益相抵牾时，他就会毫不可惜地放弃它。他不是说身在京朝有如野鹿被囚吗？他被外放为永嘉郡守时的那份凄惨模样，又使人怀疑他的表白是否真诚：“述职期阑暑，理棹变金素。秋岸澄夕阴，火旻团朝露。辛苦谁为情，游子值颓暮。”[3]他在《过白岸亭》中说自己想“长疏散”：“荣悴迭去来，穷通成休戚。未若长疏散，万事恒抱朴。”[4]才说过注重内心的适意任情而视富贵如浮云不久，他很快又在《君子有所思行》中津津乐道地品味物质享受：“总驾越钟陵，还顾望京畿。踯躅周名都，游目眷忘归。市廛无厄室，世族有高闱。密亲丽华苑，轩甍饰通逵。孰是金张乐，谅由燕赵诗。”[5]

当在仕途被弄得疲倦不堪时，他就觉得“贞观丘壑美”的隐遁生涯或许更适合自己的本性，并把乌纱帽看成是扭曲自我的桎梏，“顾己虽自许，心迹犹未并”[6]，痛恨隐逸之“心”与隐逸之“迹”的分

1. 谢灵运撰、顾绍柏校注：《谢灵运集校注》，中州古籍出版社1987年版，第56页。
2. 郭庆藩：《庄子集释》，中华书局1961年版，第558页。
3. 谢灵运撰、顾绍柏校注：《谢灵运集校注》，中州古籍出版社1987年版，第35页。
4. 谢灵运撰、顾绍柏校注：《谢灵运集校注》，中州古籍出版社1987年版，第75页。
5. 谢灵运撰、顾绍柏校注：《谢灵运集校注》，中州古籍出版社1987年版，第234页。
6. 谢灵运撰、顾绍柏校注：《谢灵运集校注》，中州古籍出版社1987年版，第97页。

离，要求心迹合一，当一个名副其实的隐士。那么，离开了官场走向山水之中，他是不是就真的找到了自我，重新获得了自己的本性呢？写于罢官后的《富春渚》一诗真实地表现了诗人进退失据的两难心境：

> 宵济渔浦潭，旦及富春郭。定山缅云雾，赤亭无淹薄。溯流触惊急，临圻阻参错。亮乏伯昏分，险过吕梁壑。洊至宜便习，兼山贵止托。平生协幽期，沦踬困微弱。久露干禄请，始果远游诺。宿心渐申写，万事俱零落。怀抱既昭旷，外物徒龙蠖。[1]

该得遂了山水的乐趣吧，可又化不开远离政坛的忧郁；似乎找到了人生的归宿，却像又一次失落了自我；刚才还有“兼山贵止托”的充实，马上又浮起“沦踬困微弱”的空虚；是“宿心渐申写”和“始果远游诺”了吗？但又切切实实地感到“万事俱零落”的悲哀。

因为不知道何处是自己的真正归宿，所以无论是在政坛，还是在山林，无论是在群居，还是在独处，他时时处处都感到无所适从。羁留政坛觉得政治扭曲了自己的本性，身处山林又感到寂寞难熬。政治既不合他的胃口，山水也不是他的知音。一个本来就没有获得自我的人，一个情感结构分裂矛盾的人，在山水中也不可能发现自

1. 谢灵运撰、顾绍柏校注：《谢灵运集校注》，中州古籍出版社1987年版，第45页。

我，完整和谐的山水与他之间自然不存在任何契合点，因而难以将自己对象化于山水之中。这样，山水与他之间永远是对峙的，描绘山水与表现情感不可能统一，这使他的山水诗在描绘山水之外，还要另发一套与山水毫不相干的议论。于是，诗人自身情感结构的分裂，造成了诗人与山水之间的分离，并进而造成他笔下山水诗艺术形式结构的割裂。

二

为什么他情感结构的分离必然带来他山水诗艺术形式的割裂呢？我们知道，谢灵运诗歌中百分之九十以上是山水诗，诗中的警言秀句络绎奔会，但艺术形式结构前后完整的诗比较少见，所以，要回答这个问题必须弄清艺术形式完美和谐的山水诗，要求它的创作主体具备什么样的情感结构或心理条件。

山水诗不同于直抒胸臆的抒情诗，也有别于倾向客观描写的叙事诗，它既要求具有生动逼真的画面形象，又必须抒发创作主体的主观情感；它不鼓励诗人脱离山水，径情直遂地把自己的情感宣泄出来，更不允许只是冷漠地复制山水，因为形成山水诗题材的主要不是山水而是诗人的情感，但诗人的情感又必须完全内在于山水，以逼真地再现山水来达到生动地表现情感的目的。而要想在山水形象中完满地表现情感，诗人自己的情感就得完全沉浸在山水之中，与山水达到同体式的息息交流。只有在诗人对象化的同时，对象化的山水才能具备诗人所独具的情感。那么，诗人怎样才能与对象性的山水息息交流呢？我们祖先早就在深刻地思考这个问题，“智者乐水，仁者乐山”，孔子以简洁的语言揭示了人与自然产生共鸣的必要条件：二者必须在广泛的形态上具有内在的同构关系。里普斯的移情说固然有某种真理性，但它不能解释：为什么同是悲哀的情感，一个强悍的男子需要高山来表现——高山垂首，而一个弱女子却在小溪那儿找到了知音——小溪呜咽。诗人之所以能把自己的情感外射到山水中，不是他们单方面自作多情的结果，也不是主体单方面向对象暗送秋波，而是主客体在具有某种广泛样态的相似结构的情况下的一见钟情，大有“似曾相识燕归来”的味道。此时，主客体的界限消融了，主体即客体，客体亦主体。对象性的山水为诗人存在还不够，诗人也应该为对象性的山水而存在，在双方具有广泛样态的同构关系的基础上，诗人与山水才能完全重合，再现山水对象就是表现主体情感，用不着在再现山水形象之外另发一通议论。谢灵运山水诗常常分成描绘山水与发泄议论两个部分，因而造成艺术形式上的割裂，所失的根源就正在于他自身情感结构的分裂，使他在和谐完整的山水中找不到契合点，山水与他不能相互肯定相互进入，山水是外在于他的一种冷漠的存在。歌德在《温和的讽刺诗》中说：“如果眼睛不像太阳，眼睛就永远看不见太阳。”既然山水与他是对峙的，那山水就不可能成为他情感的载体，他的情感也不能借山水得以抒发，于是只好脱离山水来直接宣泄了。

《登池上楼》是谢诗中一首脍炙人口的代表作。“潜虬媚幽姿，飞鸿响远音。薄霄愧云浮，栖川怍渊沉。进德智所拙，退耕力不任”[1]，一起笔就撇开登池上楼的所闻所见，单刀直入地交代自己的矛盾心态：隐逸固然不乏风雅，可又吃不了躬耕田园的苦头；在政坛上出头露面虽也令人神往，偏又不具备“飞鸿薄霄”的才干。表面上是彷徨于人生道路的价值抉择，但精神深处是没有找到自我，不知道自己灵魂的巢应筑在何处，因而，情感世界总是处于分裂状态。诗的中间部分才由“衾枕昧节候，褰开暂窥临”，过渡到登楼见闻的描绘：“初景革绪风，新阳改故阴。池塘生春草，园柳变鸣禽。”可是，早春的美景并没有给徒倚无依的诗人带来慰藉，难熬的孤独仍然包围着他：“索居易永久，离群难处心。”诗的最后说远离世俗岂能让古人擅美，他觉得自己就是独立特行的当世大隐，然而，门面话仍然掩盖不了内心的矛盾，远离政坛同党尚且“难处心”，“无闷征在今”又何从说起呢？“池塘生春草”的佳句虽然传诵千古，可这些美丽的对象在诗人的眼中只是转瞬即逝的流星，诗的首尾忙于得失的权衡，对于出处的算计，把春草、鸣禽、春日、春风冷落在一边，诗人面对这些美景不是怦然心动，而是还在为离开同党而苦恼。他的情感没实现在对象中，描绘与议论截然分家了，诗歌结构的完整破坏无余。

他的山水诗往往前半部分描绘得很美，后半部分无端插入抽象

1. 谢灵运撰、顾绍柏校注：《谢灵运集校注》，中州古籍出版社1987年版，第63页。

的议论，就像一首美妙轻音乐的尾声突然几声刺耳的尖叫，叫人要多扫兴就多扫兴。如《登石门最高顶》：

> 晨策寻绝壁，夕息在山栖。疏峰抗高馆，对岭临回溪。长林罗户穴，积石拥基阶。连岩觉路塞，密竹使径迷。来人忘新术，去子惑故蹊。活活夕流驶，噭噭夜猿啼。沉冥岂别理，守道自不携。心契九秋干，目玩三春荑。居常以待终，处顺故安排。惜无同怀客，共登青云梯。[1]

前半写得细腻生动，后面的议论却大煞风景，“沉冥岂别理，守道自不携”一类议论让人生厌。这与其说是玄言诗的幽灵在他诗中作怪，毋宁说是他心灵的内在需求。因为他的情感世界老是处在矛盾彷徨中，不管怎样秀丽的山水也消弭不了他被挤出官场后的失落感，所以需要调动理智来平息心灵的骚动，有时甚至还要抬出老庄来填补内心的空虚，因而，“说山水则苞名理”就是不可避免的了。[2]《过白岸亭》是一首纪游诗，他所见到的景色很动人：“拂衣遵沙垣，缓步入蓬屋。近涧涓密石，远山映疏木。空翠难强名，渔钓易为曲。”[3]

---

1. 谢灵运撰、顾绍柏校注：《谢灵运集校注》，中州古籍出版社1987年版，第178页。
2. 黄节：《谢康乐诗注》，人民文学出版社1957年版，第1页。
3. 谢灵运撰、顾绍柏校注：《谢灵运集校注》，中州古籍出版社1987年版，第74—75页。

面对如许景色他不是心旷神怡，而想的是“伤彼人百哀，嘉尔承筐乐”，认为自己被外放林泉，就像给秦穆公殉葬的三良一样，成了残酷政治斗争的牺牲品，对那些至今还在皇帝身边“捧日承恩”的幸运儿则嫉妒万分。消除这种痛苦心情的法宝，不是自然山水而是酸葡萄精神，将无可奈何的我不能，说成是慷慨大度的我不要。“荣悴迭去来，穷通成休戚。未若长疏散，万事恒抱朴”[1]，诗中的议论前后矛盾显而易见，既然在官场走红还不如倒霉，干吗还要愤愤不平地妒忌别人“捧日承恩”呢？诗人完全没有在他所描绘的山水中实现自己，山水形象与他的情感是两码事，他的情意是通过议论讲出来的，离开了议论他的思想情感就不能表达。我们在他的大多数山水诗中感受到的，不是诗人情感体验的深度而是他理智运思的深度，那些艰深的老庄哲言既同诗中的山水缺乏必然联系，也外在于诗人自己的情感体验。且不说诗中的说教与山水漠不相关，就是从山水中只抽象出哲理也是对山水的一种割裂，因为诗中的山水作为诗人本质的对象化，是诗人内心生活整体的对象性存在，它代表着诗人存在的深度，仅仅从山水中抽象出哲理，就意味着把诗人的存在限制在理性的范围，将诗歌的生命—情感—逐出了诗的王国，因而难免会破坏诗人自身存在的完整。谢灵运山水诗中情感与山水的割裂、情感与理性的割裂以及艺术形式结构的割裂，都可以从他自

---

1. 谢灵运撰、顾绍柏校注:《谢灵运集校注》，中州古籍出版社1987年版，第74—75页。

身存在的深层情感结构的分裂中找到原因。

即使少数没有僵硬哲理说教的诗歌，也同样缺乏生气贯注的生命的整体美，因为他对山水的精工描绘多是站在山水之外进行的，自己难得与山水达成物我两忘的境界，所以他笔下的山水很少通体和谐。自然山水中和谐的动态生命力，只有靠诗人自身情感结构具有相应的和谐动态过程才能把握。[1] 谢灵运分裂的情感结构，不仅使他在山水中得不到精神安慰，也使他不能把握山水富于生命力的和谐动态过程。他诗中的山水大多数没有获得作为一个生命整体的灵性和品格。谢灵运不断矛盾分裂的情感永远无法与山水沟通，有时甚至形成了相互否定。如：

> 旅人心长久，忧忧自相接。故乡路遥远，川陆不可涉。汩汩莫与欢，发春托登蹑。欢愿既无并，戚虑庶有协。极目睐左阔，回顾眺右狭。日没涧增波，云生岭逾叠。白芷竞新苕，绿蘋齐初叶。摘芳芳靡谖，愉乐乐不燮。佳期缅无像，骋望谁云惬！[2]
>
> ——《登上戍石鼓山》

长久羁旅使得“忧忧自相接”，出城到上戍浦去登石鼓山为的是

1. 参见卡西尔《人论》第九章，上海译文出版社1985年版。

2. 谢灵运撰、顾绍柏校注:《谢灵运集校注》，中州古籍出版社1987年版，第68页。

散愁解闷："汩汩莫与欢，发春托登蹑。欢愿既无并，戚戚庶有协。"石鼓山也不负所望向他呈献了美景："日没涧增波，云生岭逾叠。白芷竞新苕，绿蘋齐初叶。"可他的心情与这样的美景无缘，胜景没有给他带来一丝安慰，甚至给他添愁惹闷："摘芳芳靡谖，愉乐乐不燮。佳期缅无像，骋望谁云惬！"不知道是大自然老是存心与这位天才的诗人闹别扭，还是这位天才总是与大自然过不去。

谢灵运的山水诗在文学史上的独特贡献自有公论，上面的分析无意于苛求古人，只是想在他失足的地方树一块路标，告诉后来人不再重蹈他的覆辙。

原刊《华中师范大学学报（哲学社会科学版）》

1991年第1期

生命的激扬与民族的活力

——论李白的意义

二十世纪五六十年代学术界曾为李白诗歌表现的是什么样的时代精神、李白的意义和力量何在等问题争论得热闹异常。以林庚为代表的一方认为，由于李白具有自觉的“布衣自豪感”和“平民意识”，因而反映了盛唐乐观自信的时代精神，他们眼中的李白是青春、浪漫、天真、欢乐的化身[1]；裴斐则认为“李白出现在唐帝国极盛而衰的历史转折时期”，他的诗歌“是‘山雨欲来风满楼’的景象的天才写照”，“怀才不遇和人生若梦”是他诗歌“最常见最动人的主题”，“痛苦和愤懑”是他诗歌的情感基调，他心目中的李白又是摧枯拉朽、诅咒黑暗的悲剧式英雄[2]。林先生只看到李白青春的笑脸，

1. 林庚:《唐诗综论》，人民文学出版社1987年版，第155—217页。

2. 裴斐:《李白十论》，四川人民出版社1981年版，第154—180页。

裴先生则死死盯住李白痛苦的愁容，两位饱学的学者重演了一曲类似盲人摸象的喜剧。分歧虽然以某种方式还在延续，但轰轰烈烈的争论已经平息。遗憾的是，问题并没有随着争论的平息而得到完满的解决，在《李太白全集》中固然不难发现“仰天大笑”的乐观自信，同样也很容易找到“于此泣途穷”的痛苦哀伤。林、裴二先生针尖对麦芒的观点使我们无所适从，李白诗歌究竟反映了什么样的时代精神？李白诗歌的意义和力量到底表现在什么地方？如果跳出“平民意识”“诅咒黑暗”这一政治社会学的框框，如果能够从另一个视角重新观照李白，我们将会看到，李白诗歌的时代精神及其历史意义就在于：他通过自己个体生命的激扬，深刻地表现了我们这个伟大民族，处于封建社会鼎盛时期昂扬向上的民族活力，并因此使他成为“盛唐气象”的典型代表。

一

李白的一生有两大矢志不渝的人生追求：在政治上建立一鸣惊人的伟绩，在精神上获得彻底的自由。赵翼在《瓯北诗话》中说：“青莲少好学仙，故登真度世之志，十诗而九。盖出于性之所嗜，非矫托也。然又慕功名，所企羡者，鲁仲连、侯嬴、郦食其、张良、韩信、东方朔等。总欲有所建立，垂名于世，然后拂衣还山，学仙以求长生。如《赠裴仲堪》云：‘明主倘见收，烟霄路非遐。时命若不会，归应炼丹砂。’……其视成仙得道，若可操券致者，盖其性灵中所自有也。”[1]

门阀制度在唐代已逐渐走向衰亡，唐诗中很难听到左思“世胄蹑高位，英俊沉下僚”的抗议与喟叹。有唐统治者为了自己基业的磐固，不断地打压抑制六朝的高门大族，唐太宗指斥士族“子孙才行衰薄，官爵陵替，而犹昂然以门地自负，贩鬻松槚，依托富贵，弃廉忘耻，不知世人何为贵之”！他因此提出选官应“或以德行，或以勋劳，或以文学”[2]，科举考试制度的确立使庶族子弟有了参与政治的机会。开元二十一年六月，玄宗诏令“自今选人有才业操行，委吏部临时擢用”，史称当时“入仕之途甚多，不可胜纪”。[3]起宰相于寒门，拔将军于卒伍，一大批门第不高的士人纷纷登上政治舞台，演出了一曲又一曲威武雄壮的历史剧。有志之士眼前展现的是一条看似无限风光的坦途，功名意气让大家都热血沸腾，他们积极要求在政治舞台上大显身手，在大漠边塞建立奇勋。这种英雄主义的时代气氛增强了人们对自己才能的自信，也培养了他们强烈的历史责任感和使命感。“大笑向文士，一经何足穷？”（高适《塞下曲》）“自谓颇挺出，立登要路津。致君尧舜上，再使风俗淳。”（杜甫《奉赠韦左丞丈二十二韵》）连书生气十足的王维也高喊：“忘身辞凤阙，

1. 赵翼：《瓯北诗话》，人民文学出版社1963年版，第7页。
2. 司马光：《资治通鉴》，中华书局1956年版，第6136页。
3. 司马光：《资治通鉴》，中华书局1956年版，第6802页。

报国取龙庭。岂学书生辈，窗间老一经？”（《送赵都督赴代州得青字》）慷慨激昂的英雄气概成了时代精神的主旋律。

李白对自己的才能十分自负，称自己“怀经济之才，抗巢由之节，文可以变风俗，学可以究天人”（《为宋中丞自荐表》）。这样非凡的个人才智自然要追求高远的人生目标：“申管晏之谈，谋帝王之术，奋其智能，愿为辅弼。使寰区大定，海县清一。”（《代寿山答孟少府移文书》）从政就得扭转乾坤，当吕尚、范蠡、鲁仲连、张良、诸葛亮、谢安这一流人物，他觉得自己对历史负有不可推卸的责任，“苟无济代心，独善亦何益？”（《赠韦秘书子春》）对巢父、许由甚至陶渊明的人生态度都大不以为然：“龌龊东篱下，渊明不足群。”（《九日登高巴陵置酒望洞庭水军》）这种自命不凡的谈吐与追求往往遭到时人的嘲笑：“时人见我恒殊调，见余大言皆冷笑。”（《上李邕》）可他毫不在乎人们这些冷嘲热讽，对自己的志向始终执着坚定，相信自己会有“大鹏一日同风起，扶摇直上九万里。假令风歇时下来，犹能簸却沧溟水”的时候，即使被“赐金放还”也坚信“长风破浪会有时”，即使五六十岁的高龄还深信自己能“为君谈笑静胡沙”。

这种高度的自信、宏伟的抱负、强烈的历史使命感，是他那个伟大时代对李白的“馈赠”，只是李白比其他人表现得更为突出更为强烈罢了。不过，“没有哪个社会和文化是一元的，也没有哪个社会和文化是完全整合的，任何社会和文化总是代表某种冲突观点和冲突利益的复合体”[1]。受社会制约的时代精神和风俗习尚，也同样不会只是一种声音，不会只有一种倾向，而常常是不同音响的合奏。一方面，压抑人才的门阀制度在唐代逐渐衰微，许多门第不高的才志之士得以走上政治舞台，使许多士子重新认识到自己潜在的无限能力，树立了高度的历史责任感，激励了他们积极的从政热情。另一方面，盛唐相对的思想自由、信仰自由、精神解放，进一步激起了人们对个性自由和精神解放的憧憬。人们创造现实世界的能力，要求突破现实世界的种种限制，寻求更宽广更自由的精神空间，而束缚精神和个性的某些传统清规一旦被抛弃，某些精神的锁链一旦被斩断，精神解放和个性自由的欲望就漫无节制地高涨，盼望推开一切精神上和思想上的阻碍，蔑视权贵，笑傲王侯，把一切外在的礼法与戒律踏在脚下。李白就是这种追求个性自由、蔑视王法与王侯的时代典型，这是他在《代寿山答孟少府移文书》中对自己为人的“夫子自道”：“倚剑天外，挂弓扶桑。浮四海，横八荒，出宇宙之寥廓，登云天之渺茫。”[2]这是杜甫在《饮中八仙歌》中对他形象的“素描”：“李白一斗诗百篇，长安市上酒家眠。天子呼来不上船，自称臣是酒中仙。”[3]

在山水中逍遥自适，于酣饮中浩然自放，是他孜孜以求的人生

1. 罗杰·M. 基辛：《当代文化人类学概要》，浙江人民出版社1986年版，第90页。
2. 李白撰、王琦注：《李太白全集》，中华书局1977年版，第1225页。
3. 杜甫撰、仇兆鳌注：《杜诗详注》，中华书局1979年版，第83页。

理想，他在《答王十二寒夜独酌有怀》中说，“人生飘忽百年内，且须酣畅万古情”[1]。潇洒人间还远远满足不了他精神的需要，他还想“愿随夫子天坛上，闲与仙人扫落花”[2]。范传正在《唐左拾遗翰林学士李公新墓碑》中称他“脱屣轩冕，释羁缰锁，因肆性情，大放宇宙间”[3]。嗜酒、慕仙、携妓、漫游等这些貌似放纵荒唐的行为，只有放在那个特定的追求精神自由、打破传统限制的社会背景中才能得到深刻的理解。这不是过去李白论者所谓“避世”说所能解释的，李白嗜酒、慕仙、携妓绝非要远离尘世，它是要冲破王法的限制和清规的束缚，以冲撞社会的方式宣告自己就是社会的主人，以鲁莽灭裂的方式来表现对精神自由的渴望。

二

笑傲王侯和蔑视王法，追求个人的精神解放与个性自由，必须使自己超出于王法所规定的封建秩序之外；同时，要在政治上完成壮丽的人生，实现自己“济苍生”和“拯物情”的宿愿，又离不开王侯大公达官显宦的举荐提携，更离不开皇帝提供的政治舞台——封

1. 李白撰、王琦注：《李太白全集》，中华书局1977年版，第910页。
2. 李白撰、王琦注：《李太白全集》，中华书局1977年版，第662页。
3. 范传正：《唐左拾遗翰林学士李公新墓碑》，引自《李太白全集》，中华书局1977年版，第1464页。

建官场，他又不得不回到王法所规定的封建秩序之中。于是，历史把李白的人生追求置于这样一种尴尬的悖论之中：

追求精神自由—笑傲王侯—反抗传统—要求超出于王法所规定的封建秩序之外；

建立丰功伟业—求助王侯—与传统妥协—回到王法所规定的封建等级秩序之中。

不少论者指出过李白与庄子的承继关系，诚然，在抨击王权蔑视权贵方面，在追求精神自由方面，庄子对李白影响不容低估。庄子对“仁义”虚伪本性的揭示，对王公丑恶的针砭，其深刻的程度甚至还为李白所不及，如“圣人不死，大盗不止”，“彼窃钩者诛，窃国者为诸侯，诸侯之门而仁义存焉”[1]。庄子认为，要想过一种符合自己本性的生活，就必须摆脱社会强加给人的种种限制，摆脱所谓仁义道德的枷锁，特别是要放弃个人对社会和历史的责任，摒除个人功名欲望的束缚，因而他能视相位如腐鼠(《庄子·秋水》)。李白虽然赞颂大鹏遨游人世的精神和气魄(《大鹏赋》)，在不少作品中高度肯定适性任情的存在方式，高度肯定精神自由对个体存在的价值，甚至把“摇曳沧州傍”作为自己人生的最后归宿(《玉真公主别馆苦雨赠卫尉张卿》)，但是，他与庄子之间存在着本质的差别：李白秉有庄子所不具有的强烈的社会责任感和历史使命感。人们过分地夸大了李白诗赋中大鹏与《逍遥游》中鲲鹏之间的联系，以致忽

1. 郭庆藩:《庄子集释》，中华书局1961年版，第350页。

视了二者的重大区别,《大鹏赋》《上李邕》《临路歌》中的大鹏，主要不是追求无待的自由，而是借此抒写诗人“簸鸿蒙，扇雷霆，斗转而天动，山摇而海倾”的巨大力量[1]，以及“簸却沧溟”、整顿乾坤的宏大志向，大鹏“扶摇直上九万里”的气度不是用来逍遥避世[2]，而是将其威力展现在现实人世，去成就一番令人惊叹的伟业。正是这种社会责任感和历史使命感，使李白一味追求个人自由时就深感愧对时代和历史，内心深处就感到惶惶不安。《酬崔五郎中》便是抒写自己壮志成空的痛苦:“朔云横高天，万里起秋色。壮士心飞扬，落日空叹息。长啸出原野，凛然寒风生。幸遭圣明时，功业犹未成。奈何怀良图，郁悒独愁坐。”[3]

要实现政治上的宏伟抱负，自称“草间人”的李白自然必须得到王公权贵的引荐提携，这样他就不得不向王公权贵们求情干谒，从天空神游的迷雾里坠落到王法规定的现实社会中来。《古风》之二十六说：“碧荷生幽泉，朝日艳且鲜。秋花冒绿水，密叶罗青烟。秀色空绝世，馨香谁为传？坐看飞霜满，凋此红芳年。结根未得所，愿托华池边。”[4]生在穷泉僻壤的碧荷不管秀色如何绝世，馨香鲜色仍然不为人传，难逃被飞霜凋落红芳的命运，要实现大志就非托身“华池边”不可，他那些似傲而实卑的干谒信就是他

1. 李白撰、王琦注:《李太白全集》，中华书局1977年版，第4页。
2. 李白撰、王琦注:《李太白全集》，中华书局1977年版，第512页。
3. 李白撰、王琦注:《李太白全集》，中华书局1977年版，第881页。
4. 李白撰、王琦注:《李太白全集》，中华书局1977年版，第123页。

"愿托华池边"这一愿望的真切表现："白陇西布衣，流落楚、汉。十五好剑术，遍干诸侯；三十成文章，历抵卿相。虽长不满七尺，而心雄万夫。王公大人许与气义。此畴曩心迹，安敢不尽于君侯哉！"[1]为了求得王侯的提携引荐，他不惜肉麻地向权贵恭维捧场，颂扬了无才华的安州长史李京之说："伏惟君侯，明夺秋月，和均韶风，扫尘词场，振发文雅。陆机作太康之杰士，未可比肩；曹植为建安之雄才，惟堪捧驾。"[2]《与韩荆州书》赞美德薄才劣的荆州长史韩朝宗说："君侯制作侔神明，德行动天地，笔参造化，学究天人。"[3]在《流夜郎赠辛判官》，他还津津有味地夸耀自己过去的"得意"经历："昔在长安醉花柳，五侯七贵同杯酒。气岸遥临豪士前，风流肯落他人后？"[4]有些学者以为这是李白身上的庸人习气，殊不知这是他为了实现自己济苍生的大志不得已的行为，要么干脆放弃自己的事业追求，要么就向王公大人恭维干谒，历史逼着他别无选择。举出李白这些卑微的言行，我们没有丝毫嘲讽他的意思，也没有丝毫嘲讽他的权利，这是那个时代任何一个有志之士实现自己志向必然要付出的代价。

他的游说、求情、干谒到底没有白费，天宝元年唐玄宗召他入京，英雄似乎找到了自己的用武之地，《南陵别儿童入京》一诗留下

---

1. 李白撰、王琦注:《李太白全集》，中华书局1977年版，第1240页。
2. 李白撰、王琦注:《李太白全集》，中华书局1977年版，第1232页。
3. 李白撰、王琦注:《李太白全集》，中华书局1977年版，第1240页。
4. 李白撰、王琦注:《李太白全集》，中华书局1977年版，第563页。

了当时他的那种兴奋和激动："游说万乘苦不早，著鞭跨马涉远道。会稽愚妇轻买臣，余亦辞家西入秦。仰天大笑出门去，我辈岂是蓬蒿人？"[1]开始他以为皇帝会委他以重任，自己能在政治上大有作为，曾经笑他微贱的权臣显宦现在"却来请谒为交欢"，从他《驾去温泉后赠杨山人》一诗，我们至今仍能感受到诗人那种扬眉吐气的兴奋：

> 少年落魄楚汉间，风尘萧瑟多苦颜。自言管葛竟谁许？长吁莫错还闭关。一朝君王垂拂拭，剖心输丹雪胸臆。忽蒙白日回景光，直上青云生羽翼。幸陪鸾辇出鸿都，身骑飞龙天马驹。王公大人借颜色，金章紫绶来相趋……[2]

可是，进入封建秩序这个囚笼的日子一久，他就发现皇帝远不是他所想象的那般英武圣明，王公大人比他想象的更加肮脏愚昧，人与人之间只有伪善，政治也完全是奸诈，精神自由的追求和高傲的个性迫使他厌恶与权贵们周旋，而他自己刚正不阿的操守更无法见容于近臣权贵，他用轻蔑、鄙夷与嘲讽来对付权贵，权贵则用造谣、诽谤来中伤他。他恼怒地指责皇帝"珠玉买歌笑，糟糠养贤才"[3]，使得宫中"奸臣欲窃位，树党自成群"[4]，以致"梧桐巢燕雀，枳棘栖

---

1. 李白撰、王琦注：《李太白全集》，中华书局1977年版，第744页。
2. 李白撰、王琦注：《李太白全集》，中华书局1977年版，第485页。
3. 李白撰、王琦注：《李太白全集》，中华书局1977年版，第107页。
4. 李白撰、王琦注：《李太白全集》，中华书局1977年版，第150页。

鸳鸾”[1]。会钻营拍马的人“路逢斗鸡者，冠盖何辉赫！鼻息干虹霓，行人皆怵惕”[2]，他们“斗鸡金宫里，蹴鞠瑶台边。举动摇白日，指挥回青天”[3]，这股邪恶势力把大唐帝国搅得乌烟瘴气。“松柏本孤直，难为桃李颜”[4]，不愿也不屑奉承拍马、承欢卖笑的李白，自然成了他们必欲去之的眼中钉，而李白那如同赤子一样的单纯与天真，哪是那些奸滑权贵的对手，更何况他不屑与这般人较量：“凤饥不啄粟，所食唯琅玕。焉能与群鸡，刺蹙争一餐？”[5]这时他唯一盼望的就是精神自由，朝廷就像法国人所谓的“围城”，没有进去的时候拼命想进去，进去后又拼命想挤出来，此刻他想的是尽快离开宫廷，远离权贵，去过一种无拘无束的生活。他在《翰林读书言怀呈集贤诸学士》一诗中对集贤院学士们推心置腹地说：“青蝇易相点，白雪难同调。本是疏散人，屡贻褊促诮。云天属清朗，林壑忆游眺。或时清风来，闲倚栏下啸。严光桐庐溪，谢客临海峤。功成谢人间，从此一投钓。”[6]整个上层权贵对这位“目中不知有开元天子，何况太真妃高力士”的诗人都看不顺眼，很快他就被逐出了建立功业须臾不可离开的政治舞台。逃离了囚笼，王公大人自然“不能器之”，他也

---

1. 李白撰、王琦注：《李太白全集》，中华书局1977年版，第137页。
2. 李白撰、王琦注：《李太白全集》，中华书局1977年版，第120页。
3. 李白撰、王琦注：《李太白全集》，中华书局1977年版，第144页。
4. 李白撰、王琦注：《李太白全集》，中华书局1977年版，第103页。
5. 李白撰、王琦注：《李太白全集》，中华书局1977年版，第138页。
6. 李白撰、王琦注：《李太白全集》，中华书局1977年版，第1113页。

可以按自己的本性过一种自由放旷的精神生活，“若使巢由桎梏于轩冕兮，亦奚异于夔龙蹩躠于风尘？哭何苦而救楚，笑何夸而却秦！吾诚不能学二子沽名矫节以耀世兮，固将弃天地而遗身。白鸥兮飞来，长与君兮相亲”[1]（《鸣皋歌送岑征君》）。然而这只是刚被赶出宫廷的愤激之语，一旦他真的在山水中徜徉时，又再度萌生“大济苍生”的壮志：

> 有时忽惆怅，匡坐至夜分。平明空啸咤，思欲解世纷。心随长风去，吹散万里云。羞作济南生，九十诵古文。不然拂剑起，沙漠收奇勋。老死阡陌间，何因扬清芬？夫子今管乐，英才冠三军。终与同出处，岂将沮溺群？[2]
>
> ——《赠何七判官昌浩》

这首诗的具体写作年代不可考，《旧唐书·职官志》交待判官一职为“天宝后置”，可见这首诗不可能写于天宝元年之前，也不可能写于天宝三年之前，诗人在皇帝身边不会对一个判官说“终与同出处”，可以肯定这首诗的写作年代至少在天宝三年诗人离开长安以后。当然，离开了宫廷，诗人仍然高歌“且放白鹿青崖间，须行即骑访名山。安能摧眉折腰事权贵，使我不得开心颜”，仍然看重精

1. 李白撰、王琦注：《李太白全集》，中华书局1977年版，第396页。
2. 李白撰、王琦注：《李太白全集》，中华书局1977年版，第482页。

神自由和独立的人格，同时他又害怕无声无息地“老死阡陌间”，不能了却“申管晏之谈，谋帝王之术”的宿愿。所以，尽管他“羞逐长安社中儿”，但还是念念不忘京城长安，送行诗中常向友人表白思念长安的心迹,《金乡送韦八之西京》中说“狂风吹我心，西挂咸阳树”[1],《送陆判官往琵琶峡》又说“水国秋风夜，殊非远别时。长安如梦里，何日是归期”[2]，连《秋浦歌》这样的山水诗中也流露出对京城的思念之情:“正西望长安，下见江水流。”[3]他离开长安越久对长安的思念就越切，甚至到“长相思，摧心肝”的程度[4]。安史之乱起，目睹“流血涂野草，豺狼尽冠缨”的惨象，强烈的社会责任感使他置个体的自由于度外，他为民族和国家的前途而忧心如焚。特别是东西两京的陷落更让隐居在庐山的李白坐立不安。他在《赠溧阳宋少府陟》中说:“早怀经济策，特受龙颜顾，白玉栖青蝇，君臣忽行路。人生感分义，贵欲呈丹素。何日清中原，相期廓天步。”[5]为了拯救涂炭中的中原人民，永王请他入幕时他觉得这是为国立功的大好机会，在兵火连天的岁月以衰朽之年入军平定叛乱，在《永王东巡歌》中他情绪激昂地唱道:“试借君王玉马鞭，指挥戎虏坐

1. 李白撰、王琦注:《李太白全集》，中华书局1977年版，第783页。
2. 李白撰、王琦注:《李太白全集》，中华书局1977年版，第854页。
3. 李白撰、王琦注:《李太白全集》，中华书局1977年版，第417页。
4. 李白撰、王琦注:《李太白全集》，中华书局1977年版，第194页。
5. 李白撰、王琦注:《李太白全集》，中华书局1977年版，第540页。

琼筵。南风一扫胡尘静，西入长安到日边。”[1]据《闻李太尉大举秦兵百万出征东南，懦夫请缨，冀申一割之用，半道病还，留别金陵崔侍御十九韵》一诗可知，在长流夜郎赦还以后，他以六十多岁的高龄还准备参加李光弼部队征讨叛军，半道因病折回时还懊恼地说“天夺壮士心”，“恨无左车略，多愧鲁连生”[2]，这与声言“高情出人间”[3]的李白不是判若两人吗？

三

一方面试图超出王法规定的秩序以获得精神的自由，了却“明朝散发弄扁舟”的宿愿；另一方面又想在王法规定的封建秩序中成就功业，完成历史赋予自己的社会责任，李白的人生道路就是在这种悖论式的追求中走完的。

追求精神自由和大济苍生都是当时历史的必然要求，早于李白的孟浩然“红颜弃轩冕，白首卧松云”[4]，李白虽然也向往这种潇洒送日月的生涯，但他又无法像孟浩然那样丢开社会责任；晚于李白的

1. 李白撰、王琦注:《李太白全集》，中华书局1977年版，第433—434页。
2. 李白撰、王琦注:《李太白全集》，中华书局1977年版，第740页。
3. 李白撰、王琦注:《李太白全集》，中华书局1977年版，第957页。
4. 李白撰、王琦注:《李太白全集》，中华书局1977年版，第461页。

杜甫希望自己“致君尧舜上，再使风俗淳”[1]，富有强烈的社会责任感和历史使命感，但由于他青壮年时大唐帝国极盛而衰，社会心理已由狂热的浪漫精神陡变为清醒的现实态度，加之特有的深沉稳健的个性，使杜甫不具有盛唐社会那种浪漫的激情，只有李白才充分地秉有时代赋予他的双重品格：既想在外在世界承担历史责任，又想在内在世界享受精神自由。他身上的这种双重品格都活跃在当时民族情绪的深层结构之中，是盛唐时代精神中涌动的两大激流。他强烈的功名追求受时代潮流的影响自不必说，他对精神自由和个性解放的热爱，又何尝不是为时代潮流所激发？从表面上看，肯定精神自由和个性解放对个体存在的价值，急切期望超出封建王法规定的社会秩序之外，幻想在另一个世界中充分享受自由，似乎是一种远离社会和时代的表现，然而，这种追求自由的动力本身就是当时社会提供给他的，他越是想超出那个社会反而越是证明了那个社会的浪漫气质。

历史一方面赐予李白这种双重追求，另一方面又堵死了在一个人身上同时实现这两种追求的可能性。追求精神自由与建立丰功伟业，在当时的历史条件下是鱼和熊掌不可得兼的东西，李白执着于这两种历史的要求，想成就一番政治上的大业，又不想低下自己高贵的头，不想失去个人精神上的自由，这不仅使他在外在世界碰得头破血流，也使他的内在心灵总是处于不同力量的矛盾冲

1. 杜甫撰、仇兆鳌注：《杜诗详注》，中华书局1979年版，第74页。

突之中。

两股历史潮流在李白身上一齐汇聚碰撞，必然在他的心灵深处掀起巨大的情感波澜，时而把他涌向欢乐的绝顶，时而把他带到痛苦的深渊。正是由于执着于这种时代的双重品格，使他的欢乐没有流于轻浮，又使他的痛苦没有走向绝望。如果只知道自己的精神自由，放弃了自己的社会责任和历史使命，没有“拯物情”和“济苍生”的情怀，那他就将一味地飘逸潇洒，缺乏民胞物与的社会热情和愤世嫉俗的刚毅勇气；如果满头脑只有功名观念，没有对精神自由和个性解放的追求，他就会失去浪漫的幻想和天马行空的豪情，失去李白之为李白的豪放气魄。正是这两股时代潮流在他身上同时汇聚，他才得以同时体验人生的大喜与大悲，使他能真正进入存在的深度。更重要的是，正是这两股时代的潮流在他身上同时汇聚，不断地在他心灵深处掀起情感的狂澜，他才得以把我们这个伟大民族，处于封建鼎盛时期那种昂扬向上的活力推向峰巅，使他成为盛唐气象当之无愧的代表。

四

这种悖论式的人生追求，既造成了他的悲剧又成就了他的伟大，既给他的感情带来巨大的矛盾痛苦又使他的诗歌具有震撼人心的力量与魅力。

相互对峙的志向与追求酿成了内心的尖锐冲突，他幻想先成就一番惊天动地的伟业，了却大济苍生的宏愿，再去遨游江湖潇洒度日，满足自己追求精神自由的宿心，以此来获得心理上的平衡与安宁。然而，这种理智上一厢情愿的安排，屡屡为他那情感的洪流冲毁。实现政治抱负就得俯首钻进封建秩序的樊笼，而失去精神自由的代价又是李白不能接受的。这样，既不可能心安理得地追求个人的精神自由，更不可能实现自己的政治抱负，反而使他老是在矛盾的两极冲撞，心灵深处经常处于痛苦躁动之中。

所以，毫不奇怪，跃动在李白诗中的往往是一种对抗的情感。这些敌对的情绪在诗中自然不会朝向同一个目标——齐心协力地表现某种单一的情感：或喜、或忧、或乐观、或失望，而是许多成分各自奔赴各自的方向：有的表现乐观自信，有的表现失望烦恼，有的抒发功名欲望，有的表达对山水的向往……强度相当而方向各异的情绪，在同一诗中自然不可能“相安无事”，彼此“河水不犯井水”，而是相互抵牾、排斥、龃龉、对抗，并因此而形成强大的情感狂潮和同样强大的情感张力。我们来看看他的代表作之一《梁园吟》，它作于诗人被“赐金放还”以后：

我浮黄河去京阙，挂席欲进波连山。天长水阔厌远涉，访古始及平台间。平台为客忧思多，对酒遂作梁园歌。却忆蓬池阮公咏，因吟渌水扬洪波。洪波浩荡迷旧国，路远西归安可得？人生达命岂暇愁？且饮美酒登高楼。平头奴子摇大扇，五月不热疑清秋。玉盘杨梅为君设，吴盐如花皎白雪。持盐把酒但饮之，莫学夷齐事高洁。昔人豪贵信陵君，今人耕种信陵坟。荒城虚照碧山月，古木尽入苍梧云。梁王宫阙今安在？枚马先归不相待。舞影歌声散绿池，空余汴水东流海。沉吟此事泪满衣，黄金买醉未能归。连呼五白行六博，分曹赌酒酣驰晖。歌且谣，意方远。东山高卧时起来，欲济苍生未应晚。[1]

诗一开始就直接倾诉自己在政治上失败的苦闷，“我浮黄河去京阙，挂席欲进波连山。天长水阔厌远涉，访古始及平台间。平台为客忧思多，对酒遂作梁园歌。却忆蓬池阮公咏，因吟渌水扬洪波。洪波浩荡迷旧国，路远西归安可得！”刚刚登上政治舞台就被赶出了宫廷，诗人此时才真正尝到了人生挫折的滋味，未来的道路“天长水阔”，坎坷漫长，回顾来路是洪波浩荡，烟雾迷蒙，望眼欲穿也看不见刚离开的旧国。“挂席欲进波连山”，“路远西归安可得”，表现了诗人对这次入仕失败的惋惜，对未来人生道路的迷茫，对实现政治抱负重重阻挠的苦恼，以及仍然希望实现政治理想的执着。“挂席欲进”“对酒忧思”“路远西归”，这一连串行动和思绪都表明，诗人仍在为实现“济苍生”“拯物情”理想而焦虑而挣扎。然而，接下来诗人突然笔锋一转，如水破闸似的倾泻自己对精神自由

---

1. 李白撰、王琦注:《李太白全集》，中华书局1977年版，第390—392页。

的向往："人生达命岂暇愁，且饮美酒登高楼。平头奴子摇大扇，五月不热疑清秋。玉盘杨梅为君设，吴盐如花皎白雪。持盐把酒但饮之，莫学夷齐事高洁。"管它什么道路坎坷，管它什么长安旧国，身边有摇着大扇的"平头奴子"，五月清凉得好像已入秋天，有"玉盘杨梅"，还有"吴盐胜雪"，伯夷叔齐当年用压抑扭曲自己的本性换来的"高洁"虚名，在这开怀纵饮的诗人面前显得何其苍白！诗人越写感情越激动，"昔人豪贵信陵君，今人耕种信陵坟。荒城虚照碧山月，古木尽入苍梧云。梁王宫阙今安在？枚马先归不相待。舞影歌声散渌池，空余汴水东流海"，豪强富贵、功名事业、高节令名，统统都已被冷漠的时间与无情的汴水冲洗得干干净净，他不仅仅是在嘲笑和否定历史人物，更是在尖锐地嘲笑和否定自己对功名事业的执着追求："沉吟此事泪满衣，黄金买醉未能归。连呼五白行六博，分曹赌酒酣驰晖。"干吗要去徒劳无益地追求虚幻的功名，使自己摧眉折腰规行矩步，何不黄金买醉、分曹赌酒呢？精神自由才是个体存在的最高价值。按诗中感情的发展，最后诗人应该放弃对政治理想的追求才对，可我们万万想不到诗人完全打破了读者期待，诗以"歌且谣，意方远。东山高卧时起来，欲济苍生未应晚"作结。这种慷慨自负而又坚定不移的理想追求，又直接否定了上面"黄金买醉"的放纵，否定了"分曹赌酒"的颓丧。这首诗既不是像有些论者所说的那样，"突出地表现了诗人醉酒放纵的思想和生活”[1]，也不单是反映了他“济苍生”的政治热忱，而是真切地表现了诗人深深陷入精神自由与政治抱负这种悖论式的追求之中的矛盾情绪。此诗的美并非来自情感的和谐统一，恰恰相反，是来自矛盾情绪的对立与撞击。这种不同性质的情感在诗中的对立与碰撞，形成了李白诗歌独特的审美特征：雄强跌宕的气势与震撼人心的艺术力量。

王世贞在《艺苑卮言》中说：“太白笔力变化，极于歌行；少陵笔力变化，极于近体。”[2]七言歌行最充分地表现了李白的气质与个性，是古今评论家一致的定论。我们不妨再看一看诗人另一首代表作《将进酒》：

> 君不见黄河之水天上来，奔流到海不复回！君不见高堂明镜悲白发，朝如青丝暮成雪！人生得意须尽欢，莫使金樽空对月。天生我材必有用，千金散尽还复来。烹羊宰牛且为乐，会须一饮三百杯。岑夫子，丹丘生，将进酒，杯莫停。与君歌一曲，请君为我倾耳听：钟鼓馔玉不足贵，但愿长醉不愿醒。古来圣贤皆寂寞，惟有饮者留其名。陈王昔时宴平乐，斗酒十千恣欢谑。主人何为言少钱，径须沽取对君酌。五花马，千金裘，呼儿将出换美酒，与尔同

1. 复旦大学中文系：《李白诗选》，人民文学出版社1983年版，第87页。
2. 胡应麟：《诗薮》，上海古籍出版社1979年版，第70页。

销万古愁。[1]

对这首诗所抒写的情感性质历来解说纷纭，有的将它当成诗人乐观自信的证据，有的又把它作为诗人颓废放纵的口实，而裴斐先生则认为"在《将进酒》中，有着浩如烟海的忧郁和愤怒的情绪"，"人生若梦是贯穿着全篇的主题"，不过他认为这首诗中的"人生若梦"与"剥削者"的"人生若梦"不同，它"反而激起人产生奋发的情绪"。[2]但我们认为，如果这首诗仅仅只表现"人生若梦"的主题，仅仅只抒发忧郁愤怒的情绪，它就绝不能"激起人产生奋发的情绪"，不管李白的"人生若梦"与剥削者的"人生若梦"多么不同。这首诗之所以给人以震撼人心的巨大的情感力量，全在于诗中高度的自信与彻底的自卑同在，无边的欢乐与无边的忧伤并存，鄙弃富贵与猎取功名对峙，旷达放纵与坚定执着关联。无论是欢乐还是忧伤，无论是自信还是失望，两类不同性质的情绪双方都非常强烈而又毫无节制，像一匹脱缰的烈马从情感的一极跳到情感的另一极，二者之间没有明显的联系，只有一目了然的龃龉对立，两种矛盾的情感激流相互冲撞，激起铺天盖地的巨澜，给人以头晕目眩的情感震撼力，这就是它给人的感受不是消沉而是无穷力量的秘密所在。

---

1. 李白撰、王琦注：《李太白全集》，中华书局1977年版，第179—180页。

2. 裴斐：《李白十论》，四川人民出版社1981年版，第170页。

过去有些李白研究者不能理解李白诗中情感的急遽变化，清代不少评论家仅从章法技巧上解释李白的诗情，如“破空而来”“起句发兴无端”“陡转陡接”“不可端倪”“横空而起”等。方东树在《昭昧詹言》中说得更详细因而也更神秘：“太白当希其发想超旷，落笔天纵，章法承接，变化无端，不可以寻常胸臆摸测。如列子御风而行，如龙跳天门，虎卧龙阁，威凤九苞，祥麟独角，日五彩，月重华，瑶台绛阙，有非寻常地上凡民所能梦想及者。”[1]这些评论虽然很形象，可读来总有隔靴搔痒之感，更要命的是，论者越解释越玄乎，读者越读就越糊涂。李白是一位精力弥满才情奔涌的诗人，“吟安一个字，捻断数茎须”[2]的苦差事是他所不乐和不屑的，“兴酣落笔摇五岳，诗成笑傲凌沧州”[3]才是他的创作方式，情来挥毫兴尽搁笔，前人说“他人作诗用笔想，太白但用胸口一喷即是”，文字就是他情感奔流的轨迹。他的诗中常常有一些宏大的意象冲撞着另一些同样宏大的意象，一种猛烈的激情冲击着另一种同样猛烈的激情，一种强烈的意念排斥着另一种同样强烈的意念，他时而淹没在愤怒的大海，时而被逼上绝望的悬崖，时而又登上风光旖旎的峰巅，这不是起承转合的章法所能解释的。李白许多诗歌的情感变化看似“起落无端”，在这种情感的起落之间找不到因果联系，见到的只是不同

1. 方东树：《昭昧詹言》，人民文学出版社1961年版，第249页。

2. 卢延让：《苦吟》，《全唐诗》，中华书局1960年版，第8212页。

3. 李白撰、王琦注：《李太白全集》，中华书局1977年版，第189页。

情感的冲突对抗，然而对抗不仅是一种联系，而且是一种更为深刻的联系。如《行路难》之一：

> 金樽清酒斗十千，玉盘珍羞值万钱。停杯投箸不能食，拔剑四顾心茫然。欲渡黄河冰塞川，将登太行雪满山。闲来垂钓碧溪上，忽复乘舟梦日边。行路难，行路难，多歧路，今安在？长风破浪会有时，直挂云帆济沧海。[1]

一会儿是“停杯投箸不能食，拔剑四顾心茫然”的苦闷和迷惘，是“欲渡黄河冰塞川，将登太行雪满山”的困境与绝望，一会儿又是“闲来垂钓碧溪上，忽复乘舟梦日边”的追求与希冀，刚露出一线前程光明的希望，马上又堕入了“行路难，行路难，多歧路，今安在”的怒吼与彷徨，最后又从迷茫彷徨中陡然振起，以“长风破浪会有时，直挂云帆济沧海”高唱入云结束全诗。由于这种相互对抗的情绪所形成的张力、所造成的紧张骚动的诗情，使李白的诗情酷似大海那拍岸的惊涛。

张力存在于李白大多数代表作中，如《梁甫吟》、《宣州谢朓楼饯别校书叔云》、《行路难》之二和之三、《玉壶吟》、《江上吟》、《答王十二寒夜独酌有怀》、《襄阳歌》、《蜀道难》、《鸣皋歌送岑征君》等作。如果把李白所有诗歌作为一个有机的整体来看，不同性质的情

1. 李白撰、王琦注：《李太白全集》，中华书局1977年版，第374页。

感的矛盾冲突就更加明显。张力是进入李白诗歌情感大门的钥匙，而他那悖论式的追求又是产生这种张力的深刻根源。

在盛唐诗人中，李白没有孟浩然的那份清澈恬淡，没有王维的那份和谐优雅，也缺乏杜甫的那种博大深沉，他常常漫无节制恣意幻想，盲目希求，鲁莽灭裂，粗野狂暴，甚至连自己也无法控制自己，从不知道讲究平衡，更不求温文尔雅。然而只有他才是盛唐气象的典型代表，这并不是因为李白有什么布衣的自豪感，或仅仅充满了某种“青春奋发的情感”——像林庚先生所分析的那样，或表现了“怀才不遇和人生若梦”的主题——像裴斐先生所阐述的那样，而是由于他同时汇聚了涌动在当时民族情感中的两股激流：向往建功立业和渴望精神自由。这两股时代的激流内化于他一身的时候，在当时历史条件下就形成了他所特有的那种悖论式的人生追求，这种追求造成了他情感的左冲右突相互抵撞，并因此形成强大的情感张力。我们在他诗中难以领略到雍容典雅的韵致、从容优雅的神情，但随时都能见到排山倒海的情感巨潮，更随处都能体验到他那山呼海啸般的汹涌力量。莱昂内尔·特里林曾在《美国的现实》中指出：“一种文化不是一条河流的流动，甚至不是一种合流；它存在的形式是一种斗争，或至少是一种争论——它只能是一种辩证的论证。在任何文化里都可能有一些艺术家本身就包含很大一部分辩证关系，他们的意义和力量存在于他们自己的矛盾之中。”[1]李白的气势和力度孕育于盛唐文化，盛唐的两股时代激流使他的个体生命得以充分激扬，并因此将我们民族处于封建鼎盛时期时，所爆发出来的伟大民族活力推向顶峰——这就是李白的意义与力量之所在。

原刊《唐代文学研究》(第九辑)

广西师范大学出版社

2002年

1. 莱昂内尔·特里林:《美国的现实》，转引自丹尼尔－霍夫曼主编《美国当代文学》，人民文学出版社1984年版，第3—4页。

理性与激情的交融

——论闻一多的学术个性

兼诗人与学者于一身的闻一多，不仅在诗坛上留下了他那别具风味的歌吟，而且在学术界也留下了他深深的脚印。他在短短十几年的学者生涯中取得的学术成就令人惊叹，而他逐渐形成的学术个性同样叫人着迷。本文不拟也不能全面评价他的学术成就，只试图通过阐述其诗歌研究的目的、方法与特征，勾勒出他既有清代朴学家的渊博严谨又富于现代诗人的想象激情这一独特的学术个性。

一

朱自清先生称闻一多“学者中藏着诗人”[1]，一语道出了他理性

1. 朱自清:《闻一多全集序》,《闻一多全集》卷一,三联书店1992年版，第14页。

与激情交融这一学术个性的特点。这一特点首先表现在他阐释诗歌的目的中——既求真也求美。

闻一多认为《诗经》不只是确立了抒情诗作为“我国文学的正统类型”，而且也深刻地影响了我们民族的文化品格，“诗似乎也没有在第二个国度里，像它在这里发挥过那样大的社会功能。在我们这里，一出世，它就是宗教，是政治，是教育，是社交，它是全面的生活。维系封建精神的是礼乐，阐发礼乐意义的是诗，所以诗支持了那整个封建时代的文化。此后，在不变的主流中，文化随着时代的进行，在细节上曾多少发生过一些不同的花样。诗，它一方面对主流尽着传统的呵护的职责，一方面仍给那些新花样忠心的服务。最显著的例子是唐朝。那是一个最发达的时期，也是诗与生活拉拢得最紧的一个时期”[1]。就《诗经》而言，它在我们民族传统的精神生活中只在较少的意义上才是审美的对象，而更主要的功能则是在扮演意识形态的角色，所以对《诗经》的诠释也往往不是探求其美学价值，主要是借解《诗经》来论政治，讲伦理，施教化。孔子便是对《诗经》有意误读的始作俑者，如他对《诗经·卫风·淇奥》中“如切如磋，如琢如磨”的阐释（《论语·学而》）[2]，对《诗经·卫风·硕人》中“巧笑倩兮，美目盼兮”的讲解（《论语·八佾》）[3]，对“诵诗三百，

1. 闻一多：《闻一多全集》卷一，三联书店1992年版，第202页。
2. 朱熹：《四书章句集注》，中华书局1983年版，第53页。
3. 朱熹：《四书章句集注》，中华书局1983年版，第63页。

授之以政，不达；使于四方，不能专对，虽多，亦奚以为”的批评(《论语·子路》)[1]，都不是诠释诗而是“使用”诗——通过诗来进行道德说教，这对后来《诗经》和其他的诗歌诠释的影响至为深远。闻一多在《匡斋尺牍》中说：“汉人功利观念太深，把《三百篇》做了政治的课本；宋人稍好点，又拉着道学不放手——一股头巾气；清人较为客观，但训诂不是诗；近人囊中满是科学方法，真厉害。无奈历史——唯物史观的与非唯物史观的，离诗还是很远。明明一部歌谣集，为什么没人认真地把它当文艺看呢？”[2]与古人以说诗“求善”不同，闻一多提出自己要“用《诗经》时代的眼光读《诗经》”，还强调要“用诗的眼光读《诗经》”，并说自己诠释《诗经》的目的是为了“求真”与“求美”。[3]

这些议论虽针对《诗经》而发，但揭示了闻一多诠释所有诗歌的企求和目的。闻先生不仅是“用‘诗’的眼光读《诗经》”，而且是在“用‘诗’的眼光读”所有的诗歌；何止是通过诠释《诗经》来“求真求美”，他全部诗歌研究又何尝不是在“求真求美”呢？

“用‘诗’的眼光读诗”，首先要求诗歌研究者不仅必须具有冷静的理性判断，还必须具备诗人的眼光，必须对诗具有细腻的感受能力，这样才能分辨各种诗歌风格上的细微差异；诗歌研究者不仅

---

1. 朱熹：《四书章句集注》，中华书局1983年版，第143页。
2. 闻一多：《闻一多全集》卷一，三联书店1992年版，第356页。
3. 闻一多：《闻一多全集》卷一，三联书店1992年版，第357页。

要有高度的理论修养，而且自身还必须具有“诗意”，这样才能与古代诗人“相遇”和交流。只有先具备“‘诗’的眼光”才可能“用‘诗’的眼光”来研究古代的诗歌，才可能准确地把握古代诗歌艺术的真与美。

“用‘诗’的眼光读诗”，其次主张必须将诗作为一种审美对象，绝不能将它“做了政治的课本”，用解诗来比附政治；也不能把诗当作理学讲章，借说诗来宣讲圣贤道理，这样会完全歪曲诗的本来面目；同时也不能像现代人那样把诗作为历史观的注脚，通过解诗来宣传社会历史观。总之，应该把诗作为诗来读。

二

闻一多那理性与激情交融的学术个性也表现在他的学术理路和方法上。其“求真求美”的诠释学目的是建立在他关于诗歌有“意义”与“意味”之别这一认识前提上的。[1] 概略言之，诗中的“意义”相对于他所说的“真”，而“意味”则相对于他所说的“美”。为了求得古代诗歌中的“真”与“美”，他在《风诗类钞》中清楚地阐明了自己的学术理路：先从考古学、民俗学、语言学的角度“直探”诗歌的“本源”“意义”，再从诗歌“特有的技巧”把握诗歌特有的“意

1. 闻一多:《闻一多全集》卷一,三联书店1992年版，第183页。

味”，最后从整体上以“串讲”的方式求得“全篇大义”。[1]闻先生认为“求真”是诠释古代诗歌的第一步，没有“真”也就没有“美”可言。由于特务的手枪中断了他的学术生命，他的古代诗歌诠释工作基本停留在“求真”的阶段，他早年的学生、北京大学的著名学者季镇淮说：“总的看起来，闻先生的研究主要还在朴学阶段，尚未到文学阶段。”[2]“朴学阶段”的主要任务是揭示诗歌的“意义”。而对“意义”的把捉又分为三个阶段：文字校勘、音韵训诂和背景说明。他在《楚辞校补》中曾分析过古诗难读的原因：“（一）先作品而存在的时代背景与作者个人的意识形态，因年代久远，资料不足，难于了解；（二）作品所用的语言文字，尤其那些‘约定俗成’的文字（训诂家所谓‘假借字’），最易陷读者于多歧亡羊的苦境；（三）后作者而产生的传本的讹误，往往也误人不浅。”有鉴于此，他给自己的古诗诠释“定下了三项课题：（一）说明背景，（二）诠释词义，（三）校正文字”[3]。“校正文字”最为根本，它为后来的训诂诠释提供了一个可靠的文本，因而文字校勘是一切研究的基础。现在的学者大多瞧不起这种学问，甚至压根儿就没有把它当作学问，觉得对照各种版本的异同正误，是一种既无须思辨又不要才气的“笨功夫”。岂知做这种工作不仅必须严谨精细和周密审慎，而且更得有校雠学的造

---

1. 朱自清：《闻一多全集序》，《闻一多全集》卷四，三联书店1992年版，第7—8页。
2. 季镇淮：《来之文录》，北京大学出版社1992年版，第425页。
3. 闻一多：《闻一多全集》卷二，三联书店1992年版，第341页。

诣、深厚的功力及对文本的深刻理解，断不是随便什么笨汉就做得了这种“笨功夫”的。古代诗歌研究少了这层“笨功夫”，研究者就无法回到研究对象本身，就无法见到原来文本的“真面目”[1]，闻一多不惜投入大量的“笨功夫”来“校正文字”。看看他《楚辞校补》前面的《校引书目版本表》就可知他对于校勘是多么严肃认真，校勘时引用的书目是何其广博，“载录《楚辞》全篇诸书”八种，“杂引《楚辞》零句诸书”五十七种，所引用的版本也尽可能完备，包括从敦煌旧钞残卷、宋椠明刊一直到民国铅印。[2]文字校勘的操作过程更能见出闻一多的精审与敏锐。如屈原《离骚》中“皇览揆余初度兮”一句，一本为“皇览揆余于初度兮”，这句异文中到底有“于”对还是没有“于”对呢？我们来看看闻一多的取舍及其按语：“案当从一本补‘于’字。‘度’即天体运行之宿度。躔度‘初度’谓天体运行纪数之开端。《离骚》用夏正，以日月俱入营室五度为天之初度，历家所谓‘天一元始，正月建寅’，‘太岁在寅曰摄提格’是矣。以‘摄提贞于孟陬’之年生，即以天之初度生。‘皇览揆余于初度’者，皇考据天之初度以观测余之禄命也。要之，初度以天言，不以人言。今本下脱‘于’字，则是以天之初度为人之初度，殊失其旨。”[3]仅此一例就不难看出，闻先生的历史天文知识何其丰富，对文本的理解又

---

1. 闻一多：《闻一多全集》卷一，三联书店1992年版，第340页。
2. 闻一多：《闻一多全集》卷二，三联书店1992年版，第347—352页。
3. 闻一多：《闻一多全集》卷二，三联书店1992年版，第355页。

何其深刻，正是这种渊博的学识和精审的眼光保证了他文字校勘的学术价值。

第二阶段的训诂释义最见闻一多功力的深湛。训诂释义的目的当然是“求真”，而他所求之“真”即诗歌文本的“意义”，在这一点上有别于传统的诗歌诠释。后者通常把诠释的焦点集中在“作者意图”上，“以意逆志”是用诠释者主观之“意”去揣度作者之“志”，这样往往置“文本意图”于不顾。闻一多所谓诗歌的“意义”主要是指“文本意图”，探讨诗歌的“意义”也就是重构“文本意图”，这从他对诗歌语言的训诂方式可以得到佐证。《诗新台鸿字说》是一篇缜密漂亮的考证文章，发表后引起学术界普遍的赞誉。全篇考释《诗经·邶风·新台》一诗里“鱼网之设，鸿则离之”一句中的“鸿”字。此字历来都被解为鸿鹄之鸿，注家和读者都习焉不察从未置疑。闻一多则从全诗的意脉连贯中对旧解提出疑问：“夫鸿者，乃高飞之大鸟，取鸿当以缯缴，不闻以网罗也，此其一……鸿但近水而栖，初非潜渊之物，鸿既不可入水，何由误挂于鱼网之中哉？此其二。抑更有进者，上文曰：‘燕婉之求，籧篨不鲜’，‘燕婉之求，籧篨不珍’，下文曰：‘燕婉之求，得此戚施。’籧篨戚施皆喻丑恶，则此曰‘鱼网之设，鸿则离之’者，当亦以鱼喻美，鸿喻丑，故《传》释之曰‘言所得非所求也’。然而夷考载籍，从无以鸿为丑鸟也。”他完全是从上下文的联系和“文本意图”中推断出“鸿”绝非如旧注所说的那样是鸿鹄之鸿。“鸿之为鸟，既不可以网取，又无由误入于鱼网之中，而以为丑恶之喻，尤大乖于情理，则《诗》之‘鸿’，其必别为一物，而非鸿鹄之鸿，尚可疑哉？”[1]“经一多从正面反面侧面来证明，才知道这儿的‘鸿’是指蟾蜍即蝦蟆。”[2]他考证出古人叫蝦蟆或蟾蜍为“苦蠪”，“苦蠪”正好就是“鸿”的切音，称“苦蠪”为“鸿”一如称窟窿为孔，更有力的证据是《淮南子·坠形》中“海间生屈茏”一句，屈茏这种草的别名也叫“鸿”，高诱注曰：“屈茏，游龙，鸿也。”闻先生的这一考证的确是非常重要的发现。全诗是说一个女子想嫁一位美男子却配了一个鸡胸驼背的丑丈夫，就像打鱼不料却捞取了一只癞蛤蟆。如果把“鸿”释为美丽的白天鹅，那么全诗就扞格难通，释“鸿”为癞蛤蟆，诗意才畅通显豁。这只是他诗歌训诂中的一例，他的《诗经新义》《诗经通义》《离骚解诂》《匡斋尺牍》等训诂著作中精义迭出。郭沫若认为闻一多“继承了清代朴学大师们的考据方法，而益之以近代人的科学的致密”[3]。闻一多“每读一首诗，必须把那里每个字的意义都追问透彻，不许存在丝毫的疑惑”[4]。

他把捉诗歌“意义”的第三项“课题”就是“带读者”到诗歌所产生的“时代”，重构文本产生的精神氛围和文化现象，即他所谓的“说明背景”。季镇淮称他的研究主要在“朴学阶段”，但他的学术眼光、学术思路和某些学术成就又超越了清代的朴学大师。清代朴学家严谨求实不尚空谈，但许多人的学术研究仅止于校勘辑佚、音

1. 闻一多：《闻一多全集》卷二，三联书店1992年版，第201—202页。
2. 郭沫若：《闻一多全集序》，《闻一多全集》卷一，三联书店1992年版，第2页。
3. 郭沫若：《闻一多全集序》，《闻一多全集》卷一，三联书店1992年版，第3页。
4. 闻一多：《闻一多全集》卷一，三联书店1992年版，第343页。

韵训诂、名物考辨，因而容易流于饾饤琐碎，无法重构某一时代的文化背景，无法真正把捉到诗歌的“意义”。闻一多认为校勘辑佚和训诂考释只是准备性的工作，“校正文字”虽最基础但也“最下层”，它们只是停留在帮助读者“把每篇文字看懂”这一“最低限度”。[1]他在学术眼界上高出很多清代朴学家，在重构文本产生的文化背景和精神氛围时，他突破了朴学家死守章句的樊篱，为了探讨一首诗的“意义”，他经常引入精神分析和社会人类学的观点和方法。如《诗经·芣苡》一诗，朱熹阐释其“意义”说：“化行俗美，家室和平，妇人无事，相与采此芣苡，而赋其事以相乐也。”[2]读者仍然不明白这些“无事”的“妇人”为什么不采其他香草偏要采芣苡“以相乐”？闻一多从考证芣苡的特征和功用入手，“古籍中凡提到芣苡，都说它有‘宜子’的功能”，由此他认为诗中的芣苡只是“一个allegory，包含着一种意义”，“先从生物学的观点看去，芣苡既是生命的仁子，那么采芣苡的习俗，便是性本能的演出，而《芣苡》这首诗便是那种本能的呐喊了”。接着他又从社会学的观点，分析几千年前的“妇人”何以如此急切地盼望怀孕生子，何以“热烈地追逐着自身的毁灭，教她们为着‘秋实’，甘心毁弃了‘春华’”？因为在“宗法社会里是没有‘个人’的，一个人的存在是为他的种族而存在的，一个女人是在为种族传递繁衍生机的功能上而存在着的”，如果不能证

---

1. 闻一多：《闻一多全集》卷一，三联书店1992年版，第339页。

2. 朱熹：《诗集传》卷一，上海古籍出版社1980年版，第5—6页。

明自己有生殖能力，她就可能被同宗的人贱视，被自己的男人休弃。诗中女子“采采芣苡”之所以如此热情和急切，既有“本能的引诱”，又加上“环境的鞭策”，她们“生子的欲望没有不强烈的”。[1]相比之下，闻一多对此诗“意义”的把捉比起朱熹“化行俗美”的伦理学解释要准确和深刻得多。

而且，闻一多并没有满足于文字校勘、训诂考证和背景说明，这三个阶段的研究只是揭示诗的“意义”，而他认为对古代诗歌的诠释绝不能停留在揭示“意义”这一层面，评价一首诗的价值不只看它向人们倾诉了些“什么”(“意义”)，同时也要看它“怎么”向人们倾诉(“意味”)，他甚至认为在诗歌里“‘意味’比‘意义’要紧得多”。[2]如果只懂一首诗里每句字面上的意思，只是知道诗中典故出自何处，还是不能深切理解和感受这首诗歌，他以《芣苡》为例说：“因为字句纵然都看懂了，你还是不明白那首诗的好处在哪里。换言之，除了一种机械式的节奏之外，你并寻不出《芣苡》的诗在哪里——你只听见鼓板响，听不见歌声。在文字上，唯一的变化是那六个韵脚，此外，则讲来讲去，还是那几句话，而话又是那样的简单，简单到幼稚，简单到麻木的地步。艺术在哪里？美在哪里？情感在哪里？诗在哪里？”[3]

---

1. 朱自清:《闻一多全集序》,《闻一多全集》卷一,三联书店1992年版，第346—347页。

2. 闻一多:《闻一多全集》卷一,三联书店1992年版，第183页。

3. 闻一多:《闻一多全集》卷一,三联书店1992年版，第344页。

在闻一多的诗歌诠释中，文字校勘、音韵训诂只是一种手段和过程，而寻求诗歌的“美在哪里”才是目的和归宿，他在《怎样读九歌》中说：“钻求文义以打通困难，是欣赏文艺必需的过程。但既是过程，便不可停留得太久，更不用把它权当了归宿。”[1]因此，除了对诗歌实词字义的训诂以外，他还特别注意诗中的虚词、音节及语言形式，他认为“意味正是寄托在声调里的”[2]，美感也得从语言形式中凸现出来。

他在《歌与诗》一文中说：“感叹字本身只有声而无字，所以是音乐的，实字则是已形成的语言，因此我们又可以说，感叹字是伯牙的琴声，实字乃锺子期讲的‘志在高山’‘志在流水’。自然伯牙不鼓琴，锺子期也就没有这两句话了。感叹字必须发生在实字之前，如此的明显，后人乃称歌中最主要的感叹字‘兮’为语助，真是车子放在马前面了。”[3]“虚字的作用是音乐性的”[4]，它能在诗中造成余韵绕梁的音乐美。他曾以《楚辞·九歌》中“兮”字为例说，该诗之所以有如此高的“文艺价值”，“那‘兮’字也在暗中出过大力”。“‘兮’即最原始的‘啊’字”，“要用它的远古音‘啊’读它”，“因为‘啊’这个音是活的语言，自然载着活的感情，而活的感情，你知道，

1. 闻一多：《闻一多全集》卷一，三联书店1992年版，第281页。
2. 闻一多：《闻一多全集》卷一，三联书店1992年版，第183页。
3. 闻一多：《闻一多全集》卷一，三联书店1992年版，第183页。
4. 闻一多：《闻一多全集》卷一，三联书店1992年版，第279页。

该是何等神秘的东西！”[1]

他对诗歌节奏和旋律的分析细腻而微妙。在《匡斋尺牍》中他用拼音的方式标出《芣苡》的节奏，让我们真切地领略到“山前那群少妇的歌声，像那回在梦中听到的天乐一般，美丽而辽远”[2]。他在诠释唐诗时尤其注意“声调”[3]，如他论卢照邻《长安古意》的声调时说：“在窒息的阴霾中，四面是细弱的虫吟，虚空而疲倦，忽然一声霹雳，接着的是狂风暴雨！虫吟听不见了，这样便是卢照邻《长安古意》的出现。这首诗在当时的成功不是偶然的。放开了粗豪而圆润的嗓子，他这样开始，‘长安大道连狭斜，青牛白马七香车。玉辇纵横过主第，金鞭络绎向侯家！龙衔宝盖承朝日，凤吐流苏带晚霞，百尺游丝争绕树，一群娇鸟共啼花……’这生龙活虎般腾踔的节奏，首先已够叫人们如大梦初醒而心花怒放了。然后如云的车骑，载着长安中各色人物panorana式的一幕出现，通过‘五柳三条’的‘弱柳青槐’来‘共宿娼家桃李蹊’。诚然这不是一场美丽的热闹，但这颠狂中有战栗，堕落中有灵性。”[4]在《英译李太白诗》中，他批评陆威尔（Amy Luwell）的李白诗英译过于讲究词藻而忽视了音节：“只可惜李太白不是一个雕琢字句、刻画词藻的诗人，跌宕的气势——排奡的音节是他的主要特征。所以译太白与其注重词藻，不如讲究

1. 闻一多：《闻一多全集》卷一，三联书店1992年版，第281页。
2. 闻一多：《闻一多全集》卷一，三联书店1992年版，第350页。
3. 闻一多：《闻一多全集》卷三，三联书店1992年版，第27页。
4. 闻一多：《闻一多全集》卷三，三联书店1992年版，第14页。

音节了。”[1]

闻一多不仅是学贯中西的渊博学者，而且是在艺术上戛戛独造的诗人，既有细致缜密的理性思辨，又有丰富的想象和精微的体验，所以他对中国古典诗歌的语言特征及其形式美感有深至的领悟：“在我们中国的文学里，尤其不当忽略视觉这一层，因为我们的文字是象形的，我们中国人鉴赏文艺的时候，至少有一半的印象是要靠眼神来传达的。原来文艺本是占时间又占空间的一种艺术，既然占了空间，却又不能在视觉上引起一种具体的印象——这是欧洲文字的一个缺憾。我们的文字有了引起这种印象的可能，如果我们不去利用它，真是可惜了。”[2]他对诗歌语言的弹性、词句的搭配、“炼句的技巧”从不放过[3]，总要追问它们“美在哪里”。由于他本人就是一位独具艺术个性的诗人，因而他对每一个诗人艺术个性的把握真是精当极了，如他品评孟浩然说：“孟浩然几曾做过诗？他只是谈话而已。甚至要紧的还不是这些话，而是谈话人的那副‘风神散朗’的姿态。”[4]二十世纪不少学者曾对贾岛做过研究，但就对贾岛诗情、诗意、诗美论述的精辟而言，迄今还没有一篇论文超过闻一多那不足五千字的《贾岛》，批评史上只有闻一多对贾岛诗中阴森的氛围、

---

1. 闻一多：《闻一多全集》卷三，三联书店1992年版，第161页。
2. 闻一多：《闻一多全集》卷三，三联书店1992年版，第415页。
3. 闻一多：《闻一多全集》卷一，三联书店1992年版，第280页。
4. 参见《闻一多全集》卷三，三联书店1992年版，第31—35页。

幽冷的色调、凄美的意象和“病态”的“趣味”诠释得最为深透[1]。且不说清代的朴学家，即使是现代学者，也很少有人能写出他那篇《英译李太白诗》。要分析评论英译李白诗的得失功过，就得熟谙汉诗和英诗，精通汉语和英语，既敏感细腻又渊博深湛的闻一多无疑是合适的人选。日本著名汉学家和翻译家小畑薰良英译的《李白诗集》（*The Works of Li Po*）中，将李白的名句“人烟寒橘柚，秋色老梧桐”译为：

The smoke from the cottages curls
Up around the citron trees,
And the hues of late autumn are
On the green paulownias.[2]

闻一多尖锐地批评他将李白的“浑金璞玉”变成英语的“浅薄庸琐”，糟蹋了原诗“玄妙”而又“精微”的“美”。[3]这种批评体现了他“学者中藏着诗人”的特点——渊博而又富于灵气。

1. 参见《闻一多全集》卷三，三联书店1992年版，第37—43页。
2. 闻一多：《闻一多全集》卷三，三联书店1992年版，第159—160页。
3. 闻一多：《闻一多全集》卷三，三联书店1992年版，第159—160页。

三

既然他诠释中国古典诗歌为的是“求真”与“求美”，为的是把捉“意义”与“意味”，这就决定了他的诠释离不开学者的审慎和理性，也少不得诗人的想象和激情，因而也就形成了他那激情与理性交融的学术个性。“求真”在他的诗歌诠释中有两个层面的含义：（一）求得“文本意图”，也即上文所说的把捉文本的“意义”，他从文字校勘、音韵训诂入手，力避望文生训和凿空而谈，每一断语都建立在扎实可靠的材料之上，这断然容不得半点主观臆想，必须严守客观、冷静、严谨和理性，对此上文已有阐述；（二）把握诗人和诗风的本质特征，解剖个人风格和时代风格的内部机制，分析形成不同风格的外部原因，追寻诗体和诗风历史演变的轨迹，这种意义上的“求真”必须具有深刻的思辨理性。

他总是把一个诗人放在广阔的文化视野中进行观照，《贾岛》一文也是这方面的典范之作。贾岛既不像孟郊、韩愈那样用古体诗咒骂“世道人心”，也不像白居易、元稹那样用“律动的乐府调子”“泣诉着他那个阶层中”的不幸，只是作“一种阴暗情调的五言律诗”。他分析贾岛专写五言律诗的原因说：生在那个时代的读书人，有没有抱负“总得做诗，做诗才有希望爬过第一层进身的阶梯。诗做到合乎某种程式，如其时运也凑巧”，才有可能“混得一第”，而“五律与五言八句试帖最近，做五律即等于做功课”。接着他又追问道：他“做诗为什么老是那一套阴霾、凛冽、峭硬的情调呢”？对此他提供了一种文化社会学和个人心理学的解释："他目前那时代——一个走上了末路的，荒凉，寂寞，空虚，一切罩在一层铅灰色调中的时代，在某种意义上与他早年记忆中的情调是调和的，甚至一致的……早年的经验使他在那荒凉得几乎狞恶的'时代相'前面，不变色，也不伤心，只感着一种亲切、融洽而已。于是他爱静、爱瘦、爱冷，也爱这些情调的象征——鹤、石、冰雪……甚至爱贫、病、丑和恐怖。"[1]这同时也回答了每一个时代何以在临近衰败灭亡时都喜欢贾岛的原因。他阐释初唐浮艳的诗风时，也是从文学与学术互动这一角度切入，从论文的题目《类书与诗》就可看出他的思路。唐太宗时代出现诸如《北堂书钞》《艺文类聚》等大量类书，闻一多由此敏锐地发现这些类书与初唐诗歌的共性与联系，因为类书这种"既不全是文学，又不全是学术"的"畸形产物，最足以代表初唐那种太像文学的学术，和太像学术的文学了"，而"文学被学术所同化的结果"，便出现了"唐初五十年间的类书是粗糙的诗，他们的诗是较精致的类书"，它们二者的共同特征就是"征集词藻"，于是形成了初唐诗歌堆砌词藻的时代风格，唐初五十多年的诗与其说是"唐的头，倒不如说是六朝的尾"。[2]《孟浩然》一文将研究对象放在他所生活的地域文化和民族的传统文化中去理解，让人们能真正认

---

1. 闻一多：《闻一多全集》卷三，三联书店1992年版，第37页。
2. 闻一多：《闻一多全集》卷三，三联书店1992年版，第3页。

识“孟浩然的诗”和“诗的孟浩然”。[1]《少陵先生年谱会笺》也“把眼光注射于当时的多种文化形态”[2]，从当时的音乐、舞蹈、绘画、宗教、军事各种文化形态的交织中来探讨杜甫的成长道路和心路历程，同时他还广泛地考察了杜甫与同辈诗人的交往和友情。

当然，如果仅仅有这些对古代诗人和诗歌深刻的理性思考，仍然不能形成闻一多独特的学术个性；如果没有他的审美想象和个人体验，仅有清人的朴学方法和现代的“科学方法”，他仍然“还是离诗很远”（见前）。这位严谨理性的学者同时也是一位极富想象和激情的诗人，正是这种气质使他区别于那些只懂平仄押韵和典故出处的学究，他的诗歌诠释充满了灵气、想象和激情。我们来品味一下他的《杜甫》一文中的一段文字，杜甫在《百忧集行》中回忆少年生活说：“庭前八月梨枣熟，一日上树能千回。”闻一多在他的评传中把这一细节写得比原诗更形象更传神，少年杜甫一天天变得身强体壮，“上树的技术练高了，一天可以上十来次，棵棵树都要上到。最有趣的，是在树顶上站直了，往下一望，离天近，离地远，一切都在脚下，呼吸也轻快了，他忍不住大笑一声；那笑声里有妙不可言的胜利的庄严和愉快。便是游戏，一个人的地位也要站得超然一点，才不愧是杜甫。”[3]又如他描写李白与杜甫第一次在洛阳相会时

1. 闻一多：《闻一多全集》卷三，三联书店1992年版，第35页。

2. 傅璇琮：《闻一多与唐诗研究》，《国学今论》，辽宁教育出版社1991年版，第210页。

3. 闻一多：《闻一多全集》卷三，三联书店1992年版，第149页。

说:“我们再逼紧我们的想象,譬如说,青天里太阳和月亮走碰了头,那么,尘世上不知要焚起多少香案,不知有多少人要望天遥拜,说是皇天的祥瑞。如今李白和杜甫——诗中的两曜,劈面走来了。我们看去,不比那天空的异瑞一样的神奇,一样的有重大意义吗?”[1] 这种奇幻的想象,这种奇妙的语言,使他的论文在精辟的论析中又洋溢着浓郁的诗意。

现代哲学、文艺理论、社会人类学、精神分析这些学养,在闻一多的诗歌诠释中不是作为迫使我国古典诗歌就范的外在套子和框架,而是内化为他个人独特的感悟、情绪、体验与思索,这是他理性与激情交融最深刻的表现。如他对张若虚《春江花月夜》的精彩论述:“更夐绝的宇宙意识!一个更深沉,更寥廓,更宁静的境界!在神奇的永恒面前,作者只有错愕,没有憧憬,没有悲伤。从前卢照邻指点出‘昔时金阶白玉堂,即今唯见青松在’时,或另一初唐诗人——寒山子更尖酸地吟着‘未必长如此,芙蓉不耐寒’时,那都是站在本体旁边凌视现实。那态度我以为太冷酷,太傲慢,或者如果你愿意,也可以带点狐假虎威的神气。在相反的方向,刘希夷又一味凝视着‘以有涯随无涯’的徒劳,而徒劳地为它哀毁着,那又未免太萎靡,太怯懦了。只张若虚这态度不亢不卑、冲融和易才是最纯正的,‘有限’与‘无限’,‘有情’与‘无情’——诗人与‘永恒’猝然相遇,一见如故,于是谈开了——‘江畔何人初见月?江

1. 闻一多:《闻一多全集》卷三,三联书店1992年版,第154页。

月何年初照人？……”[1]这是迄今为止对《春江花月夜》最新颖最深刻的评论，它既不是传统诗话那种零碎的评点，也不是现代诗论那种冰冷的分析，而是闻一多与张若虚两颗诗心的“猝然相遇”和倾心交流，更是带有闻一多个人情感、意志甚至体温的生命体验。闻一多以他那颗激烈的诗心激活了《春江花月夜》中的文字、音节和韵律，他甚至在该诗中体验到了张若虚也未必体验到的“宇宙意识”“本体”“现实”“永恒”“有限”“无限”等玄妙深刻的东西，分明显露出这位学者深厚的西方哲学修养，可他又没有将这些理论概念作为某种刻板的判断尺度来衡量古代诗歌，它们已融化在闻一多独特的感受和体验之中，因而，他的诗歌诠释既是一种理论分析，也是一种生命体验，他对诗歌理解的深度也正是他生命存在的深度。

他这种融理性与诗情于一身的学术个性，使他的许多研究结论不可能成为定论，他有关《诗经》、楚辞、乐府、唐诗和神话的不少论断，至今还常有人提出质疑，但毫无疑问，他的研究成果将永远是引起人们争论和激发人们灵感的源泉，而他那兼融理性与诗情的学术个性也将永远富于魅力。

原刊《华中师范大学学报（人文社会科学版）》

1998年第5期

1. 闻一多：《闻一多全集》卷三，三联书店1992年版，第20—21页。

从“中国诗的现代化”到“现代诗的中国化”

——余光中对中国现代诗的理论构想

余光中这位现代著名诗人和散文高手，从未以诗歌理论家自期，也并不以诗歌理论家名世，他以极富个性的批评话语写了大量的诗歌评论，其“目的只在创造中国的现代诗”，其宗旨是要让“中国诗的现代化之后，进入现代诗的中国化”。[1]

一

五四时期是中国诗歌发展史上的一个转捩点，抒情话语由文言变为白话，诗歌由古典独霸诗坛变为新诗独领风骚。新文学运动的

1. 余光中:《余光中选集》第3卷，安徽教育出版社1999年版，第20页。

倡导者和新诗《尝试集》的作者胡适，在《谈新诗》一文中自得而又自信地声称："形式上的束缚，使精神不能自由发展，使良好的内容不能充分表现。若想有一种新内容和新精神，不能不先打破那些束缚精神的枷锁镣铐。因此，中国近年的新诗运动可算得是一种'诗体的大解放'。因为有了这一层诗体的解放，所以丰富的材料、精密的观察、高深的理想、复杂的情感，方才能跑到诗里去。五七言八句的律诗决不能容丰富的材料，二十八字的绝句决不能写精密的观察，长短一定的七言五言决不能委婉表达出高深的理想与复杂的情感。"[1]事隔七八十年后许多人对这次"诗体的大解放"似乎没有胡适先生那么乐观。新诗人换了一代又一代，诗歌流派一茬连一茬，新诗集更是一本接一本，可是诗歌数量上的堆积并不必然保证诗歌质量上的精美，新诗中到底有多少像古典诗歌那样万口相传、百读不厌的杰作呢？这使有些诗人和诗论家觉得当年"诗体解放"也许是一种轻率的冲动，是一种历史性的错误，古典诗歌"在凝练、强度和层次复杂方面上决不下于最好的白话诗"[2]。

余光中先生显然并不这么看。现代诗的整体成就当然不能与古典诗相提并论，但唐诗宋词只是我国既有的光荣历史，只有使诗歌现代化，我们才会有更加辉煌的未来。宋人要想在诗国与唐人一争

---

1. 胡适:《谈新诗》,《胡适全集》第一卷，安徽教育出版社2003年版，第160页。
2. 郑敏:《世纪末的回顾：汉语语言变革与中国新诗创作》,《文学评论》1993年第3期。

高低，就不能鹦鹉学舌地跟着唐人唱“唐音”，而必须吟出既有别于唐人又适应自己时代的“宋调”，同样要想拿出能与古典诗歌媲美的诗章，唯一的办法就是在古人之外别出蹊径。他用近乎尖刻的语言挖苦那些抱残守缺的诗坛“孝子”说：“回头看一看另一群所谓孝子呢，那就更令人气短了。他们踏着平平仄仄的步法，手持哭丧棒，身穿黄麻衣，浩浩荡荡排着传统的出殡行列，去阻止铁路局在他们的祖坟上铺设轨道”，他们使诗坛上“尽是悬挂（往往是斑驳的）甲骨文招牌的古董店”。[1]现代汉语已使今天的诗人很难像古人那样写诗填词了，语词已由单音节大量变为双音节和多音节，如“计算机”“宇宙飞船”“商务英语”“杜勃罗留波夫”等，用这种词汇怎么写五律或七律呢？要“踏着”杜甫和苏轼“平平仄仄的步法”是难乎其难了。亦步亦趋地跟着李白、杜甫转，并不能孕育出我们这个时代自己的李白和杜甫来，只能出现一批批李、杜的“优孟衣冠”，出版一本本唐诗宋词的赝品。

首先，只一味模仿古典在诗境上“往往陷于旧诗的滥调”[2]，余先生在《评戴望舒诗》中不留情面地批评戴诗意境的“陈旧”。一首诗歌如果是从古典那儿“借来”的诗境，不管其诗歌的语言如何精致典雅，它仍旧只能算是赝品和劣诗。“中国诗现代化”的关键是要创造出新的诗境，而创造新的诗境，诗人就得对人生世事有全新的感

---

1. 余光中：《余光中选集》第3卷，安徽教育出版社1999年版，第9页。

2. 余光中：《余光中选集》第3卷，安徽教育出版社1999年版，第179页。

受和体验，也即马尔库塞所说的要造就“新感性”。这样，要“中国诗现代化”就逻辑地推出了“中国诗人现代化”的结论。假如一个人面对自然山水时见到的满眼都是谢灵运诗中的景象，走向田园时只能感受陶渊明当年领略过的民俗风情，他笔下的诗境怎么可能不“陈旧”呢？撇开余先生对戴氏的批评是否恰当这一问题，他提出诗境的创新则是“中国诗现代化”的要务。

其次，只一味模仿古典往往使诗语庸俗陈腐，或“予人脂粉气息之感”。[1]戴望舒在这方面是我们的前车之鉴，他“接受古典的影响，往往消化不良，只具形象，未得风神。最显著的毛病，在于词藻太旧，对仗太板，押韵太不自然”。[2]我们来看看余光中在戴氏诗集中拈出的诗节：“我没有忘记：这是家，妻如玉，女儿如花。”（《过旧居》）“贝壳的珠色，潮汐的清音，山风的苍翠，繁花的绣锦。”（《示长女》）“我们彳亍在微茫的山径，让梦香吹上了征衣，和那朝霞，和那啼鸟，和你不尽的缠绵意。”（《山行》）“妻如玉，女儿如花”这样的语言的确谈不上清新，也难怪余先生说它们“词藻太旧”。看来，“陈旧”的诗境和“陈旧”的诗语是互为因果的。

有鉴于此，在食古不化的“孝子”和唯洋是崇的“浪子”之间，余光中反而更倚重“浪子”。他在《古董店与委托行之间》一文中说：“然而，真抱歉，在孝子和浪子之中，真能肩起中国文艺复兴的，

1. 余光中：《余光中选集》第3卷，安徽教育出版社1999年版，第187页。

2. 余光中：《余光中选集》第3卷，安徽教育出版社1999年版，第198页。

仍属后者。同样看一首唐诗，经过西洋诗洗礼的眼睛总比仅读过唐诗的眼睛看得多些，因为前者多一个观点，有比较的机会。我们要孝子先学浪子的理由在此。孝子不识传统真面目，‘只缘身在此山中’。走出山去，多接受一种西洋的艺术等于多一个山外的立足点，如是对于山始能面面而观。”他在同一文章中还举例说：“中国古典诗几乎只有‘煞尾句’（end-stopped line），没有‘待续句’（run-on line）；一个孝子在这种传统中习艺一辈子，恐怕很难想到有‘待续句’的可能性。”[1]实现“中国诗现代化”这一目标当然不能只跟着杜甫学七律，跟着李白学七古，这样视野会越来越狭窄，手法也会越来越僵硬单调，永远不会跳出古人的掌心。

“对西方深刻的了解仍是创造中国现代诗的条件之一。”[2]余光中把“中国诗的现代化”视为“现代诗的中国化”的逻辑起点，没有“中国诗的现代化”就谈不上“现代诗的中国化”。第一步是要“创造中国的现代诗”，因此他强调“加强西化，多介绍，多翻译，最好让现代诗人多从原文入手去吸收”。[3]他本人就是“从原文去吸收”西方诗歌的典范，同时又为不通西文的读者架起沟通中西的桥梁，翻译了许多英美近现代诗的佳作。从《叶慈：老得好漂亮》《狄瑾荪：闯进永恒的一只蜜蜂》《佛洛斯特：隐于符咒的圣杯》《康明思：拒

1. 余光中：《余光中选集》第3卷，安徽教育出版社1999年版，第21页。
2. 余光中：《余光中选集》第3卷，安徽教育出版社1999年版，第20页。
3. 余光中：《余光中选集》第3卷，安徽教育出版社1999年版，第21页。

绝同化的灵魂》等一系列论文，可以看出他对英美诗歌感受和理解的深度。

“中国诗现代化”的捷径之一自然是学习西方诗歌的表现手法，然而许多诗人和诗论家常患“欧化恐惧症”，“似乎一犯欧化，便落了下乘”。余光中先生则不同意这种狭隘的国粹主义论调，他在《徐志摩诗小论》中说：“其实五四以来较有成就的新诗人，或多或少，莫不受到西洋文学的影响。问题不在有无欧化，而在欧化得是否成功，是否真能丰富中国文学的表现手法。欧化得生动自然，控制有方，采彼之长，以役于我，应该视为‘欧而化之’。”[1]因此，他为徐志摩诗的“欧化”辩护，称徐诗的“欧化”丰富了我国现代诗的表现手法。他并且解剖了徐志摩“比较西化”的《偶然》一诗的最后一节：“你我相逢在黑夜的海上，／你有你的，我有我的，方向，／你记得也好，／最好你忘掉，／在这交会时互放的光亮！”余先生说“‘你有你的，我有我的，方向’一句，欧化得十分明显，却也颇为成功。不同主词的两个动词，合用一个受词，在中文里是罕见的。中国人惯说的‘公说公有理，婆说婆有理’，不能简化成‘公说公有，婆说婆有，理’。徐志摩如此安排，确乎大胆。但说来简洁而悬宕，节奏上益增重叠交错之感。如果坚持中国文法，改成‘你有你的方向，我有我的方向’，反而噜苏无趣了。”最后三句中“记得”和“忘掉”似乎都没有宾语，细读才明白“在这交会时互放的光亮”同时承受

1. 余光中：《余光中选集》第3卷，安徽教育出版社1999年版，第208—209页。

双谓语——“记得”和“忘掉”。这三句的意思是说：“你记得我们交会时的光亮也好，忘掉了我们交会时互放的光亮最好。”要是这样表述就变得冗长拖沓了。一节诗中用了两次欧化句式，余光中认为“不但没有失误，而且颇能创新”。[1]为了“中国诗的现代化”，他赞成引进欧化的表现手法。

余光中并没有将“中国诗的现代化”视为一个静止的目标，而是将其理解为一个动态的过程，这倒吻合了刘勰关于“设文之体有常，变文之数无方”的论断。[2]《新现代诗的起点》一文有“新现代诗”和“老现代诗”之分，“新现代诗”“轻轻松松跳过了”“老现代诗”“张力的障碍”，“老现代诗人”“过分经营张力，往往会牺牲整体去成全局部，变成了所谓‘有句无篇’”，而且这种新现代诗的语调“也不像老现代诗中习见的那么迫切、紧张”；更重要的是新现代诗挑战此前现代诗的所谓“纯经验”和“纯感性”，不少作品富于“理趣”，它们“始于智慧，而终于喜悦”。[3]“老现代诗被新现代诗所超越”，“新现代诗”也同样有变“老”的一天，诗人们不可能在“中国诗现代化”的某一点上止步不前，不可能在某一点上守株待兔，这就是前人所说的“文律运周，日新其业”。

1. 余光中：《余光中选集》第3卷，安徽教育出版社1999年版，第210页。
2. 刘勰：《通变》，范文澜《文心雕龙注》，人民文学出版社1958年版，第519页。
3. 余光中：《余光中选集》第3卷，安徽教育出版社1999年版，第175页。

二

在强调中国诗必须现代化的同时，余光中更时时提醒国人："中国诗现代化"并不是中国诗"西化"，"西化不是我们的最终目的，我们的最终目的是中国化的现代诗。这种诗是中国的，但不是古董，我们志在役古，不在复古；同时它是现代的，但不应该是洋货，我们志在现代化，不在西化。这样子的诗该是属于中国的，现代中国的，现代中国的年轻一代的。在空间上，我们强调民族性。我们认为，民族性与个性或人性并不冲突，它是天才个性的普遍化，也是天才人性的特殊化。在时间上，我们强调时代性。我们认为惟时代的始能成为永恒的，也只有如此，它才不至沦为时髦"。[1]

他说中国的现代诗要富于中国气派和韵味，要富于自己的民族特性。他不留情面地批评那些叫嚣要"全盘西化"的诗坛"浪子"："这一群文化生蕃，生活的逃兵，自命反传统的天才，他们的虚无国只是永远不能兑现的乌托邦。"要实现"现代诗中国化"，诗人就不能割断与民族传统的紧密联系，"彻底抛弃传统，无异自绝于民族想象的背景"。[2]传统是一个民族活的机体，我国古代诗歌的传统悠久而深厚，它对于一个现代诗人"简直就是土壤加上气候"。诗人断了自己民族文化和诗歌的乳汁，就必然会成为精神上的流浪儿和诗

1. 余光中:《余光中选集》第3卷，安徽教育出版社1999年版，第21页。
2. 余光中:《余光中选集》第3卷，安徽教育出版社1999年版，第10页。

坛上的乞丐。古典杰作并不因时间流逝而过时陈旧，它们超越时空而历久弥新。余光中不同意将五四以前的诗歌一律称为“旧诗”：“例如李白的诗，飘然不群，距离我们虽已十二个世纪，仍像刚从树上摘下来时那么饱满、新鲜。”他说自己曾从美国去加拿大蒙特利尔拜访一位故交，小聚三日后又返回美国。歧路分手时，故人孤零零地在异国街头挥手作别，此情此景让余先生情不自禁地吟起“浮云游子意，落日故人情”来。“这些诗句，虽已有一千两百岁了，仍新得令人感极涕下。以李白之万古常新，而谓之‘旧诗’，是一种错误，不，是一种罪过。”[1]

传统并不是“浪子”们想象的那样是一堆生锈的废铁，他们“自以为反尽了传统，前无古人后无来者，事实上他正在做着的恐怕在传统中早已有过了”。[2]余先生举二十世纪七十年代港台诗人热衷的所谓“图画诗”为例，我国六朝时女诗人苏伯玉妻和窦滔妻早已尝试过，一直到苏轼还有回文诗词的戏笔。它们在我国诗人和诗论家眼中向来地位低下。他说这种回文体既然我国“古已有之”，现代诗人何必到巴黎去“习此末技”？又哪值得拿此来自媚自炫？余先生还以杜甫名诗《望岳》为例阐明传统诗歌并非没有“现代精神”，认为“凡受过现代文艺洗礼的读者，回头重读这首‘旧诗’，没有不惊讶于其手法之‘新’的。第二句的‘青未了’简直攫住了抽象表现的

1. 余光中：《余光中选集》第3卷，安徽教育出版社1999年版，第72页。

2. 余光中：《余光中选集》第3卷，安徽教育出版社1999年版，第10—11页。

精髓。第四句的‘阴阳割昏晓’更凸出、更抽象，且富几何构图的奇趣”。“荡胸生层云，决眦入归鸟”，“更是感觉主义的极致了。物我交感，对触觉对视觉之震撼，未有如此之强烈者。然而在这种动感之中，前后两句的空间之处理仍有不同。‘荡胸生层云’是立体的，空间的背景至为浩阔，且具游移不定之感；‘决眦入归鸟’虽也是立体的，但空间的背景已高度集中，浓缩于一焦点，有驱锥直入之感”。不仅仅是杜甫一人，更不仅仅是《望岳》一首，古典诗歌对于今天的诗人来说，可资借鉴的地方很多，余先生还举出“‘江南可采莲’一诗的抽象构成，‘一树碧无情’的抽象感，‘北斗阑干南斗斜’的几何趣味”，还有“‘扇裁月魄羞难掩，车走雷声语未通’的移位法，‘曾是寂寥金烬暗，断无消息石榴红’的暗示”，无一不与现代诗的表现手法相通。他更认为“王安石的‘一水护田将绿绕，两山排闼送青来’，杜甫的‘七星当北户，河汉声西流’”，“都是呼之欲活的现代诗”。[1]创造我国自己的现代诗应转益多师，而自觉地吸收传统诗歌的营养更是“现代诗中国化”的重要途径。

剪断了与传统诗歌的脐带，这种现代诗只是昙花一现的文化泡沫。诗人只有扎根于民族传统诗歌的土壤之中，才写得出有自己民族韵味的现代诗。长期以来由于人们崇洋媚外的意识作怪，使文学创作呈现出一种“效颦的丑态”，而诗歌“尤其是饱受‘恶

---

1. 余光中:《余光中选集》第3卷，安徽教育出版社1999年版，第12—15页。

性西化’影响”。[1]不少诗人意识中和行动上都将“中国诗的现代化”等同于“中国诗的西化”。余光中把不少名人名作都划入“恶性欧化”之列。[2]艾青是我国著名的现代诗人，可余光中毫不客气地指出：“在新诗人中，论中文的蹩脚、句法的累赘，很少有人比得上艾青。”他还随手拈来艾青的代表作《大堰河——我的保姆》作为反面的例证：

> 我呆呆地看檐头的写着我不认得的“天伦叙乐”的匾，/我摸着新换上的衣服的丝的和贝壳的纽扣，/我看着母亲怀里的不熟识的妹妹，我坐着油漆过的安了火钵的炕凳，/我吃着碾了三番的白米饭。

说象征派诗人李金发的新诗“不堪卒读”，大多数人也许会表示首肯，可这样评论艾青必定会有不少人觉得失之尖刻，不过我倒是认为这是内地难得听到的切中肯綮之言。不论《大堰河》一诗的思想多有深度，不论诗中的感情何等真挚，上面余先生列举的诗句肯定不值得恭维。

为使“现代诗中国化”，余光中不仅在诗歌创作中积累了可贵的艺术经验，在理论上也做了有益的探索。由于传统诗歌——尤其是

1. 余光中：《余光中选集》第4卷，安徽教育出版社1999年版，第149页。
2. 余光中：《余光中选集》第4卷，安徽教育出版社1999年版，第51页。

传统的格律诗——在句式和音韵上的严格规定妨碍了诗人情感的表达，五四以后的自由诗便是对传统诗歌的一种反动。可解开格律诗的束缚以后，诗人们便完全不顾及诗歌句式、节奏和音调上的美感要求，从一个极端滑向了另一个极端，余光中不无失望地说："大多数的自由诗，只有自由而无诗。"[1]自由诗"对于打破旧诗之陈规虽有作用，但对于立新诗之法却未能竟其全功"[2]，因为"当初前卫诗人试验自由诗，原意是要反抗百年来渐趋僵硬的'韵文化'，但破而不立，'自由'沦为'泛滥'，一脚刚跳出'韵文化'，另一脚又陷进了'散文化'"[3]。闻一多曾倡导格律诗以救其弊，"可惜新月派的子弟与从者未能真正为新主题'相体裁衣'，追求整齐而无力变化"，这样当然不能使诗歌"复导百川归海"。[4]对后来并不了解格律真谛的诗人来说，打破格律的束缚只意味着"逃避形式的要求"，"自由"因而"只能带来混乱"。余光中十分生动地说："艺术上的自由，是克服困难而修炼成功的'得心应手'，并非'人人生而自由'。圣人所言'从心所欲，不逾矩'，毕竟还有规矩在握，不仅是从心所欲而已。"[5]他坚持诗歌必须建立在一定的形式、秩序或模式之上："大凡艺术的安排，是先使欣赏者认识一个模式，心中乃有期待，等到模式重现，

1. 余光中：《余光中选集》第3卷，安徽教育出版社1999年版，第376—377页。
2. 余光中：《余光中选集》第3卷，安徽教育出版社1999年版，第377页。
3. 余光中：《余光中选集》第3卷，安徽教育出版社1999年版，第380页。
4. 余光中：《余光中选集》第3卷，安徽教育出版社1999年版，第380页。
5. 余光中：《余光中选集》第3卷，安徽教育出版社1999年版，第271页。

期待乃得满足，这便是整齐之功。但是如果期待回回得到满足，又会感到单调，于是需要变化来打破单调。变化使期待落空，产生悬宕，然后峰回路转，再予以满足，于是完成。”[1]就是说诗歌首先要确立某种艺术形式或秩序，一种形式的回环才能满足读者期待，而在这种形式或秩序的基础上的变化创新，又给读者以打破了期待的新奇和喜悦。完全不遵循诗歌形式要求的“自由”是创作上的“无法无天”。

为了使“现代诗中国化”，余光中深入地探讨了中国古典诗歌的艺术特征。“操千曲而后晓声，观千剑而后识器”，这位当代著名诗人深入地研究古代诗人和诗歌，自然比那些空头诗歌理论家更容易与古人“心心相印”。《象牙塔到白玉楼》一文论韩愈，谈孟郊，说贾岛，评李贺，无不以其剖析入微和议论精当而令人心服，想来也定会使九泉之下的韩孟派诗人点头。他在李贺诗歌中发现了许多与现代诗的契合点：“十一个世纪以前的李贺，在好几个方面，都可以说是一位生得太早的现代诗人。如果他生活在二十世纪的中国，则他必然也写现代诗。他的难懂，他的超现实主义和意象主义风格，和现代诗是呼吸着同一种艺术的气候的”[2]，“长吉是属于现代的，不但意象主义和超现实主义，即使在象征主义的神龛中，也应该有他先

1. 余光中：《余光中选集》第3卷，安徽教育出版社1999年版，第270页。
2. 余光中：《余光中选集》第3卷，安徽教育出版社1999年版，第61页。

知的地位"[1]。《龚自珍与雪莱》是叫人耳目一新的长篇比较文学论文，该文论及龚自珍与雪莱二人的诗心、诗情、诗艺、诗境和诗名等各方面，多发前人之所未发。由此我们可以看到，"现代诗的中国化"不仅必须受惠于李白、杜甫，也应该取法于明清诗人。

三

上节我们阐述了余光中诗论中有关"现代诗中国化"的特征、途径和步骤，下面再看看他就"现代诗中国化"的主观条件所做的理论思考。

首先他论述了中国现代诗人应有的精神结构。十八世纪的西方诗人"抑激情而扬理性，十九世纪的诗人则反过来，抑知而纵情。于是作者的感性便分裂而不得调和"，"主知的古典，重情的浪漫，原是'艺术人格'的两大倾向。抑知纵情，固然导致感伤，过分压抑情感，也会导致枯涩与呆板，终至了无生气"。[2]余光中认为诗人的精神结构应保持统一完整，情与理应达致和谐平衡，既不能使理过于强大而压抑了情感的抒发，致使诗歌僵硬寡情；也不可让情过于放纵而导致非理性。今天"中国的新诗面临空前的危

1. 余光中:《余光中选集》第3卷，安徽教育出版社1999年版，第64页。
2. 余光中:《余光中选集》第3卷，安徽教育出版社1999年版，第75—76页。

机”，就是由于诗人们跟着西方人起哄，“反理性，反价值，反美感，以至于反社会，反文化”，这些文化“虚无主义者”声言“要表现赤裸裸的人性，可是他们表现的人性实在接近于兽性”。[1]他认为“诗人的生活，主要是内在的生活；诗人的热情，主要是感性和知性的成熟，以及两者的适度融和”[2]，这样，诗歌就会“充溢着智慧，但是不喋喋说教；充溢着感情，但是不耽于自恋；富于感官经验，但是不放纵感受”。[3]

其次，他阐明了诗人与时代的关系。他认为中国1949年前后的诗人“大都面临一个共同的困境：早年难以摆脱低迷的自我，中年又难以接受严厉的现实，在个人与集体的两极之间，既无桥梁可通，又苦无两全之计。……从徐志摩、郭沫若到何其芳、卞之琳，中国的新诗人往往从一个极端跳到另一个极端”。他认为一个诗人要投身于时代的洪流之中，与时代的脉搏一起跳动，但又不能被时代的洪流所淹没，让自己被大众削平为类的平均数，成为没有独特个性的“常人”。“真正的大诗人一面投入生活，一面又能保全个性，自有两全之计。”[4]余先生还说“一个大诗人应该超越”“而不仅止于反映他的时代”，成为新时代的报春鸟。[5]

---

1. 余光中:《余光中选集》第3卷，安徽教育出版社1999年版，第17—18页。
2. 余光中:《余光中选集》第3卷，安徽教育出版社1999年版，第107页。
3. 余光中:《余光中选集》第3卷，安徽教育出版社1999年版，第110页。
4. 余光中:《余光中选集》第3卷，安徽教育出版社1999年版，第183页。
5. 余光中:《余光中选集》第3卷，安徽教育出版社1999年版，第19页。

最后，他论及诗人对待生活与生命的态度。在这点上他十分欣赏美国诗人佛洛斯特（Robert Frost）："'情人的争吵'最能说明佛洛斯特对生活的态度：他是热爱生活的，但同时他也不满意生活，不过那种不满意究竟只能算是情人的苛求，不是仇人的憎恨。"[1]人必须要有某种意义和价值作为自己生命的支点，"无论外在多么混乱、痛苦，一个人如果要活下去，仍然需要价值和意义"。余光中的情怀近于悲壮："人生原多悲哀，写人生，往往也就是在写生之悲哀。可是悲哀尽管悲哀，并不就等于自怜自弃，向命运投降。"[2]从古至今的诗坛大师"没有一个不是肯定生之意义的"，"混乱属于时代，但信仰属于个人"。[3]他认为中国现代诗人应将寻找生命的"意义"作为自己创作"最严肃的主题"。[4]

余光中先生的诗论既有诗人的敏锐直觉，也有学者的缜密分析，他将创造和繁荣"中国化的现代诗"作为自己毕生的使命，从少至老都念兹在兹，中国现代诗成长的年轮必将融进他的艺术经验和理论智慧，中国未来的李白和杜甫们必将仰承他的余韵流风。

原刊《华中师范大学学报（人文社会科学版）》
2001年第2期

1. 余光中：《余光中选集》第3卷，安徽教育出版社1999年版，第117页。
2. 余光中：《余光中选集》第3卷，安徽教育出版社1999年版，第185页。
3. 余光中：《余光中选集》第3卷，安徽教育出版社1999年版，第78页。
4. 余光中：《余光中选集》第3卷，安徽教育出版社1999年版，第78页。

论“诸子还原系列”的学理意义

人文科学在学术上开出新境，要么得有新材料的发现，要么得有新学术理路的出现。前者很大程度上要靠机缘与运气，后者则可以经由志大才雄之士的努力来完成。杨义先生的“诸子还原系列”显然属于后一种情况。无论是这一“还原系列”所提出的问题，还是它们所得出的结论，或是它们所运用的方法，抑或它们所展露出来的气象，无不让人耳目一新，在当今学术界开拓出了新的格局与新的境界。

“诸子还原”就是“要回复诸子生命的本原”，它是一种“返回事物发生之根本的学问”[1]，因而“还原”也就是“返本”。作者在与先

1. 杨义：《展开人文学之“返本创造论”》，《文学地图与文化还原》，北京师范大学出版社2011年版，第2页。

秦最有智慧的一批大师展开“原创对话”的同时，也开启了他自己学术上的原创。作者在“还原系列”《序言》中说：“还原、生命、全息，这是我们研究诸子的三个基本的关键词。”[1]在这三个关键词中，“全息”是“还原”的方法或手段，“还原”是这一研究的学术形态和本质特征，而“生命”则是“全息”“还原”的目的和归宿。这三个关键词环环相扣，清晰地显示了作者独特的学术理路。

经由全息研究还原诸子生命，经由返回根本而开启学术新局，“诸子还原系列”不仅独辟蹊径地探索了新的学术理路，也为当今学术开创了新的格局——这就是“诸子还原系列”的学术意义之所在。

一

为什么要对先秦诸子进行“还原”呢？最直接的原因是近现代以来，西方强势的思想体系和成套的术语概念，成了当今学人分析问题的出发点和评价人物的价值标准，这套语义系统扭曲和遮蔽了中国传统文化，肢解和阉割了古代思想家和文学家，如二十世纪早期胡适先生的《中国哲学史大纲》、冯友兰先生的《中国哲学史》，基本上都是以西方的哲学框架来整理中国古代的思想史材料。冯先生在《中国哲学史》的开端便宣称：“哲学本一西方名词，今欲讲中

1. 杨义：《老子还原》，中华书局2011年版，第2页。

国哲学史，其主要工作之一，即就中国历史上各种学问中，将其可以西洋所谓哲学名之者，选出而叙述之。”[1]与西方哲学合者便“选出”，不合者自然便是扔掉，而我们古代思想家肯定不会按西方哲学的模式去写“哲学”，这种研究的结果肯定是削足以适履，杀头以便冠，将古代思想家都切成碎片装进西方哲学的框框，彻底抹杀了中国思想的独特性与独创性，主动放弃了自己先贤思想的“专利权”。到后来这一情况愈演愈烈，分别给先秦诸子等思想家贴上“唯心主义”“唯物主义”“辩证法”等标签，从老子、孔子、孟子、庄子到近代思想家，统统都被“整形”而失去了自家面目，中国的原创思想成了西方哲学普世价值的“例证”。这一研究方法在文学史研究中同样盛行，如屈原、李白是浪漫主义，杜甫、白居易是现实主义，屈原、陶渊明、李白、杜甫等伟大诗人在许多文学史中毫无艺术个性可言。为此，在文学研究领域，杨义先生呼吁“我们中国的学者应该回到我们的文学经验上来”，不必再去啃西方“那些概念之类的无味的干草”，“不要过分迷信那些概念，要先把概念撇在一边”，直接面对我们的文学经典，“看到它的原本状态是什么，从原本状态上直接面对前人的智慧”，这样才能“发现中国诗人的‘诗学专利’”，

---

1. 冯友兰:《中国哲学史》上册，中华书局1993年版，第1页。胡适、冯友兰二先生是我国现代杰出的学问家、思想家和思想史家，他们早年以西方哲学术语和评价体系来审视中国古代思想，是西学引进初期难免的现象，《中国哲学史大纲》《中国哲学史》这种写法十分具有代表性。

才是“尊重中国诗人的原创性”。[1]回归诗人的“原本状态”就是文学还原，稍后的诸子还原是这一学术理路的深化。为了避免“外来概念”对诸子“鲁莽灭裂的肢解和扭曲”，作者“悬置”了时下流行的哲学概念，直接追问诸子的血缘基因与文化基因，审视诸子思想的起点与终点，探究诸子的运思方式与人生关怀，考辨诸子思想中的地域印记与人生轨迹。为了呈现他“还原”的特点，不妨列出《庄子还原》的小节标题：“一、宋人楚学与庄子家世之谜；二、楚国流亡公族苗裔的身份；三、《庄子》文化基因中的家族记忆密码；四、‘大鹏’意象背后的楚民俗信仰；五、‘鼓盆而歌’与楚人丧俗仪式；六、家族流亡与地域体验的反差；七、孤独感与两度放飞思想；八、浑沌思维、方外思维、梦幻思维；九、‘广寓言’与林野写作风貌；十、草根人物与言意之辨。”[2]此处提出的十个问题全都逸出了西方哲学的视域，在西方哲学的语境中既不可能提出更不可能解答这些问题，它们中的每一个问题都是为庄子“量身定做”的，而不是把《庄子》“拿到西方的概念的篮子里去”[3]，且不说对问题的解决，单是提问的本身就具有原创性——此前学术界还没有人就庄子系统地提出这些问题。对于庄子和其他诸子而言，作者给出了一个“属于中国特色的说法”。[4]

---

1. 杨义：《文学地图与文化还原》，北京师范大学出版社2011年版，第225—229页。
2. 杨义：《庄子还原》，中华书局2011年版，第1页。
3. 杨义：《文学地图与文化还原》，北京师范大学出版社2011年版，第48页。
4. 杨义：《文学地图与文化还原》，北京师范大学出版社2011年版，第17页。

作者进行“诸子还原”的深层动因，就是要从民族的文化母体中汲取精神力量与原创智慧。他在《韩非子还原》中说：“回顾历史，是为了使我们更博大，更有根底，更有开拓性原创的元气。”[1]“还原”并非始于诸子研究，他在研究中国古典诗学时就主张“要对诗学的生命孕育、产生和发展的文化语境进行复原，恢复它的原状”，在重绘中国文学地图的时候，同样也强调“对中国文化的整体风貌、生命过程和总体精神进行本质还原”[2]，可见，“还原”既不是作者一时的学术冲动，也无关乎胡塞尔现象学还原的影响，而是他长期深思熟虑后的学术选择。“文化还原”在他的诸子研究中表现得更自觉、更系统、更有深度，这是由于作者对“文化还原”有了更深刻的理解，也是由于先秦诸子在中国文化中具有特殊地位。先秦诸子都是处在中国“历史关键点”上的“关键人物”，这一历史时期“形成了中国历史上思想原创高度发达，深刻影响了二千年中国思想方向和方式的、因而属于全民族的‘基本时代’”。这个“全民族的‘基本时代’”，也就是雅斯贝尔斯所谓世界文明的“轴心时代”。作者认为：“这个时代给我们民族的思想学术，立下了‘基本’。老子讲‘归根’，孔门讲‘务本’，在文化资源上说，就是要开发这个‘文化思

---

1. 杨义：《韩非子还原》，中华书局2011年版，第5页。

2. 参见杨义《中国诗学的文化特质和基本形态》《重绘中国文学地图与中国的民族学、地理学问题》二文，《文学地图与文化还原》，北京师范大学出版社2011年版，第239、44页。

想原创的基本时代’中那些可以重新焕发活力的智慧。”[1]春秋战国时期的诸子为我们民族打下了思想文化的根基，确立了我们民族文化的风貌与品格，影响了我们民族思维的方式与思想的方向。因而，“诸子还原”也就是文化“寻根”或“归根”，是追溯民族文化血脉的源头，是重建民族精神文化的谱系。每一个民族都有自己精神的家园，黑格尔在《哲学史讲演录》中说：“一提到希腊这个名字，在有教养的欧洲人心中，尤其在我们德国人心中，自然会引起一种家园之感”[2]，难怪欧洲人常说回到柏拉图，回到亚里士多德，和杨先生的“诸子还原”一样，他们也是希望“回到”民族精神的母体去汲取文化创造的乳汁。

对于“返本”与“开新”的关系，作者有十分切至而独到的体认：“现代中国学术面临的总体方法或元方法是双构性的，它以世界视野和文化还原二者作为富有内在张力的基本问题。这也是它的总体方法的‘内在原则和灵魂’，只有把世界视野和文化还原相结合，才能使学术踏实明敏、登高望远，在反思自己自何而来、向何而去的基础上，明古今之变，察中西之机，外可以应对全球化的挑战，内可以坚持自主性的创造。这样的学术才是有大国气象的学术，才能找到自己的生长之机、创造之魄，才能在克服抱残守缺，或随波逐

---

1. 杨义：《老子还原》，中华书局2011年版，第5页。

2. 黑格尔：《哲学史讲演录》第一卷，商务印书馆1959年版，第157页。

流的弊端中，实现一种有根的生长、有魂的创造。”[1]在创造大国学术的过程中，离不开世界视野和文化还原，而“文化还原”是更为根本性的东西，切断了自己民族文化的血脉，就将成为民族文化的虚无主义者，或成为精神上四处飘泊的文化孤儿，这种人不可能获得世界性眼光，不可能接受西方文明，因为接受的前提是要有“接受”的主体，有了文化的主体意识才能主动地“接受”和“拿来”，失去了文化的主体意识就只能被动地让西方文化“入侵”和“占有”。一味地唯西方文化马首是瞻，一味地对西方文化鹦鹉学舌，这种文化奴才既没有骨气也没有才气，只有仰视他人和模仿他人的份儿，而没有创造的动力、魄力、激情与方向——他不知道自己文化的根扎在什么地方，又怎能明白自己的未来将伸向何处？要想在思想文化领域做出有特色有气派的创造，就“需要我们保持良好的文化自觉”，唯有对民族文化“探本究源”，通过“文化还原”确立文化的主体性，才能在学术上“开拓出新的境界”，由此杨先生倡导“展开人文学之‘返本创造论’”：“今日文化应有的主题是：在返本的基础上创造，在创造的前提下返本。”[2]

---

1. 杨义：《现代中国学术方法综论》，《中国社会科学》，2005年第3期。又见《文学地图与文化还原》，第7—8页。
2. 杨义：《展开人文学之“返本创造论”》，《文学地图与文化还原》，北京师范大学出版社2011年版，第1、18、22页。

二

“诸子还原”的目的是“要回复诸子生命的本原”。作者认为诸子“既是我们思想上的先驱，又是我们精神上的朋友。先驱率先开展思想的原创，朋友则转过身来启发文明的对话”，而“要发现原创和深入对话，其中的关键，是使这些先驱和朋友真正在场。在场的要义，在于还原他们的生命状态和生命过程”。[1]《展开人文学之“返本创造论”》更明确地规定了“诸子还原”的任务：“一是触摸诸子的体温；二是破解诸子文化的DNA。”[2]可是，先秦诸子或侧重于论道议政，或偏重于探索人生，传下来的都是“入道见志之书”。[3]论道议政也好，探索人生也罢，呈现于外的大多是抽象的理论形态，而不是逼真可感的人物形象。怎么从阴鸷冷峭的《说难》《五蠹》中去“触摸诸子的体温”？怎么从“道，可道，非常道”这些“玄之又玄”的议论中去“破解诸子文化的DNA”？摆在我们面前的问题是：如何还原诸子的生命过程？为何还原诸子的生命过程？“如何”的问题容当后文阐释，我们先分析“为何”的问题，这涉及还原诸子生命过程的学术意义。

古来著述文字不外乎三门：抒情、记事、说理。诗抒发性情，

---

1. 杨义:《墨子还原》，中华书局2011年版，第1页。
2. 杨义:《文学地图与文化还原》，北京师范大学出版社2011年版，第2页。
3. 刘勰撰、范文澜注《文心雕龙注》，人民文学出版社1958年版，第307页。

史实记其事，子虚论其理，所以现代学科分类都将诸子归入“中国哲学史”。虽然有的子书多有寓言，有的子书偶有形象，但目的都是为了清楚地说理。先秦诸子当年对人生的深度体验，对社会的热切关怀，最后变成了抽象的理论命题，如“万物齐一”“失道而后德，失德而后仁”，凝结成了干枯的观念范畴，如法、术、势、非攻、尚同、兼爱、仁、义、礼、智、道、言、意。就像蚌蛤的生命最终凝成珍珠，诸子一生的体验、关怀和思索最后转化为思想理论，“‘思想的过程’结晶出‘过程的思想’”[1]，作为运思行为的“思想”变成了运思结果的“思想”，原来是动词的“思想”最后就冻结成了名词的“思想”。后世学者通常只是研究诸子提出的那些观念、范畴、命题，也就是说只是研究作为名词的“思想”理论。这种情况也存在于西方学界。海德格尔就曾尖锐地批评西方哲学两千多年来只盯着“存在者”而遗漏了“存在”本身，只重视“存在”之物而忽视了“存在”过程，所以其代表作《存在与时间》开端的小标题就是《突出地重提存在问题的必要性》，特地强调“‘存在’不是某种类似于存在者的东西”。他认为我们应当以某种“存在者作为出发点，好让存在开展出来”，让“存在”从遮蔽走向澄明。[2]杨义先生同样也主张“要把过程的思想变成思想的过程”[3]，这是一种反

1. 杨义：《文学地图与文化还原》，北京师范大学出版社2011年版，第4页。
2. 海德格尔著，陈嘉映、王庆节译：《存在与时间》，三联书店1987年版，第6、9页。
3. 杨义：《文学地图与文化还原》，北京师范大学出版社2011年版，第4页。

向逆溯的思维方式和研究方法，将“思想”从名词重新还原为动词，又重现诸子当年“所思所想”的生命过程，在这种研究方法的视野中，一种理论观念产生的过程，并不是一个“观念的历险”，而是一个思想家生命的炼狱，一个思想家提出的一个核心观念，凝缩了他一生的精神生命史。

可惜，过去我们的诸子研究，只是就“道”而论“道”，就“仁”而谈“仁”，就“义”而言“义”，将思想理论与思想家剥离开来，似乎只有这样才能保证理论的纯洁性。王国维所谓“哲学上之说，大都可爱者不可信，可信者不可爱”[1]，从读者这一角度来讲才会如此，因为他人提出的哲学观念一般都外在于读者的生命，所以读者对于某一哲学思想，有的爱它，有的信它，有的则既不爱它又不信它。但在一个真诚的思想家那里，他的思想内在于他的生命。和大多数普通人一样，先秦诸子同样也有自己的喜怒哀乐，对于人物、事件、观念，通常也是由于喜欢才赞成，因为厌恶而反对，他们竭力倡导和论证的思想通常都是自己倾心向往的思想，这些思想是他们理性思索的结果，也是他们情感体验的结晶，其思想与其存在是完全统一的。一旦将思想与思想家剥离开来，思想就变成了冰冷凝固的抽象物，原来诸子生命旅途中的“活”智慧，马上就成了书本上的“死”知识；而人们可以死记硬背的知识，固然能够让人博学，却不能让人睿智。“还原”的要义就是要让静态的观念复归于带有体温的生命过程，使凝固的“知识”恢复

1. 王国维:《自序》,《王国维文集》第三卷，中国文史出版社1997年版，第473页。

它原有的生命气息，就是说要让诸子复活并且出场。

为了使诸子复活和出场，杨先生相应地调整了对诸子的阅读方式。前些年作者在“重绘中国文学地图”的时候，就提出要将过去“知识型文学史”改写成“知识与智慧”“共构型的文学史”，“因为知识是已经得出的结论，而智慧是得出这个结论的生命过程，只有对文学史现象的生命过程进行充满智慧的分析，才能透过文学史丰富繁复的材料和多姿多彩的现象去阅读生命”[1]。“阅读生命”这种独特的“阅读”方式，在“诸子还原”中又更“往前走一步，即以自己的生命体认诸子的生命，以自己的心灵撞击诸子的心灵，撞击得火花四射，撞击得痛不欲生，撞击出思想与生命的内核。生命的介入，是诸子还原能激活诸子生命的关键”。在阅读理论著作和从事学术著述的时候，为了保证自己判断的客观性，通常要求学者不能也不必有过多的情感投入和生命介入。韦伯也提倡学者在从事学术活动时，应做到价值中立和感情淡化。[2]杨先生却主张“以自己的生命体认诸子的生命，以自己的心灵撞击诸子的心灵”，这绝非他故意“反其道而行之”，而是他自己阅读和研究诸子的目的所致。客观冷静的态度只能面对静止的书本知识，是将书本知识作为自己剖析的对象；“以自己的心灵撞击诸子的心灵”则是面对“在场”的智者，是

1. 杨义：《文学地图与文化还原》，北京师范大学出版社2011年版，第45页。

2. 参见韦伯《以学术为业》，马克斯·韦伯著、冯克利译《学术与政治》，三联书店1998年版。

将诸子作为自己深度交流和激烈争论的对手。有彼此的“心灵撞击”才会有相互的“心心相印”，这使杨义先生的“诸子还原系列”兼有理论思辨的深度与生命体验的深度。

为了使诸子复活和出场，杨先生还引入了“过程性原则”：“过程性，是把诸子学术的发生发展，视为一种生命活动的关键所在。生命过程分析的方法，旨在破解诸子学说发生过程中的文化基因的汲取、选择、编码、重组和创造。”[1]对于一个学者来说，方法的失误可能源于观念的失误，方法的新颖可能是因为认识的精辟。《墨子》《庄子》《韩非子》中的不少篇目，都曾经被各个朝代的不同学者判为“伪作”，辨伪的依据都是这些篇章的论旨与墨子、庄子、韩非子的主导思想或核心价值不合。这种辨伪方法背后的理念是诸子的思想一出生就成熟了，而且从来没有矛盾和变化。杨先生批评这些学者说：“他们唯独没有看到，思想家是探索者，无艰难曲折的探索，就不足以称思想家。如果把思想家成熟期的某些思想作为标准，而排斥其余，就无异于看到水果摊上的水果，就否定它的生命过程中曾经生根、发芽、开花、结果。”[2]这使我想起黑格尔《精神现象学》中一段话，他说起先花蕾被花朵所否定，后来花朵又被果实所否定，从形式上看，花蕾、花朵、果实三者“互相排斥互不相容。但是，它们的流动性却使它们同时成为有机统一体的

1. 杨义：《墨子还原》，中华书局2011年版，第12页。

2. 杨义：《韩非子还原》，中华书局2011年版，第19页。

环节，它们在有机统一体中不但不互相抵触，而且彼此都同样是必要的；而正是这种同样的必要性才构成整体的生命。但对一个哲学体系的矛盾，人们并不习惯于以这样的方式去理解”[1]。真是“英雄所见略同”，二人所阐述的意思和所使用的比喻都非常接近，但杨义先生是借水果来形容诸子思想发展的精神生命历程，黑格尔则是借花蕾、花朵、果实来形容哲学体系历时性演进的否定与生成。作者认为诸子探索的生命历程比孤零零的结论更重要，“过程是生命的演习，是思想生成的方式”[2]，只有在过程中才能呈现诸子学说发生、发展、变化、成熟各个环节的表现形态，也只有在过程中才能破译诸子文化基因承传、变异、重组的密码。

通过对诸子文化基因的考察与破译，还原诸子的生命历程，触摸诸子的生命体温，把握诸子生命的脉搏，并进而与诸子展开对话、交流与争辩。这种研究新颖、原创且相当奇妙。

三

但是，不管“还原生命历程”如何原创，也不管“触摸诸子体温”

---

1. 黑格尔著，贺麟、王玖兴译：《精神现象学》上卷，商务印书馆1979年版，第2页。

2. 杨义：《文学地图与文化还原》，北京师范大学出版社2011年版，第3页。

如何奇妙，离开了“对诸子文本作‘全息’的研究、考证和阐释”，这一切就只是纸上的画饼。[1]在“诸子还原系列”的三个关键词中，“全息”虽然只是实现“还原”“生命”的方法和手段，但在学术研究中，就像生命历程比结局更为重要一样，研究方法和论证过程有时比研究结果更有价值，因为学术原创常常就体现在研究方法和论证过程之中。

杨义先生给“全息研究”下的定义是：“所谓全息，起码应该包括诸子书的完整真实的文本与诸子全程而曲折的生命，以及上古文献、口头传统、原始民俗、考古材料所构成的全时代信息。这一系列信息源之间相互参证、相互对质、相互阐发、相互深化，用以追踪诸子的生存形态、文化心态、问道欲望、述学方式，由此破解诸子篇章的真伪来由、诸子思想的文化基因构成、诸子人生波折在写作上的投影、诸子著作错杂编录的历史过程及具体篇什的编年学定位。”[2]就像通过全息成像后能得到多维图像一样，经由全息研究的“诸子还原”能让人看到诸子的“全貌”——诸如诸子的生命历程、心路历程、血缘基因、文化基因、述学方式、价值取向、篇章真伪……新的研究方法自然会成就一种新的学术形态，创造一种新的学术格局与境界。

当然，设计这种全息研究方法固然不易，将它成功付诸实践更

1. 杨义：《庄子还原》，中华书局2011年版，第1页。

2. 杨义：《庄子还原》，中华书局2011年版，第2页。

加困难。先秦诸子与我们的时空距离很长，而留给我们的文献又很少，当年孔子对殷、夏曾有“文献不足征”之叹，现存的诸子文献就更不足征了。作者对此的感受比孔子还要强烈：“由于诸子的家世、生平资料在先秦两汉载籍中缺乏足够的完整性，存在着许多缺失的环节，历史留下的空白远远大于历史留下的记载，这就使得诸子生命的还原成为学术史上难题中的难题。”[1]譬如墨子，虽然他开创了“世之显学”，战国后期的韩非还将孔墨并称，但由于墨家学派后世无传，有关墨子生平的史料少得可怜，比较可信的只有《史记》中一两句零星的记载，而且都是在他人传记中顺便提到他，《孟子荀卿列传》说墨翟是“宋之大夫，善守御，为节用。或曰并孔子时，或曰在其后”。《鲁仲连邹阳列传》说“宋信子罕之计而囚墨翟”。另外，《汉书·艺文志》“《墨子》七十一篇”后，附有“名翟，为宋大夫，在孔子后”的小注。仅凭这两三条记载要想还原墨子的生命历程，说它是“学术史上难题中的难题”没有半点夸张。且看作者是如何因难见巧的。从《墨子》和其他文献中多处记载墨子居鲁，《吕氏春秋》汉高诱注也称墨子为鲁人，他断定墨子“当为鲁人”。从墨子在楚王面前自称“北方之鄙人”，推断墨子不是“鲁国上邑人士，而是其边鄙之工”。从《墨子·鲁问》中“鲁之南鄙人有吴虑者，冬陶夏耕，自比于舜。子墨子闻而见之”句，推断墨子的居地也“靠近鲁之南鄙”。从《鲁问》“子墨子出曹公子而于宋”，《墨子·公输》墨子

1. 杨义：《文学地图与文化还原》，北京师范大学出版社2011年版，第3—4页。

"归而过宋"，推论"墨子并非居宋，或者并非宋人"。作者还从《墨子》中找到另一墨子为鲁之南鄙人的内证："墨子也只有居地靠近鲁之南鄙，才有《非攻中》所说的'南则荆、吴之王，北则齐、晋之君'，'东方有莒之国者'的方位感觉。"再从墨子里籍在鲁之南鄙，"从发生学上厘清墨学作为草根显学的思想文化资源"，考证"鲁南鄙之东夷文化""给墨子思想嵌入哪些文化基因"，并由此为墨子后来的"草根显学"奠定了基础。接下来作者从《墨子》的《所染》《三辩》《公孟》中，找到墨子"近儒脱儒之造士过程"的内证。《淮南子·要略》这段话则构成墨子脱儒归墨的外证："墨子学儒者之业，受孔子之术，以为其礼烦扰而不说，厚葬靡财而贫民，(久)服伤生而害事，故背周道而用夏政。"[1]仅这几节有关墨子里籍的考辨、文化基因的追溯、学脉的考察，就涉及历史地理学、人文地理学、民俗学、史学、文献学、思想史等方面的知识，可见，做好全息研究必须具备广博的知识和开阔的视野。

不同的研究目的决定了不同的研究方法，不同的研究方法又要求研究者拥有不同的知识结构。要还原诸子的生命历程，就得以全息的方法进行全方位研究，因为一个人的生命历程触及人生的方方面面，如果只从一个角度研究一个侧面，其结果必然和盲人摸象一样片面和偏颇，而要进行全息研究，就得有多方面的知识和多方面的才能。作者在《庄子还原·序言》中交代自己研究庄子的知识和

1. 参见杨义《墨子还原》第一、二、三节，中华书局2011年版。

方法时说："我们采用了地域文化学、人文地理学、姓氏谱系学、深层心理学、自然生态学、历史编年学、地方志研究等领域的知识和方法。"[1]已经出版"诸子还原四书"和已经发表的《〈论语〉还原初探》，每部每篇都是少见的大文，每本"还原"都探讨和破解诸子十余个问题和谜团，这种全息研究有点像古代的车轮战法，要让研究对象八面受力。与之相应，研究者必须熟悉学术上的"十八般兵器"，掌握学术上的"十八般武艺"，要擅长考辨，还得擅长思辨；要成为版本校勘的专家，还得成为田野调查的能手；要精通历史编年，还得善于心理分析；当然还得有细腻的感觉，更得具备敏锐的直觉。

作者在论及自己的诸子还原研究时说："透过历史烟尘和历代学术的曲折，去弄清诸子是谁，不仅是血缘上'他是谁'，而且是文化遗传、文化基因、文化脉络上的'他是谁'。这是发生学研究诸子为道之本的关键点。"[2]可是，要透过历史的重重迷雾破译诸子的血缘基因和文化基因，非具备敏锐的直觉和思想的穿透力不可。没有敏锐的直觉再有用的材料也会视而不见，没有思想的穿透力就看不清材料之间的蛛丝马迹。譬如，《史记·老子韩非列传》交代："韩非者，韩之诸公子也。"依战国时期惯例，称"韩之诸公子"的人不是某国王之子便是某国王之弟，那么，韩非是哪位国王之子或

---

1. 杨义：《庄子还原》，中华书局2011年版，第3—4页。
2. 杨义：《文学地图与文化还原》，北京师范大学出版社2011年版，第3页。

之弟呢？在现存史料中找不到只言片语的相关记载，传统的考证方法对此束手无策，难怪过去从来没有人追问这个问题，但这一问题不仅事关韩非子的血缘基因，也涉及韩非子的“文化脐带”，翻不过这个“峭壁”还谈什么“韩非子还原”？作者以他对材料的敏感与洞察力，让冷冰的材料“告诉”我们“韩非是谁之子、谁之弟”这一千古之谜。作者梳理《韩非子》全书涉及韩国历代君主的近二十则材料，通过排除法一个个否定无关的记载，而在《韩非子·说林下》一则材料中感觉到了韩非对韩釐王的特殊态度：“韩咎立为君，未定也。弟在周，周欲重之，而恐韩咎不立也。綦毋恢曰：‘不若以车百乘送之。得立，因曰为戒；不立，则曰来效贼也。’”据文献载，当时虮虱在楚不在周，那时周也没有力量纳虮虱入韩，所以文中的“弟”并非虮虱。而周室虽然力量衰微，但仍是天下共主，册封诸侯还得周天子下诏书。周室“恐韩咎不立”，这不正说明周室认可韩咎的合法性吗？作者从这一直被人忽视的话中“读出”了韩非的身世：“以春秋笔法给韩咎即后来的韩釐王加分，这是其他韩君未有的‘礼遇’。”《韩非子》一书记录历代韩君止于韩釐王，对韩釐王的记述又别有深意，作者由此推断“韩非应该是韩釐王之子、桓惠王之弟、韩王安之叔辈，在这三王时期都得列为‘韩之诸公子’”[1]。《韩非子·说林下》中这则材料如果属于信史，而且它的确出自韩非手笔，杨义先生无疑为我们破译了韩

---

1. 参见杨义《韩非子还原》第十节《清理韩非的文化脐带》，中华书局2011年版。

非的血缘基因。要能破解这种“学术史上难题中的难题”，至少必须具备丰富的历史知识，熟知古代的“春秋笔法”，尤其离不开对材料的特殊敏感。

作者曾将他“全息研究”的诸子还原方法，归纳为“于文献处入手，于空白处运思”[1]。这是因为先秦诸子留下的材料中，断裂处和空白处实在太多，要是研究者不能从空白处运思，不能从断裂处找到连续，还原诸子的生命历程根本就无从着手。如果我们不了解诸子的部族、家族，不了解他们生活的地域、民俗、传统，我们就不可能读懂诸子，也不可能走进诸子存在的深处。譬如一本《老子》就给人留下许多谜团：“一、《史记》是为老聃作传，还是兼为老莱子、太史儋合传？司马迁是提示后人不要把三人搅混，还是他本人就辨析不清？二、老子故乡苦县赖乡的山貌水文、氏族状态、原始风俗信仰，为《老子》写作输入何种文化基因？三、老子是出生在陈、楚边缘之地的母系氏族吗？何以《老子》书中有那么明显的女性生殖崇拜，又把父系称为‘众父’？……”[2]作者一连提出了这样九个一直没有解开的谜团。这些谜团有的长期被人忽视，有的被人越搅越乱。如果去读读《老子还原》，看看作者是如何抽丝剥茧，理清一团一团乱麻，看看作者如何追踪老子的文化基因，如何考索老子的出生部族，我们就不得不佩服作者读书有间，能从“无”中发

---

1. 杨义：《文学地图与文化还原》，北京师范大学出版社2011年版，第3页。

2. 杨义：《老子还原》，中华书局2011年版，第2—3页。

现“有”，从“断”处看到“续”；不得不承认作者心细如发，思致缜密，整理乱麻丝丝不乱；不得不赞叹作者的史学与史识，精于考辨也精于识断。

还原诸子的生命历程，既要求作者识断精审，也要求作者视野开阔。清代中后期不少治诸子的学者擅长文献考辨和文字训诂，甚至将此发挥到学术的极致，但他们除了盯着文字文献之外，对民俗民风基本不屑一顾，对口头传说也不加采信，他们只满足于“四部之学”而轻视“四野之学”，这束缚了他们的胸襟，限制了他们的视野，这使他们只能读懂诸子著作纸面上的文字，却不能领悟诸子书中纸背后的“意思”，更不能明了“意思”深处所隐藏的“历史”与“故事”。“诸子还原系列”正好弥补了清儒这方面的缺憾，作者在还原诸子生命的过程中，也使用了大量的“边角材料”和民间传说，这极大地加强了读者在与诸子对话时的“互动”。

全息研究法中有历史考证，也有理论阐释，或考证中有阐释，或阐释中有考证。作者在《庄子还原》中说：“不停留于考证的考证，才是具有深刻的文化价值的考证。考证的真义，在于穿透文献，直指深层的文化意义。我们的考证，应该具有这种‘穿透—直指’功能，使考证牵引出诸子的体温和生命。”[1]这段话并不是无的放矢。有些治经和治子的清代学者，精于考证但又累于考证，终生囿于名物、度数、训诂、章句之间寻行数墨，以此为学问的极致和终点，

---

1. 杨义：《庄子还原》，中华书局2011年版，第18页。

始终没有认识到考证只是求“道”之具而非“道”本身，将手段颠倒为目的。“诸子还原系列”在考证的精细上学习清儒，而在考证的文化特性上又超越了清儒。如《墨子还原》第四节《篇目辨伪与过程意识》，通过对《墨子》中一些篇章的文献学辨伪来凸显墨子的生命历程，这种文献学思路清儒大概闻所未闻。清儒的辨伪就终止于辨伪,《墨子还原》的辨伪则能触摸墨子的体温，甚至能直探墨子的灵魂。

章太炎先生曾说“治经与治诸子不同法”[1]，据说胡适曾为这一断语所困。我倒是认为，能够继承古人治经治诸子的“家法”当然很好，但要是因循古人的家法可就很糟。既然一代有一代之文学，同样也一代有一代之学术。就像胡适先生当年“截断众流”一样，杨义先生为新时代的诸子研究开启了新的学术理路，在子学史上给出了完全属于他“自己的说法”[2]。

四

有了新的学术理路，自然就会带来新的学术气象。全息研究法

1. 章太炎:《致章士钊第二书》，引自陈平原《中国现代学术之建立》，北京大学出版社1998年版，第242页。

2. 杨义:《文学地图与文化还原》，北京师范大学出版社2011年版，第17页。

不仅带给杨先生学问之“全”，也形成了他学术之“大”。作者曾肯定“韩非在不同学派的对话中把思想做大做深了”[1]，同样也可以说作者在“诸子还原”的过程中把自己的学问做大做深了。

先说“大”。就我所见到的五篇“诸子还原系列”，篇篇都堪称“大文”。这里所谓“大”主要不是指它的外在篇幅，而是指这些文章的格局和气象。不妨以《韩非子还原》为例，该书第一节就是《韩非的位置》，将韩非置于战国宏大的社会背景中进行审视，置于儒、墨、道、法相互争鸣和相互渗透这一复杂的文化语境中进行考察，文章又以坚挺刚劲的语言开头：“要对《韩非子》进行还原研究，首先应该做的事情，是清理它的学术源流及其中包含着的生命过程。学术源流，给生命过程提供广阔的文化语境；生命过程，又为在文化语境中的学术创造探寻着生成的形态。”[2]这种气势、视野、论断和语言，用古人的话来讲就叫“大手笔”，它表现了作者“一览众山小”的气概。

文章的这种大格局大气象，固然是作者胸襟气度的外化，也是作者一生的学术追求。他多次强调要有“大国的学术文化风范”，并声言自己“意欲追踪现代大国的学术品格”[3]。这一追求来自于作者对我们伟大民族文化传统的自豪，也来自于他对我们国家在当今世界

---

1. 杨义：《韩非子还原》，中华书局2011年版，第4页。
2. 杨义：《韩非子还原》，中华书局2011年版，第6页。
3. 杨义：《文学地图与文化还原》，北京师范大学出版社2011年版，第16—17页。

地位的自信，他在不同场合都说过要创造一种与我们大国地位相称的学术风范。

再说“深”。此处所谓“深”，既指“诸子还原系列”对诸子论析的理论深度，也指“诸子还原系列”对诸子生命体验的深度。还是以《韩非子还原》为例，上文是引《韩非子还原》的开头，这里再引《韩非子还原》的结尾，由于这个结尾语很长也很精彩，为避免繁冗而摘引如下：“韩非思想是一个生命过程，是一个以生命撞击悖论、完成悲剧的过程。经过全息研究可以发现，韩非的思想起码存在着六个悖论性的公案：他与韩国王族存在着血缘关系，却极其绝情地拿血缘伦理开刀以建立其政治学说；他与儒、道、墨诸家都有学术渊源，却毫无犹豫地扬弃这些渊源作为思想原创的动力……他是秦国政治权术的捧与杀的牺牲品，却阴魂不散地以牺牲崇拜成为秦学之圣物；他以冷峻的面孔反文学，却以遒劲峻刻的笔墨写下了一批鞭鞭见血痕的精彩文章。”[1]没有很高的理论思辨能力不会说得这样深刻，仅有很高的理论思辨能力又不会说得这样动情。

在“大”与“深”之外，“诸子还原系列”篇篇文章都富于“力”与“美”。文章阔大的气象和恢宏的格局，自然给人一种神飞魄动的震撼与美感。这是“西岳峥嵘何壮哉，黄河如丝天际来”那种天地之大美，不是“疏影横斜水清浅，暗香浮动月黄昏”那种盆景式

1. 杨义：《韩非子还原》，中华书局2011年版，第84页。

的精美。

五

当然,“诸子还原系列”在给人以启迪、震撼、美感的同时,也给我们留下了一些遗憾。由于有关先秦诸子的史料残缺不全,巧妇难为无米之炊,“诸子还原系列”中材料与材料之间的连接,历史断裂处的缝合,少数地方主要是通过作者的历史想象、理性推断来完成的,所以常会读到“可能”“也许”“不难设想”“我怀疑”一类短句[1]。尽管这些推断非常缜密,尽管这些历史想象并非空穴来风,但考证毕竟还是要“拿出材料来”,拿不出材料来就会让人将信将疑,这一部分结论就难以成为定谳。如《水经注》卷二十三的一段记载说:“涡水又北经老子庙东,庙前有二碑在南门外。汉桓帝遣中官管霸祠老子,命陈相边韶撰文……又北,涡水之侧,又有李母庙,庙在老子庙北。”《老子还原》后面就对这段文字进行了“想象”和“推论”:“我们应该如实地承认老子是不知有父的,多么渊博的学者也无法考证出老子之父。他好像是天生的‘老子’,而非‘儿子’。但他是知有母的,李母庙就在老子庙的北面。我怀疑,老子出生在一

1. 参见杨义《老子还原》,中华书局2011年版,第21页。《庄子还原》,中华书局2011年版,第15、16页。

个母系部落，才会如此。”[1]仅凭老子庙北面有李母庙一事，便得出“老子出生在一个母系部落”的结论，这种“推论”显然过于“大胆”，甚至根本就算不上逻辑“推论”。由于年代久远和记载遗佚，老子的生卒年和家世都难以确指，即使有李母庙也不知李母姓甚名谁，不过是因老子姓李就将其母亲称为“李母”，这样的泛称就像泛称“李父”一样，表明后世既不知其母也不知其父。道教徒和神仙家奉老子为教主，有意把老子的出生和家世神秘化，故意高远其所从来，通常情况下没有人敢用传说中的李母庙一事作为论据，更不敢用这一孤证下结论。

《庄子还原》第二章首先考证庄氏为楚王室疏远的公族，又从历史的蛛丝马迹中断定庄子一支流亡于宋，再从《吕氏春秋·上德》的一段话中，断言“楚国庄氏的某一支，可能通过这条通道逃亡到宋国的乡野”，最后论定宋国“蒙泽湿地，使庄氏家族获得了避开政治迫害的生存避风港，也使庄子思想获得了一个有大树丰草、有蝴蝶、有鱼、有螳螂、有蜗牛的梦一般的滋生地”。这使《庄子·刻意》中“所谓‘江海之士，避世之人’”，所“就薮泽，处闲旷，钓鱼闲处，无为而已矣”，使《马蹄》中“山无蹊隧，泽无舟梁；万物群生，连属其乡；禽兽成群，草木遂长，是故禽兽可系羁而游，乌鹊之巢可攀援而窥”，“同乎无知，其德不离；同乎无欲，是谓

1. 杨义：《老子还原》，中华书局2011年版，第21页。

素朴。素朴而民性得矣”[1]等描述和阐述都有了落脚处。初看对庄子的还原十分“到位”，可从传统学术眼光看，其中有些材料和论证可能经不起检验：单凭一则诸子含混的论述，就确定楚宋之间的一条逃亡通道也许有点悬，丰草、蝴蝶、鱼、螳螂、蜗牛，遍布楚国云梦泽的任何一个角落，无须到偏北的宋蒙泽地区去寻找。在这些地方，人们更多看到的是“大胆的假设”，还有同样“大胆的求证”。

对远古的历史和人物进行“还原”，需要渊博的学识和深厚的根底，需要敏锐的直觉和丰富的想象，需要学术的勇气和大胆的假设，这六个方面作者都兼而有之。读完四本“诸子还原系列”我一直在想：一个极富才华的学者在“艺高人胆大”以后，是不是应该在学术的“大胆”与“小心”之间保持某种平衡，做到大胆而能审慎，小心又不拘泥，使每一论断既“言之成理”又“持之有故”？

这也许是我对作者的苛求，在一时找不到确切可靠的材料时，做出“大胆假设”、历史想象与理性推理，以还原先秦诸子生命的历程，无疑比“束手无策”或“无为而治”要好，至少它可以给后来人以有益的启示，可以给后来人提出问题和留下标记——还有什么问题没有解决。解决这么多“学术史上难题中的难题”，怎么可能一蹴而就？历史上发凡起例的大著作，在一些细枝末节上都

1. 杨义：《庄子还原》，中华书局2011年版，第12—17页。

会留下尚待完善的空间，有谁能做到尽善尽美？这倒使我想起了章学诚为郑樵所做的辩护："夫郑氏所振在鸿纲，而末学吹求则在小节。"[1]也让我想起晋朝周颤给自己缺点开脱的那句名言："吾若万里长江，何能不千里一曲？"[2]

原刊《文学评论》2012年第1期

---

1. 章学诚著、叶瑛校注：《文史通义校注》，中华书局1985年版，第464页。

2. 刘义庆撰、余嘉锡笺疏：《世说新语笺疏》，中华书局1983年版，第742页。

“人民性”在中国古代诗歌研究中的命运

——对一种批评尺度及其运用的回顾与反思

“人民性”是二十世纪下半叶中国古代诗歌批评中最重要的价值尺度之一，它决定了一个诗人地位的高低、一首诗歌价值的大小，也左右了批评家对诗人与诗歌的褒贬，甚至影响到读者对其人其诗的好恶。在这个世纪行将走到尽头的时候，回顾该价值尺度在这五十多年古代诗歌研究中的曲曲折折，倒不是由于我们现在觉得它有趣，而是由于这对未来的学术研究有益。

一

“人民性”这一范畴显然是个舶来品，它在中国古代儒、道两家的文论中都找不到渊源。即使强调文学功利目的的儒家诗教，也只是主张诗歌必须为当政者的政治服务，要求以诗“经夫妇，成孝敬，厚人伦，美教化，移风俗”，诗歌的社会作用仅限于“上以风化下，下以风刺上”。[1]白居易在《新乐府序》中倒是说过写诗应“为民”，但其落脚点却在于“为君”：“总而言之，为君、为臣、为民、为物、为事而作，不为文而作也。”他坦白地说自己之所以写“新乐府”一类诗歌，不过是为了尽一个谏官“补察得失之端”的职责。[2]

据苏联顾尔希坦说，在文学批评中第一次使用“人民性”这个概念的人，是十八世纪的俄国学者拉地谢夫[3]（1749—1802），而我们今天文学批评中所使用的这种意义上的“人民性”概念，则直接源于十九世纪俄国革命民主主义批评家别林斯基、车尔尼雪夫斯基和杜勃罗留波夫。他们在大量的文学批评中十分强调文学的人民性，尤其是杜勃罗留波夫，他在自己的文学批评中把“人民性”作为一个重要的价值尺度，而且专门写了《论俄国文学中人民性渗透的程度》《俄国平民性格特征》等长篇论文，系统地阐述了文学中的“人民性”问题。杜氏尖锐地批评了那些只盯着“小集团的卑微利益”，只“满足少数人的自私的要求”的贵族文学。[4]他通过对俄国文学史上优秀作家的分析，深刻地揭示了“人民性”的内涵：不能仅仅“把

1.《毛诗序》,《毛诗正义》，北京大学出版社1999年点校本，第10—13页。

2. 白居易:《白居易集》，中华书局1979年版，第52、1369页。

3. 顾尔希坦:《文学的人民性》，天下出版社1951年版，第4页。

4. 杜勃罗留波夫:《杜勃罗留波夫选集》第二卷，上海文艺出版社1959年版，第143页。

人民性了解为一种描写当地自然的美丽，运用从民众那里听到的鞭辟入里的语汇，忠实地表现其仪式、风习等等的本领”，这些只限于“人民性的形式”。“可是要真正成为人民的诗人，还需要更多的东西，必须渗透着人民的精神，体验他们的生活，跟他们站在同一水平，丢弃阶级的一切偏见，丢弃脱离实际的学识等等，去感受人民所拥有的一切质朴的感情。”[1]要使诗歌具有真正的“人民性”，诗人就必须冲破“某一个派别，某一个阶级的局部利益”，“从大公无私的观点，从人的观点，从人民的观点来解释”一切[2]，以深厚真挚的同情心去“表现人民的生活，人民的愿望”。[3]

无产阶级革命导师更是强调作家“同人民的机体联系在一起”。[4]列宁在《关于民族问题的批评意见》一文中指出：“每个民族的文化里面，都有一些哪怕是还不大发达的民主主义和社会主义的文化成分”。“还不大发达的民主主义和社会主义”后来就成了历史上文学艺术中人民性的基本内容，苏联的文艺理论家和文学批评家将它作为“人民性”的本质规定：“列宁所指出的每一个民族文化中存在着的这些民主主义与社会主义的成分，在其本质上，无论它们在文学

1. 杜勃罗留波夫：《杜勃罗留波夫选集》第二卷，上海文艺出版社1959年版，第184页。
2. 杜勃罗留波夫：《杜勃罗留波夫选集》第二卷，上海文艺出版社1959年版，第137页。
3. 杜勃罗留波夫：《杜勃罗留波夫选集》第二卷，上海文艺出版社1959年版，第187页。
4. 马克思：《致齐迈耶尔》，《马克思恩格斯全集》第33卷，第178页。

中表现出了多少，就组成了我们所惯称的人民性。”[1]毛泽东1940年在《新民主主义论》中强调“必须将古代封建统治阶级的一切腐朽的东西和古代优秀的人民文化即多少带有民主性和革命性的东西区别开来”，以便“剔除其封建性的糟粕，吸收其民主性的精华”。[2]这里的“民主性和革命性”与列宁所说的“还不大发达的民主主义和社会主义”是指同一内容。两年以后，毛泽东《在延安文艺座谈会上的讲话》中又指出：“无产阶级对于过去时代的文学艺术作品，也必须首先检查它们对待人民的态度如何，在历史上有无进步意义，而分别采取不同的态度。”[3]

中华人民共和国成立后，由于中国共产党及其领导人在人民中享有崇高的威信，毛泽东关于对“过去时代的文学艺术作品”的教导自然而然就成了研究古代文学的指针，“首先检查它们对人民的态度如何”也就成了研究古代文学的最高尺度。有关“人民性”的内涵，人们主要从毛泽东所指示的“民主性和革命性”两个方面来理解，就古代诗歌尤其是抒情诗歌而言，它主要包括如下几个方面的内容：（1）对人民的苦难表现出深厚的同情；（2）讴歌人民的反抗精神、刚正气节和美好心灵，表现人民的情感、愿望与期盼；（3）以人民的眼光和立场表现时代变化，真实地表现阶级对立，深刻地揭

1. 顾尔希坦：《文学的人民性》，天下出版社1951年版，第22页。
2. 毛泽东：《毛泽东选集》第二卷，人民出版社1991年版，第707—708页。
3. 毛泽东：《毛泽东选集》第三卷，人民出版社1991年版，第869页。

露社会矛盾；（4）表现对祖国、自然的热爱；（5）“在形式方面，人民性应该是经常和素朴并行的”[1]，要求语言自然、格调明朗等等。

二

孔子要求通过诗歌对个体心灵的陶冶，以达到“迩之事父，远之事君”的目的。[2]忠君后来成了封建社会评价诗人最重要的价值尺度，东汉王逸认为品评一个诗人的首要标准应“以忠正为高，以伏节为贤”，“危言以存国，杀身以成仁”。[3]伟大诗人屈原之所以受后人推崇首先是他“膺忠贞之质，体清洁之性……进不隐其谋，退不顾其命”[4]，是他“竭忠尽智以事其君”的政治操守[5]，连文论家刘勰也是首先肯定他“每一顾而掩涕，叹君门之九重”的忠贞，然后才赞叹其“惊采绝艳”的文采[6]。前人对陶渊明的赞美也多集中在他“耻事二姓之验”，“眷眷王室之心”[7]。史家说他“所著文章，皆题其年月，

1. 杜勃罗留波夫：《杜勃罗留波夫选集》第二卷，上海文艺出版社1959年版，第60页。
2.《论语·阳货》，朱熹《四书章句集注》，中华书局1983年版，第178页。
3. 王逸：《楚辞章句序》，引自洪兴祖《楚辞补注》，中华书局1983年版，第48页。
4. 王逸：《楚辞章句序》，引自洪兴祖《楚辞补注》，中华书局1983年版，第48页。
5. 司马迁：《史记·屈原贾生列传》，中华书局1982年版，第2482页。
6. 刘勰撰、范文澜注：《文心雕龙注》，人民文学出版社1958年版，第46—47页。
7. 真德秀：《跋黄瀛甫拟陶诗》，《真文忠公文集》卷三十六，《四部丛刊》本。

义熙以前，则书晋氏年号，自永初以来，唯云甲子而已”[1]，一直是后世诗论家的美谈。唐代的大诗人杜甫更是被塑造成了“每饭不忘君”的忠贞典范。[2]在过去诗论家眼中，一部中国诗歌史就是一本历代诗人的“精忠谱”。对于这种将诗中字字句句胶绕牵扯到故国君父之思的解读方法，甚至在封建时代就有人觉得“几无复理，俱足喷饭”[3]。明许学夷激烈地主张不能以忠君这一政治尺度来评论诗歌：“靖节诗，唯《拟古》及《述酒》一篇，中有悼国伤时之语，其他不过写常情耳，未尝沾沾以忠悃自居也。”[4]赵凡夫云：“凡论诗不得兼道义，兼则诗道终不发矣。如谈屈、宋、陶、杜，动引忠诚悃款以实之，遂令尘腐宿气勃然而起。且诗句何足以概诸公，即稍露心腹，不过偶然，政不在此时诵其德业也。”[5]

二十世纪下半叶以“人民性”作为评诗的价值尺度以后，扫尽过去诗论中动辄引忠义以论诗的陈腐气，过去那些备受推崇的伟大诗人呈现出全新的面目，那些受到冷落的诗人引起了人们的重视，那些被贬斥被忽视的诗歌重新焕发出光彩，这五十多年的确是中国诗歌“价值重估”的时代。衡量一个诗人地位高低的主要标准已由是否“忠君”转为是否“爱民”。郭沫若在《历史人物·序》中的一段

1. 沈约：《宋书·隐逸传》，中华书局1974年版，第2289页。

2. 杜甫撰、仇兆鳌注：《杜诗详注》，中华书局1979年版，第1页。

3. 毛先舒：《诗辩坻》，《清诗话续编》，上海古籍出版社1983年版，第32页。

4. 许学夷：《诗源辩体》，人民文学出版社1987年版，第104页。

5. 引自许学夷《诗源辩体》，人民文学出版社1987年版，第104页。

话极有代表性："我的好恶的标准是什么呢？一句话归宗：人民本位！"[1]

一旦"人民本位"成为批评的准绳，屈、陶、李、杜、苏、陆等千古传诵的诗人便须重新解释，他们为人传诵不是由于忠君，而主要在于他们爱民。郭沫若《屈原研究》一文中说："我们感觉着屈原是注重民生的。'长太息以掩涕兮，哀民生之多艰。怨灵修之浩荡兮，终不察夫民心'。(《离骚》)'皇天之不纯命兮，何百姓之震愆！民离散而相失兮，方仲春而东迁'。(《哀郢》)'愿摇起而横奔兮，览民尤以自镇'。(《抽思》)像这样太息掩涕念念不忘民生的思想，和他念念不忘君国的思想实在是分不开的。他之所以要念念不忘君国，就是想使得民生怎样可以减少艰苦，怎样可以免掉离散。特别是《抽思》的那两句，表明了他的爱民心切。他本是打算放下一切朝别处跑的，但一念到老百姓的受苦受难便只好自己沉静下来。"[2]在郭沫若看来，屈原"念念不忘君国"的出发点是"爱民心切"，"忠君"不过是他"爱民"的一种手段而已，而有的学者甚至认为他为了人民的利益还敢于咒君，"通过对历史上暴君不同方面的评述，全面揭露了楚国的暴君——怀王和顷襄王"。[3]陶渊明是否忠于司马氏一家一姓已不是研究者注目的中心，二十世纪五十年代后期，学界围

1.《郭沫若全集·历史编》第四卷，人民出版社1982年版，第3页。

2.《郭沫若全集·历史编》第四卷，人民出版社1982年版，第91页。

3. 聂石樵：《屈原论稿》，人民文学出版社1992年版，第75页。

绕陶渊明展开了一场大讨论，彼此争论的焦点是：陶渊明对劳动人民的态度如何？他的创作是否真实地表现了人民的情感与愿望？他的归隐是对现实的消极逃避还是对黑暗的无声反抗？他的躬耕陇亩与农民的田园耕作有没有相通之处？在新一代的古代文学研究者笔下，“每饭不忘君”不仅不能给杜甫增色反而使他损誉，是历史局限和阶级局限导致他“愚忠”。杜甫的伟大在于：“他对于人民的灾难有着深切的同情，对于国家的命运有着真挚的关心，尽管自己多么困苦，他总是踏踏实实地在忧国忧民。”[1]杜甫可贵的是“他在生活上总是向人民看齐，觉得自己比人民还是好得多。但是，不论怎样苦，也不论漂泊到什么地方，杜甫是一刻也不曾忘记国家、人民和政治的”，因而，他被推为“我国历史上最伟大的人民诗人”。[2]李白从永王璘一事再也不是有亏大节的“历史污点”，他的伟大也不在于“飘然有超世之心”，“而是他的歌唱和人民紧密的联系”，“以最深厚的同情心叙述劳动人民和他们的悲哀的命运”。[3]正是由于他真实地表现了“人民的愿望”，所以“人民到处欢迎他”。[4]白居易创作的四类诗歌——讽喻诗、闲适诗、感伤诗、杂律诗中，一向被认为在艺术

1. 郭沫若：《诗歌史上的双子星座》，《杜甫研究论文集》三辑，中华书局1963年版，第2页。
2. 萧涤非：《人民诗人杜甫》，《杜甫研究论文集》三辑，第34—36页。
3. 范宁：《李白诗歌的现实性及其创作特征》，《李白研究论文集》，中华书局1964年，第153—154页。
4. 陈贻焮：《关于李白的讨论》，《李白研究论文集》，第132页。

上不太圆熟的讽喻诗，因其广泛地反映人民的疾苦，尤其是表达了“对农民的关切”，在这一历史时期陡然身价大增，被学者们推许为“价值最高”的作品。它那“首句标其目，卒章显其志”[1]的写作手法，被过去的诗论家说成一览无余的弊病，这时则成了“主题的专一和明确”的艺术优点；它那常被人讥为“浅俗”的语言，这时则因其“语言的通俗化”而备受青睐。[2]

总之，诗论家换了一种眼光，诗人们也随之换了一副模样。

三

不幸的是，研究者由对领袖的崇敬逐渐演变为对领袖的迷信，对古代诗歌也由“首先检查它们对待人民的态度如何”逐渐变成“只是”“检查它们对待人民的态度如何”，“人民性”也因而由一种重要的价值尺度凝固为一种钦定的套子。于是，过去诗论诗话中的优秀诗人都是清一色的皇帝忠臣，1949年以后的文学史论中的优秀诗人转眼便变成了清一色的人民肖子。大家不妨去翻翻近五十年的文学史，从屈原、陶渊明、李白、杜甫、苏轼、陆游到辛弃疾，这些大诗人的诗词中所抒写的情怀无一不是同情人民疾苦、憎恶上层权贵、

---

1. 白居易：《新乐府序》，《白居易集》，中华书局1979年版，第52页。
2. 游国恩等主编：《中国文学史》第二卷，人民文学出版社1963年版，第127页。

热爱祖国山河、揭露社会黑暗等等，除了名字和年代不同以外，我们简直分不出他们各自的面孔。

我国古代这些杰出的诗人都是抒情诗人，他们既胸襟博大又个性鲜明，而且都在自己的创作中毫无矫饰地坦露真情，怎么会在我们的古代文学研究者笔下成了千人一面呢？

既然对一个诗人肯定或否定的尺度只是“检查他们对待人民的态度如何”，那么，我们那些既学养深厚又感受敏锐的古代文学研究专家，为了给自己长期景仰爱戴的诗人在文学史上争得应有的地位，就顾不得诗人自身情感体验的特点及与之相关的艺术个性，只得从这个唯一的先定前提出发，在诗人的创作中去寻找与“人民性”内涵相契合的诗歌或诗句，并将他们从其创作整体中抽离出来，加以强调、突出、放大，所以，我们在每个诗人“思想内容”的阐述中，只能看到千篇一律的爱人民、爱祖国、恨权贵这一类生硬而又抽象的“思想品德”鉴定。如一部很有影响的《中国文学史》第二卷《杜甫诗歌的思想性》一节中说：“杜甫在对待人民的态度上也达到了他以前的作家所不曾达到的高度。这就使他的作品具有高度的人民性。这有以下各方面的表现。‘穷年忧黎元，叹息肠内热’（《自京赴奉先县咏怀五百字》）——对人民的深刻同情，是杜甫诗歌人民性的第一个特征。杜甫始终关切人民，只要一息尚存，他总希望能看到人民过点好日子，所以他说‘尚思未朽骨，复睹耕桑民’。（《别蔡十四著作》）因此他的诗不仅广泛地反映了人民的痛苦生活，而且大胆地深刻地表达了人民的思想感情和要求。……‘济时敢爱死，寂寞壮心惊！’（《岁暮》）——对祖国的无比热爱，是杜甫诗歌人民性的第二个特征。正如上引诗句所表明的那样，杜甫是一个不惜自我牺牲的爱国主义者。他的诗歌渗透着爱国的血诚。可以这样说，他的喜怒哀乐是和祖国命运的盛衰起伏相呼应的。……‘必若救疮痍，先应去蝥贼！’（《送韦讽上阆州录事参军》）——一个爱国爱民的诗人，对统治阶级的各种祸国殃民的罪行也必然是怀着强烈的憎恨，而这也就是杜诗人民性的第三个特征。杜甫的讽刺面非常广，也不论对象是谁。早在困守长安时期，他就抨击了唐玄宗的穷兵黩武，致使人民流血破产。”[1]说杜甫爱民爱国这本没有错，但若像这样将他的诗歌内容归结为孤零零的爱民、爱国、憎恨统治者三条，便使人觉得杜甫的诗情单纯得近于单薄甚至单调。从这种分析阐述中，再也见不到他那“地负海涵”的博大胸襟，见不到他那“雄深浩荡”的深广诗情[2]，见不到他在自己的国家由盛转衰这一特殊历史时刻的沉郁、焦虑、痛苦和不安。研究者撇开了杜甫对时代、历史和人生独特的体验，完全以杜诗去图解“人民性”的内涵，在杜诗中寻章摘句以印证“人民性”的本质规定。

且不说像屈、陶、李、杜这样伟大的诗人，我国古代一般的优秀诗人没有一个不爱民爱国和憎恶权贵，要在他们的诗集中找出诗歌或诗句以满足符合“人民性”的基本条件并不困难。这样，他们

---

1. 游国恩等主编:《中国文学史》第二卷，人民文学出版社1963年版，第87—90页。
2. 参见胡应麟《诗薮》内编卷五，上海古籍出版社1979年版。

每个人诗歌的“思想内容”自然都是爱民爱国和揭露黑暗，好像从《诗经》一直到明清的诗人都是同一张面孔：对人民总是笑脸相迎，对权贵老是怒目而视。

四

然而，古代没有一个诗人是按“人民性”的那几条规定去写诗的，假如批评家不将诗歌或诗句从他们创作中抽离出来或断章取义，而是从整体上去把握一个优秀诗人，那么就没有一个诗人能完全符合“人民性”的规定，即使最伟大的诗人也有不合甚至违反“人民性”的地方。如被奉为“人民诗人”的杜甫，研究者常引“穷年忧黎元，叹息肠内热”名句作为他同情劳动人民的证据，可诗人就在这两句下面紧接着便说：“非无江海志，潇洒送日月；生逢尧舜君，不忍便永诀。当今廊庙具，构厦岂云缺？葵藿倾太阳，物性固莫夺。”（《自京赴奉先县咏怀五百字》）杜甫称自己忠君就像“葵藿倾太阳”那样出于内在本性，可见他的忠君与爱民都同样地自觉与真诚。对于杜甫来说，人民与皇帝并不像革命与反革命那样形同水火，爱民和忠君自然地统一于他一身；而对于以“人民性”论诗的诗论家来说，诗人既爱最高统治者又爱最底层人民这一行为的确给他们出了一个大难题，他们所持的这把“人民性”尺度只能肯定杜甫的一面而否定其另一面，因而，当代的杜甫专家总是着意渲染杜甫对包括皇帝在内的统治者的批判和憎恨，而对他那些有违“人民性”的忠君护君诗歌或者视而不见、只字不提，或者轻描淡写地说一声历史、阶级的局限，或者干脆说这是诗人的“愚忠”。大家对诗人爱民的一面大肆张扬，对他忠君的这一“历史污点”遮遮掩掩。杜甫在国家面临分裂的历史关头高唱“周汉获再兴，宣光果明哲”，讴歌“煌煌太宗业，树立甚宏达”[1]（《北征》），“圣人筐篚恩，实欲邦国活。臣如忽至理，君岂弃此物”[2]，很少有人从正面去探寻在安史之乱的历史时期，诗人这些忠君尊王的诗歌是否具有积极的社会意义和肯定的伦理内涵？是否具有稳定人心和增强凝聚力的历史合理性？也很少有人追问：忠君和爱民为什么和怎样统一于杜甫一身？这种统一具有哪些文化、历史和心理原因？将“人民性”作为唯一的价值尺度，必然只是肯定与“人民性”内涵相合的东西，而不分青红皂白地否定与“人民性”相违的诗情诗意，因此，必然会割裂和肢解诗人生命存在的整体性。

毫无疑问，优秀诗人都热爱自己的人民，但每一个优秀诗人各有其不同的生命体验的重心，因而他们诗歌的意义和价值并不一定主要体现在同情劳动人民疾苦这一点上，如果仅以同情和反映人民疾苦去裁定诗人的地位和诗歌的价值，那就像拿着圆规去测量直线的长度、拿着天平去衡量名画的价值一样，价值尺度与所衡量的对

---

1. 杜甫撰、仇兆鳌注：《杜诗详注》，中华书局1979年版，第404—405页。
2. 杜甫撰、仇兆鳌注：《杜诗详注》，中华书局1979年版，第268页。

象发生了严重的偏离。这样，当诗论家以“人民性”去品评所有诗人和诗歌时，对某些诗人造成削足适履或圆凿方枘就在所难免。如李白诗集中大部分诗篇是写饮酒、求仙、咏史、访古、漫游、狎妓等，他很少像杜甫那样正面表现重大的社会问题，也很少直接抒写对劳动人民疾苦的同情，这方面能数得出来的只有被人们反复征引的《丁都护歌》《宿五松山下荀媪家》等寥寥几首。如果套用“人民性”那几条规定，李白不仅不能与杜甫并驾齐驱，甚至还不能与白居易相提并论。显然，“人民性”这一尺度不能真正把握李白的意义和价值，但我们的古代文学研究专家又必须“首先检查它们对待人民的态度如何”，只能以此来为李白的意义和价值辩护，于是，他们只好把李白诗中所有的思想内容都牵扯到“人民性”上去。林庚先生在《诗人李白》中说，李白正值“唐代社会上的最高峰”，他“就站在那时代的顶峰”上，“一望四面辽阔，不禁扬眉吐气”，他“强烈地渴求着解放”，他的歌唱“完全是符合人民的愿望与利益的”，连李白诗中“钟鼓馔玉不足贵”“会须一饮三百杯”“一醉累月轻王侯”这些饮酒诗，也被说成是“属于人民的骄傲”，因为“它的实质却正在于那‘轻王侯’”，“它动摇了统治阶级的威势，增加了人民的对抗性的气派”。林先生还认为李白之所以能唱出人民的心声，主要是诗人始终保持着“鲜明的布衣感”——一种自觉的“平民”意识，这使李白“意识到自己与统治阶级的矛盾关系”，意识到“布衣与统治阶级的对抗性，它因此也就终于表现为‘安能摧眉折腰事权贵’那样有力的名句”。该文中的李白既有“鲜明的布衣感”，又有分明的阶级爱憎，还有明确的斗争目标，更有“自由民主”的要求。作者在该文第五节《李白的出身与民主性》中称李白是“最彻底的平民”，“生于市民阶级萌芽的唐代，也就更有根据独往独来，更有资本可以要求自由民主。”[1]林庚先生按“人民性”的要求彻底“改造”了李白，使他完全符合有关“民主性和革命性”的规定。这样一来，李白的“民主性和革命性”倒是够强的，他的“人民性”更是达到了空前的高度，只是“高”得有些吓人，“强”得叫人不敢相信。即使不同意林先生某些观点的学者，也认为“李白是以人民的眼光和立场来看待和批评”“那些气焰显赫而不可一世的淫侈的亲贵”的[2]；即使不同意林先生所谓李白诗歌表现了“盛唐气象”的“乐观情绪”的人，也认为李白诗歌中的“痛苦和愤懑的情绪”“与当时受压迫的广大人民的情绪起着和谐的共鸣”[3]。总之，不管认为李白是抒写“痛苦”还是歌吟“欢乐”，是表现“愤懑”还是“高歌奋发”，都得与人民性沾上边，都得“让”李白具有“人民的眼光和立场”，否则，李白就不可能在文学史上占有重要的地位，他所写的一切也将成为应被剔除的“封建性糟粕”。

---

1. 林庚：《诗人李白》，《李白研究论文集》，中华书局1964年版，第110—124页。
2. 胡国瑞：《评〈诗人李白〉》，《李白研究论文集》，第148页。
3. 裴斐：《谈李白诗歌》，《文学遗产》第79—80期。

五

把“人民性”作为首要和唯一的价值尺度，不仅造成诗人削足适履和生命整体的肢解，还使诗论家养成一种褊狭的气量，容不得古代诗歌中任何与“人民性”内涵不同的东西。我国古代杰出诗人在其诗歌中所表现出的那些优雅的气质、超脱的情怀、微妙的感悟和纯正的趣味，统统都被说成“封建士大夫的情调”，至于这些诗人对人生的悲剧性体验，对生命的珍惜与喟叹，对心灵的焦灼与颤栗，更是被指责为“没落贵族的情绪”；只一味推崇怒张、叫嚣、怨恨、愤懑、诅咒一类情绪，把它们视为敢于抗争的表现。在理论上虽然承认“人民性”中的“人民”是一个历史的范畴，但在具体诗人诗歌评论中，事实上又将“人民”等同于体力劳动者，尤其是占人口绝大多数的农民。由于人民性要求诗人必须表现人民的情感与愿望，诗论家又对“人民性”这一规定作了极其肤浅的理解，以致不允许一个诗人有不同于农民的情感体验和审美趣味。如二十世纪五十年代一篇论陶渊明的文章说：“这完全是一个清高之士，希冀隔绝人世，孤芳自赏。尽管陶渊明也还‘悦亲戚之情话，乐琴书以消忧’，也还‘邻曲时时来，抗言谈在昔；奇文共欣赏，疑义相与析’，也还‘相思则披衣，言笑无厌时’，但这与‘情话’者，操‘琴书’者，‘奇文共欣赏’者，‘言笑无厌时’者，当为中小地主层有闲阶级，当为失意官场的士大夫，根本不是农民。农民整年累月地劳动，绝没有此种闲情！没有和农民在一起生活，朋友又从何交起呢？何况农民也不需要他这样的朋友。至于陶渊明躬耕南亩，那只不过是‘怀良辰以孤往，或植杖而耘耔’而已。陶渊明企图以所谓劳动，衬托出‘登东皋以舒啸，临清流而赋诗’，借以显示他的孤芳自赏，显示他的隐逸，从而达到‘孰是都不营，而以求自安’。既然没有真正与农民接触，又没有实地参加劳动，因而无论在什么程度上，陶渊明也就不会具有劳动人民的思想感情。”[1]

这种望文生义的曲解，这种近乎无知的偏激，这种蛮不讲理的粗暴，这种刻薄的语言和火暴的情绪，俨然是在对陶渊明展开大批判。由此可以看出，“人民性”具有极浓厚的意识形态色彩。

以“人民性”品评死去的古代诗人也就像以财产给活着的世人划定阶级成分：其人要么是“人民”的朋友，要么是“人民”的“敌人”；其诗要么是“民主性的精华”，要么是“封建性的糟粕”。它使一个学者不能也不敢在自己的学术活动中保持价值中立、态度客观、感情淡化，更不可能保持一个学者持论的平允、胸襟的豁达和应有的宽容。不仅“采菊东篱下，悠然见南山”是“封建士大夫的闲情逸致”[2]，连“陶渊明笔下的农村”像“一些富有诗意的画幅”也成了诗人的罪过[3]，至于“何以称我情，浊酒且自陶”更是“愈来愈灰色”了[4]，这些荒谬得近于离奇的论调，竟然都是出自我们那些文质彬彬

1.《陶渊明讨论集》，中华书局1961年版，第40—41页。

2.《陶渊明讨论集》，中华书局1961年版，第123页。

3.《陶渊明讨论集》，中华书局1961年版，第50页。

4.《陶渊明讨论集》，中华书局1961年版，第14页。

的学者笔下，这就使人感到十分痛心了。由于当时的农村存在着剥削和压迫，陶渊明把田园“形容得那样恬美”便是有意“美化”丑恶的现实[1]；由于农民既不能欣赏“奇文”，也不能分析“疑义”，陶渊明“奇文共欣赏，疑义相与析”便是故作清高[2]，这些无知的言论都不是出自无知者之口，而是摘自我们十分敬重的那些学界前辈的论文，这就不得不引人深思。

把“人民性”作为首要和唯一的尺度，还使得诗论家们视野狭隘，两眼除了紧紧盯着是否同情人民和反抗权贵以外，他们在古代诗人的诗集中再也见不到任何东西，因而得出的结论也就偏颇可笑。如称陶渊明“替人民说话太少”，甚至比起白居易来也“藐不足道”[3]，否定陶渊明和肯定陶渊明的学者，都只能围绕在他写了多少诗“替人民说话”这一焦点上争来争去，双方都不可能跳出这个框框去看看除“替人民说话”之外，陶渊明还说了一些什么其他的东西。如陶渊明对生命的深度体验，他在饥寒之忧、陇亩之勤、居常之念中，经由忧勤克己的功夫而臻于洒落悠然的境界，解脱了穷达、成败、贫富乃至生死的束缚，实现了自我的超越与精神的自由，其人生表现出一种无所利念的洒脱，一种无所欠缺的圆满，在我国古代的伟大诗人中只有他才达到这种人生的化境——既任真肆志又固穷守

1.《陶渊明讨论集》，中华书局1961年版，第64页。

2.《陶渊明讨论集》，中华书局1961年版，第40页。

3.《陶渊明讨论集》，中华书局1961年版，第8页。

节，既洒落悠然又尽性至命。这是陶渊明生命体验的重心，也是他的主要意义和价值之所在。可是，只允许运用“人民性”这唯一的价值尺度，诗论家便只有一种视角，除了爱人民与恨权贵，古代诗人的其他精神向度完全在诗论家的视野之外。又如另一大诗人李白，他正面写同情劳动人民的诗歌，在数量上不仅比不上杜甫、白居易，甚至还比不上张籍、王建，但谁能说李白在文学史上的地位比不上白居易、张籍、王建呢？如果比得上这三位中唐诗人，他又是凭什么奠定了自己在文学史上的崇高地位呢？由于诗论家不能越“人民性”的雷池一步，因而也就不可能在同情人民和蔑视权贵之外，去探询李白的价值何在。在盛唐诗人中，只有李白才充分秉有时代赋予的双重品格：既想在外在世界承担历史责任，又想在心灵世界享受精神自由。他所执着的这两种人生追求都活跃在当时民族情绪的深层结构之中，是盛唐时代精神中涌动的两大激流。然而，这两种追求在当时的历史条件下又是鱼和熊掌不可得兼的东西。李白想成就一番政治上的大业，又不想低下自己高贵的头，不愿失去自己精神的自由，这不仅使他在外在世界碰得头破血流，也使他的内心世界长期处于不同情绪的矛盾冲突之中。不过，正是这两股时代潮流在李白身上同时汇聚，在他心灵世界掀起情感的巨澜，时而把他推向欢乐的绝顶，时而把他扔进痛苦的深渊，使他能同时体验人生的大喜与大悲，他才得以把处在封建社会鼎盛时期，我们这个伟大民族昂扬向上的民族活力推向顶峰。他那猛烈豪放的情感，那奇特丰富的想象，那冲口而出的天才，那绝妙天然的语言，都以他生命力的旺盛强悍和精神的昂奋勃发为其前提。李白的伟大主要不在于他对某一对象的歌颂或揭露，也不在于他对人民的同情与对权贵的蔑视，而在于他通过个体生命的激扬深刻地表现了中华民族伟大的民族活力。他的意义不仅仅限于唐代，而是属于整个民族的过去与未来，就其精神的巨大创造力而言，他无疑属于全人类。李白的意义和价值远远超越了“人民性”所划定的范围，仅从这一视角当然也就发现不了他真正的意义与价值之所在。

六

二十世纪初期引进“人民性”这一价值尺度后，对古代诗人和诗歌评价的基点由“忠君”转向了“爱民”，这无疑是一种历史的进步；而且它给诗论家提供了一种新的视角，按理说应该给古代诗歌研究带来繁荣。可事实上前几十年不仅没有留下多少沉甸甸的研究成果，反而在该领域留下了丛丛弊端和一片荒芜。

我们丝毫不认为这一价值尺度本身有什么问题，也不怀疑在该领域耕耘的前辈学者对这一价值尺度的虔诚态度，更不敢菲薄前辈学者的学识素养，我们只是想叩问历史：问题出在哪儿？我们应从中吸取哪些启示和教训？

首先，在研究古代诗人和诗歌的时候，任何一种理论范畴都不能作为一种统一甚至唯一的价值尺度。古代诗歌尤其是抒情诗歌所抒发的是诗人无限丰富复杂的情感意绪，没有一种“放之四海而皆准”的范畴可以涵盖和笼罩所有对象。如果只用一种尺度去品评一切古代诗人和诗歌，那么这种尺度必定僵化为生硬的套子，对研究对象只能削足适履或圆凿方枘，把个性各异的诗人弄成死板同一的面孔，把姿态万千的诗歌解释成千篇一律的模式。

其次，必须剥离批评尺度的意识形态色彩，在意识形态的范围中研究者会自觉或不自觉地屈从于政治的需要，使古代诗歌研究成为政治的附庸，以曲解、肢解或误解古代诗人来附和时下的政治权威，这样，自由的思考和独立的判断就成了空话，研究者也无从保持价值中立、感情淡化和持论平允。

时代即将跨进二十一世纪的门坎，这一段令人沉闷窒息的学术历程也将成为历史。我们之所以特地在这儿重提旧事，就是为了避免今后的古代诗歌研究重蹈覆辙。

原刊《反思与超越——20世纪中国文学与理论批评国际学术研讨会论文集》

华中理工大学出版社2000年

文化认同与文化转型

——张之洞与福泽谕吉《劝学篇》的比较分析

一、问题的提出

福泽谕吉的《劝学篇》1876年成书后，便立即受到明治天皇的嘉许；张之洞的《劝学篇》成书于1898年，主张变法的光绪和反对变法的慈禧太后，同时都对此书大加赞许。中日在十九世纪末先后完成的这两部同名著作，在各自的国家都产生了巨大的社会反响，上自皇朝下至百姓都广为传诵。它们成书的动因都是对强势西方文化的一种"应战"，成书的目的都是为了各自国家的独立富强。在中国内地早有学者从不同角度对二书进行过比较[1]，本文拟通过对它们的分析比较，以探讨文化认同与文化转型的关系。

提出这一问题的间接原因，是近些年来现代新儒家和新文化保守主义者，常借所谓反思启蒙的“理性宰制”、批判“五四”的文化虚无主义、指责西方的“文化霸权”，提出“告别”或“超越”启蒙，重新肯定所谓“东方价值观”，主张重回传统“返本开新”，似乎传统儒学不仅可以在中国“开出”现代文明，甚至连西方工业文明产生的现代病也要靠儒学来解救。当我们乐观地预言二十一世纪是儒学的世纪时，这种传统文化认同的背后是否隐藏着同样强烈的虚骄之气？当我们重提“返本开新”时，这种主张是否就是变相的排斥西方文明？谁能保证我们返回儒学之“本”就将“开出”现代文明之“新”？

提出这一问题的直接原因，是受到杜维明先生与黄万盛先生一篇对话《启蒙的反思》的启发和刺激。对于十九世纪末那场日本维新与中国变法的成败，杜维明先生说“现在学术界，特别是日本和韩国的学者”认为，“日本所以在这方面比较成功，有一个重要因素……就是儒学的普世化。儒学进入教育制度是明治时代才开始的，在德川幕府时代，儒学是精英文化，只是在上层结构中才有

1. 参见赵人俊《从两本〈劝学篇〉透视十九世纪后期中国和日本的西学观》,《上海社会科学院季刊》1989年第8期；陈山榜《福泽谕吉〈劝学篇〉与张之洞〈劝学篇〉之比较研究》,《外国教育研究》1989年第4期。

影响，到了明治，儒学深入民间了，儒学资源被充分调动。明治的志士都深受儒家影响，包括福泽谕吉，他的儒学背景相当深厚，这方面已有不少例证”。[1] 原来明治维新的成功竟然是日本志士在对儒学“文化认同基础上”、在“儒学资源被充分调动”情况下取得的，而中国变法失败“基本的问题是在调动传统资源方面没有办法发挥任何积极力量”所致！按杜先生的说法，日本明治维新成功是认同我们传统儒学的善报，中国变法失败则是我们自己不认同老祖宗儒学的恶果。这一论断与我们过去对此事的认知大相径庭，因此我试图通过中日这两位同龄人产生于同一历史时期的同名著作的比较分析，来探寻传统文化认同与文化现代转型这二者之间的深刻关联。

二、文化外衣与精神血脉

虽然儒学在很长的历史时期内是日本国家的意识形态，虽然儒家伦理很长时期里还曾是日本百姓日常生活的行为准则，虽然不少日本人推尊周公、孔子，但在日本人潜意识深处，以儒学为代表的“汉学”一直只是“他者”，他们只是将华夏儒、道作为可供汲取的外来文化，对儒学并没有精神上的皈依，更没有“误将他乡作故

---

1. 杜维明、黄万盛:《启蒙的反思》,《开放时代》2005年第3期。

乡”，这从日本很早就喊出的“和魂汉才”口号就能窥见个中秘密，就是说华夏的儒学并非大和民族的灵魂。早在十八世纪，日本的“国学”学者贺茂真渊、本居宣长、平田笃胤等人就极力张扬“日本精神”“复古神道”。“真渊排斥儒教和佛教的理由也在于这些外来思想使人们有了小聪明，由于它们教导人为的礼和制度，使人们丧失了‘雄壮之心’‘直心’。”[1]贺茂真渊还在《国意考》中指责“儒道真是只能乱国”[2]，本居宣长认为儒学使日本人变得“慧黠矫饰”，倡导以复古神道来重新唤起日本“大丈夫雄壮之心”[3]。中国有个成语叫“数典忘祖”，日本学者和平民既未忘“典”更未忘“祖”，笃胤在《古道大意》中提醒国民：“为人必须知人之道，知人之道必须先知其父母祖先，于国体有所认识。知国体不可不知国家之始，天地开辟的由来，君臣的差别，人所常守之道的顺序，一切治天下之道皆全从此起。又知国家之始，天地开辟的由来，不可不读我国神典。神典者，《日本书纪》《古事记》开始，及其他我国古典之谓。”[4]

可见，儒学不过是日本暂时披上的一件文化外衣，只要时机成熟他们随时都可轻易将它脱下，以换上另一套更新更好的文化外衣。福泽谕吉对儒学的态度就很有代表性，他认为日本要迈向文明

---

1. 永田广志：《日本哲学思想史》，商务印书馆1978年版，第153页。
2. 永田广志：《日本哲学思想史》，商务印书馆1978年版，第153页。
3. 永田广志：《日本哲学思想史》，商务印书馆1978年版，第157页。
4. 平田笃胤：《古道大意》，引自朱谦之《日本哲学史》，人民出版社2002年版，第111页。

就得摆脱儒学对日本的禁锢，日本人不能再做“汉儒”的“精神奴隶”：“儒教在后世愈传愈坏，逐渐降低了人的智德，恶人和愚者越来越多，一代又一代地相传到末世的今天，这样发展下去简直就要变成了禽兽世界，这是和用算盘计算数字一样准确。幸而人类智慧进步的规律，是一种客观的存在，决不像儒者所想象的那样，不断涌现胜于古人的人物，促进了文明的进步，推翻了儒者的设想。这是我们人民的大幸。”[1]他觉得在日本文化荒芜匮乏的时候，移植华夏文化是一种不得已的正确选择，当人快要饿死时连糠麸也可以充饥，当能够弄到美食的时候就应马上倒掉这些糠麸，所以他在《脱亚论》中提出日本“脱亚入欧”的口号，在《文明论概略》中他形象地说：“在西洋所谓 Refinement，即陶冶人心，使之进于文雅这一方面，儒学的功德的确不小。不过，它只是在古时有贡献，时至今日已经不起作用了。当物资缺乏时，破席也可以作被褥，糠麸也可以抵食粮，更何况儒学呢？所以过去的事情不必追究了。从前用儒学来教化日本人，如同把乡下姑娘送到府第里服务一样。她们在府第里必然学会举止文雅，聪明才智也可能有所增长，但活泼的精神完全丧失，而变成一个不会管家务的无用的妇女。因为当时，还没有教育妇女的学校，所以到府第里去服务也未尝没有道理。可是在今天，就必须衡量其利害得失而另定方向了。”[2]

---

1. 福泽谕吉:《文明论概略》，商务印书馆1959年版，第148—149页。

2. 福泽谕吉:《文明论概略》，商务印书馆1959年版，第149页。

福泽谕吉年轻时对汉学尤其是儒家文化下过一番苦功，据说《左传》他读过十一遍之多，可他不仅对华夏文化毫不领情，对儒学还有一种用过即扔的冷酷势利，成年后更对中国和儒学都充满鄙夷与不屑，在他的文章著作中常常批评儒学的固陋，嘲笑中国人的颟顸无知。福泽谕吉在其自传中称自己是一个“读过大量汉文书的人，却屡次抓住汉学的要害，不管在讲话或写作上都毫不留情地予以攻击，这就是所谓的‘恩将仇报’。对汉学来说，我确实是一个极恶的邪道。我与汉学为敌到如此地步，乃是因为我深信陈腐的汉学如果盘踞在晚辈少年的头脑里，那么西洋文明就很难传入我国”[1]。《文明论概略》明确提出日本应以西洋文明为学习的目标，《劝学篇》指定所学的对象当然也不再是儒家经典，而是他非常向往的西洋文化。无论是《劝学篇》还是《文明论概略》，处处都流露出作者“厌弃”儒学和“羡慕西方文明”的价值取向，福泽谕吉要急忙脱下儒学这件老式“长袍”，匆匆换上西洋那套时髦“西服”，“和魂汉才”也一下子变成了“和魂洋才”。

自汉以后一千多年来，儒学逐渐成为华夏文化的主干，成为历朝历代官方的主流意识形态。对中国那些饱读儒家诗书的士人来说，儒学更是塑造了他们的文化心理，事实上已成了他们的“精神血脉”，而不是一件可以随便穿脱的外衣，更不是一种可有可无的外在装饰。当传统文化受到西方文化猛烈冲击时，当儒学的核心价

1. 福泽谕吉:《福泽谕吉自传》，商务印书馆1980年版，第68页。

值受到严重威胁时，他们内心的焦虑、紧张可想而知，因为他们赖以安身立命的价值准则一旦毁弃，那就不仅意味着国家的天崩地裂，个人也不知身寄何处，而且严重威胁着民族的认同与自我的认同。儒学是我国传统士人的“精神血脉”，士人是传统文化命脉之所寄，儒学精神主要不是保存在儒家经典里，而是活在士人的思维方式与行为模式中，从这个意义上说，儒学的文化认同与士人的自我认同是统一的。自古以来，中华民族的民族认同与个体的自我认同的重要依据便是文化，华夷之辨的准绳不是血统而是礼仪，“有礼仪之大故称夏，有服章之美谓之华”。辨别华夏与夷狄的标准既然是衣冠、礼仪、语言，那么“诸侯用夷礼则夷之，进于中国则中国之”[1]，反过来，诸夏用夷狄之礼则夷狄之。

因此，先辈对传统文化极度依恋甚至固执的心态，身为后人应有一份理解与同情。鸦片战争尤其是甲午战争割让台湾后，感到无比震惊、惶恐和困惑的士人，也只是勉强承认我们只在“淫巧技艺”上不如西方，而我国的纲常、名教、学问、文章这些圣人之“道”则优于西方，前者不过是“形而下之器”，后者则属“形而上之道”，“器”可随时而变，“道”则万古不易。即使变法也只能变科技、工艺，最多也不过变一变权宜的法政制度，而绝不可变孔孟之道。这不仅是保守派人士的主张，也是许多改良派同仁的共同看法，如邵作舟的《邵氏危言·译书》说：“中国之杂艺不逮泰西，而道德、学

1. 韩愈撰、马其昶校注：《韩昌黎文集校注》，上海古籍出版社1986年版，第17页。

问、制度、文章，则夐然出于万国之上。”[1]士人也普遍明白国家必须学习西方以自强，但自强不能以废“道”弃“本”为代价，郑观应是清末一位十分清醒理性的士人，可他在《盛世危言新编》中同样说：“道为本，器为末；器可变，道不可变。庶知所变者，富强之权术而非孔孟之常经也。”[2]

中国人自古就有一种文化上的优越感，并将文化认同与民族认同完全等同，这导致我们学习西方文化就难免产生“以夷变夏”的焦虑，面对先进的西方文化就有一种被夷所化的恐惧。为了缓解这种焦虑，为了消释这种恐惧，也为了民族和个人的自尊，当时走在时代最前列的梁启超也常引孔子“天子失官，学在四夷”的名言作为论据，论证西方现在的科学技术、法律制度、学校礼仪等，中国古已有之，天子失官后才流落四夷，“有土地焉，测之，绘之，化之，分之，审其土宜，教民树艺，神农后稷，非西人也”[3]，所以学习现代文化并不是向西方学习，不过重新找回老祖宗过去创造而现在失传了的东西。这些在今天看来近似痴人说梦，在当时却是社会精英的共识。

儒学和西学对日本来说，都是其他民族的舶来品，所以他们能以实用理性的态度进行取舍。当他们认为西方文化是当时最先进的

1. 邵作舟：《邵氏危言》，中华书局1977年版，第45页。
2. 郑观应：《盛世危言新编》，上海古籍出版社2008年版，第189页。
3. 梁启超：《变法通议》，华夏出版社2002年版，第182页。

文化，儒学只是“半开化”“半落后”的文化时，福泽谕吉便能够轻松地脱掉来自中国儒学的“长袍”，换上当时刚刚引进的西方文化这套“西服”。张之洞和那时许多士人一样，很难坦然地承认华夏文化落后于“泰西”。张之洞在民族和文化都处于危难时刻，还要打肿脸充胖子，自称华夏为“神明胄裔种族”，“其地得天地中和之气，故昼夜适均，寒燠得中。其人秉性灵淑，风俗和厚，邃古以来称为最尊最大最治之国。文明之治，至周而极”。[1]如此“神明”的种族，如此“灵淑”的人民，如此“文明”的国度，何必谦卑地学于“四夷”？更何苦要“以夷化夏”？即使不得不承认现实的落后贫弱，仍然还要不服输地说：“老子从前比你们阔多了。”我们民族在历史上长期扮演文化输出者和教化者的角色，久而久之，对自己文化便由自信变为自大，由自大变为虚骄。这样，传统文化资源事实上成了文化更新的负担和累赘。

三、以平等独立为先与以三纲五常为本

福泽谕吉少年时代受到儒学的濡染很深，青年时期又接受西方文化的洗礼，并几次出洋目睹欧美各国社会现实，这使他对汉、洋文化的长短优劣有深切感受，这也使他后来猛烈抨击儒家的“道德

1. 张之洞：《劝学篇》，中州古籍出版社1998年版，第74页。

纲常”，对“在封建时代，人与人之间，有所谓君臣主仆的关系支配着社会”极为反感。[1]“福泽在社会价值上对统治者勇猛批判和关于消除官尊民卑弊端的主张，在明治初年至他晚年约三十年的论著中是一贯的。”[2]福泽的见识超过常人之处在于他更进一步追问：“政府的专制是怎样来的呢？即使政府在本质里本来就存在着专制的因素，但促进这个因素的发展，并加以粉饰的，难道不是儒者的学术吗？自古以来，日本的儒者中，最有才智和最能干的人物，就是最巧于弄权柄和最为政府所重用的人。在这一点上，可以说汉儒是老师。”[3]

福泽痛感专制造成人民没有独立品格、缺乏平等意识、丧失自由精神，所以强调独立、平等和自由成了他《劝学篇》的中心主题。在他看来，“劝学”之所学“并不限于能识难字，能读难读的古文，能咏和歌和做诗”[4]，关键在于让人明白独立、平等、自由的可贵，让人知道争取独立、平等、自由的途径，他把这些视为一个人做人的“本分”。一个人要明白这些事理就必须“求学”，“这就是学问所以成为首要任务的原故”，这也是他写作《劝学篇》的主要原因。[5]

《劝学篇》第一章就开门见山：“天不生人上之人，也不生人下

---

1. 福泽谕吉:《文明论概略》，商务印书馆1959年版，第147页。
2. 远山茂树:《福泽谕吉》，中国社会科学出版社1990年版，第14页。
3. 福泽谕吉:《文明论概略》，商务印书馆1959年版，第147页。
4. 福泽谕吉:《劝学篇》，商务印书馆1958年版，第3页。
5. 福泽谕吉:《劝学篇》，商务印书馆1958年版，第6页。

之人，即天生的人一律平等，不是生来就有贵贱上下之别的。”[1]封建社会就是一个等级制的社会，人一生下来就处在世袭的等级格局之中。在日本幕府时代，平民冠姓和骑马都是非法的，且不说人与人之间的不平等，“将军饲养的鹰比人还要尊贵，在路上碰到‘御用’的马就要让开，总之只要加上‘御用’两个字，就是砖石瓦片也看成非常可贵的东西”，人们对此“一方面虽然憎恶，一方面又自然相习成风，从而在上下之间造成恶习”。福泽在该书中反复阐述人人平等的道理：“就人与人之间的均衡一致而论，我们不能不说人与人是平等的。但是这种平等并不是现象形态上的平等，而是基本权利上的平等。”[2]

从阐述人与人之间的平等，他又进而推论到国与国之间的平等：“人们无论贫富强弱，又无论人民或政府，在权利上都是没有差别的。兹再推广此意来讨论国与国的关系：国家是由人民组成的，日本国是由日本人组成的；英国是由英国人组成的。既然日本人和英国人都是天地间的人，彼此就没有妨害权利的道理。一个人既没有加害于另外一个人的道理；两个人也没有加害于另外两个人的道理；百万人、千万人也应该是这样。”国与国之间就和人与人之间一样，“国家虽有贫富强弱之别，但如现在有些国家想凭仗富强之势欺负弱国，则和大力士用腕力拧断病人的手腕一样，就国家权利来说

---

1. 福泽谕吉:《劝学篇》，商务印书馆1958年版，第1页。

2. 福泽谕吉:《劝学篇》，商务印书馆1958年版，第7页。

是不能容许的”。[1]

他说每个人都不可恣情放荡妨害他人的权利与自由，同样要是别人妨害了自己的权利与自由，也要不顾一切地奋起反抗：“依凭天理，个人和国家都是应当自由和不受拘束的。假如一国的自由遭到妨害，就是与全世界为敌也不足惧，假如个人的自由遭到妨害，则政府官吏亦不足惧。”[2]这简直就是西方人“不自由，毋宁死”的日本翻版。

就个人方面来说，思想自由源于怀疑精神，怀疑精神需要个人有挑战权威——尤其是思想权威的勇气，轻信盲从正是由于对权威的畏惧胆怯，平民这种畏惧怯懦又是在长期不平等的社会制度中形成的。“追溯西方各国所以能有今天的文明的根源，可以说都是从怀疑出发。”[3]他举例说，“美国人民怀疑英国成文法的束缚，起来反抗，终于走向了独立自主的道路。……今天一般人都认为男子主外，女子治内，好像是天经地义，但密勒的‘妇女论’则主张打破这一万古不变的陋习”。在欧美，“一种议论产生，就有另一种学说来驳倒它，异说纷纭，不知其极。较之亚洲人民轻信虚妄之说，为巫蛊神鬼所迷惑，一闻所谓圣贤之言即随声附和，万世之后还不敢逾越，其品行之优劣，意志之勇怯，实不可同日而语”[4]。

1. 福泽谕吉：《劝学篇》，商务印书馆1958年版，第10—11页。
2. 福泽谕吉：《劝学篇》，商务印书馆1958年版，第4页。
3. 福泽谕吉：《劝学篇》，商务印书馆1958年版，第72页。
4. 福泽谕吉：《劝学篇》，商务印书馆1958年版，第73页。

因此，福泽在《劝学篇》中着墨最多的便是如何养成勇敢独立的品格。在当时的日本，国家的独立和个人的独立都非常紧迫，福泽的可贵之处在于他将个人独立置于国家独立之前，他认识到，个人独立是国家独立的必要条件，没有个人独立国家独立就无从谈起。《劝学篇》第三篇的小标题就是《人人独立，国家就独立》，作者认为虽然“国与国是平等的，但如国人没有独立的精神，国家的权利还是不能伸张”。他从三个方面阐述这一观点：“一、没有独立精神的人，就不能深切地关怀国事”，“二、在国内得不到独立地位的人，也不能在接触外人时保持独立的权利”，“三、没有独立精神的人会仗势欺人”。独立的精神就是“没有依赖他人的心理，能够自己支配自己”。[1]福泽批评孔子“民可使由之，不可使知之”的愚民思想：“如果人人没有独立之心，专事依赖他人，那么全国都是些信赖人的人，没有人来负责，这就好比盲人行列里没有带路的人，是要不得的。有人说‘民可使由之，不可使知之’，假定社会上有一千个瞎子和一千个明眼人，认为只要智者在上统治人民，人民服从政府的意志就行。这种议论虽然出自孔子，其实是大谬不然的。”[2]福泽谕吉提醒世人，如果人民在国内没有独立的精神，国家在世界就没有独立的可能，当士农工商等各行各业的人都独立起来了的时候，就用不着担心国家不能独立于世界民族之林。福泽的结论是：“政府与

---

1. 福泽谕吉：《劝学篇》，商务印书馆1958年版，第11页。
2. 福泽谕吉：《劝学篇》，商务印书馆1958年版，第12页。

其束缚人民而独自操心国事，实不如解放人民而与人民同甘共苦。”[1] 为了使“全国充满自由独立的风气”，他特地写了专篇《论学者的本分》。他认为学者应该“站在学术的立场”，“协助政府完成独立”，学者不应该“羡慕官，依赖官，害怕官，谄媚官”[2]，学者要树立刚正不阿傲然独立的正气。

福泽将个体的自由独立视为文明社会的核心价值：“人民若是没有独立的精神，那些文明的形式也就终于会成为无用的长物了。”[3] 日本的远山茂树因此对这位启蒙先师充满敬意：“福泽所作的启蒙的卓越之处恰恰在于与维新政府的国家的独立在先个人的独立在后、社会的文明在先个人的文明在后、培养统治者在先教化被统治者在后这一开化政策的程序反道而行，紧紧抓住个人的独立、个人的文明和对小民的教化这些所谓‘来自下面’的问题。”[4]

与福泽谕吉之张扬个体自由、平等、独立这些现代文明的核心价值恰恰相反，张之洞极力维护传统专制社会的三纲五常，不仅把“君为臣纲，父为子纲，夫为妻纲”，当作“出之于天”的“道之大原”，“天不变，道亦不变”；而且还把是否遵循伦纪纲常作为判定华夷人兽的标准：“五伦之要，百行之原，相传数千年，更无异义。圣人所以为圣人，中国所以为中国，实在于此。”由此他推出的结论

---

1. 福泽谕吉：《劝学篇》，商务印书馆1958年版，第15页。
2. 福泽谕吉：《劝学篇》，商务印书馆1958年版，第18页。
3. 福泽谕吉：《劝学篇》，商务印书馆1958年版，第28页。
4. 远山茂树：《福泽谕吉》，中国社会科学出版社1990年版，第45页。

是："故知君臣之纲，则民权之说不可行也；知父子之纲，则父子同罪免丧废祀之说不可行也；知夫妇之纲，则男女平权之说不可行也。"[1]

为了否定人与人的平等，张之洞在《劝学篇》内篇《明纲》中还强词夺理地说："西国"和华夏一样固有"君臣之伦""父子之伦""夫妇之伦"，并威胁说若不认同"三纲"，就既自外于中国也自外于人世，成了"非驴非马"的怪物，"吾恐地球万国将众恶而共弃之也"。[2]张之洞的逻辑将绝大多数中国人陷于人生选择的两歧：要做中国人，就得谨守三纲五常的核心价值，要是否定三纲五常，就不配做一个中国人，甚至就变成了"非驴非马"的怪兽。

张氏在《劝学篇》内篇《正权》是一篇"奇文"，主旨是为了伸官权而灭民权，认为民权是国家"召乱"之源："今日愤世疾俗之士，恨外人之欺凌也，将士之不能战也，大臣之不变法也，官师之不兴学也，百司之不讲求工商也，于是倡为民权之议，以求合群而自振。嗟呼！安得此召乱之言哉！民权之说，无一益而有百害。"[3]文中反复论述"民权""无一益而有百害"。[4]他举出的四条倡导"民权""无益"的理由，没有一条是站得住脚的，其中第三条理由尤其荒唐："若尽废官权，学成之材既无进身之阶，又无饩廪之望，其谁肯来

---

1. 张之洞:《劝学篇》，中州古籍出版社1998年版，第70页。
2. 张之洞:《劝学篇》，中州古籍出版社1998年版，第71页。
3. 张之洞:《劝学篇》，中州古籍出版社1998年版，第85页。
4. 张之洞:《劝学篇》，中州古籍出版社1998年版，第85页。

学者？”[1]这不知是哪家的逻辑，倘若废除了当官的特权，学成当官又捞不到什么好处，那谁肯忍受头悬梁锥刺股的苦头发愤读书呢？张之洞就是这样给青矜学子“劝学”的：好好学习吧，学好就能升官发财，就能光宗耀祖，就可以骑在没有“民权”的百姓头上作威作福！两千年之前，荀子“劝学”是希望后辈才智上“青出于蓝”；两千多年之后，张之洞“劝学”竟然是诱之以“进身之阶”和“饩廪之望”，真不知“今夕何夕”！在一个民权日涨的时代，民族精英“劝学”却在诅咒民权，除了一声叹息，还能说什么呢？

张之洞接着从“学术”的角度，分析西方并无“民权”的推论更是“绝妙”：“近日摭拾西说者甚至谓人人有自主之权，益为怪妄。此语出于彼教之书，其意言上帝予人以性灵，人人各有智虑聪明，皆可有为耳，译者竟释为人人有自主之权，尤大误矣。泰西诸国，无论君主、民主、君民共主，国必有政，政必有法，官有官律，兵有兵律，工有工律，商有商律，律师习之，法官掌之，君民皆不得违其法。政府所令，议员得而驳之。议院所定，朝廷得而散之。谓之人人无自主之权则可，安得曰人人自主哉！”[2]中国与福泽同时的堂堂朝廷大员和社会精英，竟然发出如此荒谬无知的高论，我们除了悲哀之外还有什么可说的呢？

在张之洞看来，中国百姓就不能自己给自己做主，就不能享有

---

1. 张之洞:《劝学篇》，中州古籍出版社1998年版，第85页。
2. 张之洞:《劝学篇》，中州古籍出版社1998年版，第86页。

人人平等的权利，他将“人皆自主”看成洪水猛兽：“夫一哄之市必有平，群盗之中必有长，若人皆自主，家私其家，乡私其乡，士愿坐食，农愿蠲租，商愿专利，工愿高价，无业贫民愿劫夺，子不从父，弟不尊师，妇不从夫，贱不服贵，弱肉强食，不尽灭人类不止。”[1]人与人之间一享有平等，中国就将灭亡，人类就要灭绝，谁还敢再提倡人人平等呢？人的平等是人的自由与独立的必要条件，连人与人的平等都要扼杀，更何谈人的自由与独立呢？一旦人人平等就要“尽灭人类”，一旦人人自由独立宇宙岂不爆炸？

张之洞在《劝学篇》中大声疾呼“保国家”“保圣教”“保华种”，我们一点也不怀疑他的热忱与真诚，但问题是：在一个百姓连平等也无法享有的奴隶国度，它的臣民谁有热情去保卫如此黑暗的国家？任意剥夺自己人民平等、自由、独立等基本权利的国家又值得谁来保卫？张氏所要保的“圣教”既然是放之四海而皆准的“天道”，怎么还需要别人来保护呢？谁要是不接受儒学“三纲五常”的文化认同，谁就被踢出了“华种”之外，保护这种天生只配做奴隶的“华种”有什么价值？再说，要是“华种”生下来就得认同“三纲五常”做贱民，除了自虐狂以外谁还愿意成为“华种”？

---

1. 张之洞：《劝学篇》，中州古籍出版社1998年版，第86页。

四、汲取精髓与猎得皮毛

对比一下福泽与张之洞的《劝学篇》，不难看出福泽与张氏对西方文化认识的浅深与对传统文化态度的差异。

西方现代社会是以个人优先的社会，个体概念蕴含着现代社会的大部分秘密。传统封建社会中的个人从属于宗族和国家，现代社会中的个人则是自立的个体，因此个人的平等、自由、独立，是西方现代文明的核心价值。

福泽将个人平等、独立置于国家的平等、独立之上，可谓深得西方文化的精髓。他在《劝学篇》第十一篇《论名分产生伪君子》中，彻底否定了汉儒所提倡的“上下尊卑的名分”。[1] 他宣称不管是“身居宫殿”的“诸侯贵族”，还是“在陋巷暗室赁房居住”的“脚夫苦力”，不管是“身强力壮的摔跤壮士”，还是“体质娇弱的卖笑娼妓”，他们的“基本权利”是“完全平等”的。[2] 鉴于当时的日本“闭塞言路与妨害活动不只是政府的弊病，还普遍流行于全国人民之间”，便大力向政府和社会疾呼：“言论应听其自由，活动应听其自由。”[3] 至于培养全民独立的精神，更是《劝学篇》的中心论旨，上文已有所论述。

---

1. 福泽谕吉：《劝学篇》，商务印书馆1958年版，第54页。
2. 福泽谕吉：《劝学篇》，商务印书馆1958年版，第7页。
3. 福泽谕吉：《劝学篇》，商务印书馆1958年版，第66页。

福泽非常清醒地认识到："文明有两个方面，即外在的事物和内在的精神。外在的文明易取，内在的文明难求。""所谓外在文明，是指从衣服饮食器械居室以至于政令法律等耳所能闻目所能见的事物而言。"[1]他所说的"内在文明"，则是指一种文化的核心价值。他说仅仅在衣、食、住、行等方面模仿西洋的样式，还只是猎得西方文化的皮毛，根本没有把握西方文化的真精神。他反复强调汲取西方文化不能只重外表："一国的文明程度不能从外表来衡量，所谓学校、工业、陆海军等，都只是文明的外表，达到这种文明的外表，并非难事，只要用钱就可以买到。可是在这里还有一种无形的东西，眼睛看不到，耳朵听不到，既不能买卖，又不能借贷；它普遍存在于全国人民之中，作用很强。要是没有这种东西，国家的学校、工业、海陆军等等也就失去效用，真可以称之为'文明的精神'，它是一种极其伟大而又重要的东西。这究竟是什么呢？就是人民的独立精神。"[2]为此，福泽激烈批评中国只学习西方文化外表的做法："中国也骤然要改革兵制，效法西洋建造巨舰，购买大炮，这些不顾国内情况而滥用财力的做法，是我一向反对的。这些东西用人力可以制造，用金钱可以购买，是有形事物中的最显著者，也是容易中的最容易者，汲取这种文明，怎么可以不考虑其先后缓急呢？"[3]

1. 福泽谕吉:《文明论概略》，商务印书馆1959年版，第12页。

2. 福泽谕吉:《劝学篇》，商务印书馆1958年版，第23页。

3. 福泽谕吉:《文明论概略》，商务印书馆1959年版，第12页。

其实，清末这种只知模仿西方文化外表的做法，不只是遭到福泽的批评嘲讽，连慈禧太后也看出了清朝学习西学的弊端："舍其本源而不学，学其皮毛而又不精。"[1]对西方文化"舍其本源"而"学其皮毛"，张之洞《劝学篇》是当时这种社会倾向的理论反映。

张氏毕竟是晚清"少有大志"的才智之士，他对西方文化的认识和学习态度，比那些僵硬固陋的文化保守派高出很多，他不仅不再把西方的科技工艺看作"奇技淫巧"，反而视为使社会走向"教养富强之实政"，而且更认识到倘若"政治之学不讲，工艺之学不得而行"[2]。他从模仿西方的工艺科技，进而主张学习西方的政治法制，并在《劝学篇·序》中指出："西艺非要，西政为要。"[3]"大抵救时之计，谋国之方，政尤急于艺。"[4]不过，他吸收的只是西方文化的外表，而绝不允许西方文化颠覆中国的等级制度，不允许改变中国的封建社会结构，不允许人人平等、"男女平权"，不允许个体的自由与独立。他在《劝学篇·变法》中说得极为明白："法者，所以适变也，不必尽同；道者，所以立本也，不可不一。"[5]他在该文中清楚地阐述了什么可变什么不可变："夫不可变者，伦纪也，非法制也；圣道

---

1. 朱寿朋编、张静庐等点校：《光绪朝东华录》第二册，中华书局1984年版，第147页。
2. 张之洞：《劝学篇》，中州古籍出版社1998年版，第112页。
3. 张之洞：《劝学篇》，中州古籍出版社1998年版，第43页。
4. 张之洞：《劝学篇》，中州古籍出版社1998年版，第121页。
5. 张之洞：《劝学篇》，中州古籍出版社1998年版，第135页。

也，非器械也；心术也，非工艺也。”[1]这就是说法制可以随时适变，器械可以日益更新，工艺可以不断进步，但维护封建社会的伦纪、圣道、心术则“不可不一”。可见，他和当时其他保守派在本质上并没有什么不同，仍然排斥福泽所谓西方文化的“内在精神”。

福泽《劝学篇》启发人民的平等意识，培养人民的独立品格，鼓励人民的怀疑态度，激发人民的自由追求。张氏的《劝学篇》则通过宣扬“本朝德泽深厚”，鼓动臣民对清朝的愚忠；灌输三纲五常“出于天”的天理，窒息人民对平等的要求；宣称孔子是“集千圣、等百王”的至圣先师，“圣教”是判定华夷的准绳，加深人民对权威的轻信盲从。总之，张氏《劝学篇》之所劝者，主要方面无一不与西方现代文明背道而驰。平等、独立、自由的个人，在张氏的《劝学篇》中没有任何存在的空间。

在“沧海横流”的清末，张氏从东边的日本和身边的现实断定，要不了多久“圣教儒书”将会“浸微浸灭”，他非常沉痛地喊出“儒术危矣”！[2]在这种危急的情况下，他提出“旧学为体，新学为用”，也就是后来所常说的“中体西用”。“中体西用”这一口号表明，张氏只接纳西方的工具理性而拒绝西方的价值理性，他认为在社会纲纪和人民心术都不改变的前提下，完全可以让西方的工艺科技为我所用：“如其心圣人之心，行圣人之行，以孝弟忠信为德，以尊主庇民

---

1. 张之洞：《劝学篇》，中州古籍出版社1998年版，第133页。

2. 张之洞：《劝学篇》，中州古籍出版社1998年版，第112页。

为政，虽朝运汽机，夕驰铁路，无害为圣人之徒也。”[1]他所说的中西“会通”其实是要以中为体、以西为表，“以中学为内学，以西学为外学”——他要学的不过是西方文化的“外表”。

五、两本《劝学篇》的启示意义

福泽在《文明论概略》中谈到自己对文化选择的态度时说：“讨论事物的利害得失时，必须首先研究利害得失的关系，以明确其轻重和是非。”[2]可见，他对文化的认同与文化的选择采取的是一种实用主义的理性态度。他从小学习的是“汉学”而不是西学，待到成年接触西方文化以后，发现“西学”是一种比“汉学”更先进的文化，深恐“陈腐的汉学如果盘踞在晚辈少年的头脑里”，会使西洋文明难以传入日本，便马上对“汉学”“恩将仇报”，对儒家文化毫不留情地予以攻击，热情地认同和拥抱西方文化，明确提出“以西洋文明为目标”，还激烈地呼吁日本必须“脱亚入欧”。福泽对文化认同和文化选择的态度，可以说实用到了“势利”的程度，哪种文化对当前的日本发展有利就认同和选择哪种文化，并对这种文化进行创造性的“改写”而不是简单的“复制”。

---

1. 张之洞:《劝学篇》，中州古籍出版社1998年版，第161页。
2. 福泽谕吉:《文明论概略》，商务印书馆1959年版，第7页。

“汉学”与“西学”对日本来说都是一种“他者”，因而福泽能“客观”地比较两种文化的利弊优劣，然后择其优者而从之，能轻易地把“和魂汉才”换成“和魂洋才”，这有助于日本成功地实现文化转型，从一个东方落后的农业国家变为一个发达的现代化国家，也有助于日本几十年后挤进了“西方七大工业国”，终于圆了他“脱亚入欧”的美梦。由此可见，民族的文化认同事关民族的文化转型，民族的文化选择事关民族命运的兴衰。

反观中国，由于传统文化是我们的精神血脉，由于我们将文化认同与民族认同等同起来，由于我们对自己的传统文化有深深的情感依恋，在很长时期我们对文化选择缺乏一种理性态度，许多精英由对传统文化的认同走向对传统文化的偏执，对传统文化的偏执必然阻碍我们的文化转型。这样，传统文化就由民族的文化资源变成了民族的文化负担。

张之洞对儒家文化的态度在清末具有比较广泛的代表性。他早已发现儒术已不足以应对世事，“今欲强中国，存中学，则不得不讲西学”[1]。不仅“强中国”要求救于西学，还要靠“讲西学”来保存儒学。这说明以儒学为主干的传统文化在现实生活中失去了活力，它不能应付现实生活的挑战。一种文化不仅不能解决现实问题，而且还要靠别人来“保护”，这表明该文化已经丧失了生命力。到底哪种文化更有价值更为先进，不是由个人主观态度来判定，应由人类生

---

1. 张之洞:《劝学篇》，中州古籍出版社1998年版，第90页。

活对它的需求来判定。一种文化是否有价值取决于它在当代生活中的活力，取决于它解决现实社会中物质问题和精神问题的能力。我们传统的儒家文化既是传统生活方式的表现形态，也是传统生活问题的“处理方略”，然而，随着时代的发展变化，“生活问题”也随之变化，旧的“处理方略”不能解决新的问题。儒家文化在两千多年来一直是我国历代王朝的主流意识形态，代代只能进行复制而不能进行质疑，在鸦片战争以前它基本没有遇到另一种异质文化强有力的挑战，所以它逐渐退化以至于僵化，丧失了自我改写和自我更新的机能。

意识到“儒术危矣”的张之洞，当然明白儒学不能应对现实问题，也明白必须对这种文化进行改造，但他不可能像福泽那样毅然转向西方文化，相反，他仍然认同并拥抱传统文化价值，不能忍受西方文化的核心价值成为中国人身心的主宰，所以提出“中学为内学，西学为外学；中学治身心，西学应世事”[1]。我们对文化上的“中”“西”特别敏感，因为在我国文化认同与民族认同上有太深的纠缠，日本选择“汉才”和选择“洋才”都没有引起全民族焦虑，在他们看来，文化选择与民族认同是两码事，桥归桥，路归路，选择以“西洋文化为标准”的日本人还是日本人。习惯于“用夷狄之礼则夷狄之”的中华民族，对学习西方文化总摆脱不了“以夷变夏”的紧张。

---

1. 张之洞：《劝学篇》，中州古籍出版社1998年版，第161页。

其实，一种文化的首创者不可能是这种文化的垄断者，不管这种文化的“出生地”在何处，不管这种文化姓“中”还是姓“西”，谁能将这种文化发展到当下的最高水平，谁就是这种文化的当代主人，体育竞技是这样，科学技术是这样，人文科学是这样，宗教信仰也是这样。乒乓球起源于英国的“桌球”，但英国不能垄断和占有乒乓球，中国人引进、消化和发展了乒乓球球艺，以至于今天的中国人将它视为自己的“国球”。佛教传自“西域”印度，但佛教后来在印度本土消亡，这种宗教的“家”反而安在“东土”中国。基督教来自“东方”，但今天却成了标准的“西方”的宗教。

任何文化都是人的创造物，是人的“精神产品”，因此，是文化理应为人服务，而不是人为文化殉葬。任何民族对自己文化的偏执，便是该民族为自己的文化陪葬。对文化最明智的态度，不是要看这种文化姓“中”还是姓“西”，而是要看这种文化能不能让中国人更具有创造的活力，这种文化能不能让中国人活得更健康，这种文化能不能让中国人享有更多的自由和幸福，哪种文化能更好地为我们服务，我们就主动选择哪种文化。我们应有大格局和大胸襟来汲取和容纳各种异质文化，让中西文化实现多元互补，用人类的文化精华来重塑中华民族的“民族魂”。

本文为澳门大学2009年“‘冲突对话与文明建设’国际学术研讨会”大会宣读论文

买椟还珠

——大学中文系古代文学教学现状与反思

目前我国各大学中文系很多毕业生，谈起中国古代文学来头头是道——可以从《尚书》一直侃到《红楼梦》，从“竟陵八友”一直扯到“竟陵派”，从杜甫的沉郁顿挫一直讲到姜夔的清空峭拔，但一涉及作品就会两眼茫然——许多人根本没有见过《尚书》，有些人甚至没有翻过《红楼梦》；“竟陵八友”和“竟陵派”可能只知道人名，压根儿就不清楚此“竟陵”彼“竟陵”有哪些作品；杜甫的沉郁顿挫倒是早有耳闻，但到底如何沉郁怎样顿挫却没有体认，至于姜夔词的清空峭拔，他们更没有尝过也尝不出味道来。前年一所名牌大学的应届博士生到我们文学院应聘，带来了一厚本自己的博士学位论文，题目是《明清杜甫接受史研究》，交谈间才知道他竟然从没有读完任何一种杜诗注本。不了解杜甫却写出了研究杜甫的博士学位论文，圈子外的人也许觉得这十分滑稽，作为一个古代文学教师则感到极其无奈。多年来，各大学中文系古代文学教学，主要是通过“中国文学史”课程完成的，教师只在课堂上天花乱坠地向学生讲授一长串线索、一大堆概念、一大批作家，古代文学中的许多经典名篇，学生却很少读过，也很难读懂，更不可能去涵泳。学生们谈起来好像什么都知道，事实上古代文学的精髓他们什么也没学到。这种教法与学法类似于一种“买椟还珠”的现代笑话。本文试图从历史渊源追溯古代文学教学失误的原因，从古代文学特殊性入手探求其纠偏的途径。

一、本末倒置：中国古代文学与“中国文学史”

诗赋文章本是中国古代文学的正宗，明以前杂剧、传奇和小说都难登大雅之堂。《汉书·艺文志》说“登高能赋可以为大夫”，不能诗词唱和就难以进入社会主流。清末废除科举以前，学习古代文学是为了提高写作能力和提升艺术品味，那时文言文和旧体诗词写作还是读书人的必备功课，学习唐宋诗词和韩柳古文有其实用价值，李杜诗歌和韩柳文章仍是揣摩的对象。甲午海战失败给士人极大的刺激，清末从朝廷到学界都唾弃“沉溺词章”的传统，看重经济兵务的实用之才。京师大学堂开始甚至未设文学一科，不过很快就纠正了这一偏颇。1903年张百熙、张之洞等人上呈的《学务纲要》中，觉得“中国各体文辞，各有所用”，因而强调“学堂不得废弃中国文辞”：“古文所以阐理纪事，述德达情，最为可贵。骈文则遇国家典礼制诰，需用之处甚多，亦不可废。古今体诗辞赋，所以涵养性情，发抒怀抱。中国乐学久微，借此亦可稍存古人乐教遗意。中国各种文体，历代相承，实为五大洲文化之精华。”[1]晚清“词章之学”虽然声名狼藉，但从庙堂制诰到个人应酬都离不开它们，学习古代文学不仅仅是泛泛的欣赏，许多经典作家还是学子模仿的对象。白话文运动成功后废弃古诗文写作，古代的诗词文赋才成了“文学遗产”。

大学讲堂上受西洋风气的影响，过去学习文学时那种富于灵性感悟的“文章学”，逐渐让位于条贯系统的“文学史”。不过，1903年清廷颁布的《大学堂章程》中，文章学与文学史并重，规定“文学研究法”“历代文章流别”“古人论文要言”“周秦诸子”等，为“中国文学门”的骨干课程。只是这里的“历代文章流别”与挚虞的《文章流别论》大不相同，前者要求仿日本已有的“中国文学史”体式，后者则是溯历代文体的源流。手脚麻利的林传甲不久就写出了第一部《中国文学史》，并在该著开篇便声言自己是“仿日本笹川种郎《中国文学史》之意以成书”[2]。晚清人在西方著述体裁面前已经乱了方寸，趋新趋洋渐成学界主流。林传甲这部《中国文学史》，有点像裹脚女人穿西洋短裙，现在看来真是土不土又洋不洋。但是，一波

1. 张百熙、荣庆、张之洞：《学务纲要》，舒新城编《中国近代教育史资料》上册，人民教育出版社1961年版，第204页。

2. 林传甲：《中国文学史》，武林谋新室1911年版，第1页。

才动万波随，一百年神州大地上每年都有几部甚至十几部中国文学史问世。后来这几百部的中国文学史，从著述体例、评价标准到行文风格，才真正让中国古代文学打上了领带，穿上了西服。

好在当时士人只是把文学史作为学习中国古代文学的拐杖，作为进入中国古代文学殿堂的入门书，编写中国文学史不过“欲令教者少有依据，学者稍傍津涯，则必须有此循序渐进由浅入深之等级”[1]。1906年，著名古文家和翻译家林纾代替林传甲，在京师大学堂主文科教席。他所使用的自编教材《春觉斋论文》，体式上既与林传甲的文学史大不相同，教学宗旨更与林氏大异其趣——其教学目的重在使学生“作文乃无死句，论文亦得神解”[2]，目的既然重在提高学生作文能力，他教古代文学也就重在让学生揣摩古文义法。书中第一章《流别论》取法挚虞讲各种文体的渊源和特点，后面几章分别讲古文的审美特征、古文应避免的十六种弊病、作文八种用笔法和四种用字法。同时任教于北京大学的姚永朴，在教学方法与旨趣上与林纾桴鼓相应，他在北京大学的讲义《文学研究法》卷一开宗明义：“文学之纲领，以义法为首。”[3]林、姚都是通过作品谈义法、论意境、讲技巧，为此他们还编了《中国国文读本》《左孟庄骚精华

1. 张百熙：《奏筹办京师大学堂情形疏》，北京大学校史研究室编《北京大学史料》第一卷，北京大学出版社1993年版，第54页。
2. 林纾：《春觉斋论文》，《论文偶记》《初月楼古文绪论》《春觉斋论文》合订本，人民文学出版社1959年版，第46页。
3. 姚永朴：《姚永朴文史讲义》，凤凰出版社2008年版，第19页。

录》等不少古代诗文读本。不管是阐述文体特征，还是分析诗文义法，抑或谈论艺术风格，他们都强调对作品的咀嚼讽诵和细腻感受。

稍后章门友人及弟子入主北京大学文科，与林、姚等人论学议政多有龃龉，这里有学术取向上的差异——林纾、姚永朴尊唐宋古文，刘师培、黄侃崇六朝文章，也不排除人事关系上的纠葛——骈体、古文本可取长补短，六朝、唐宋也并非水火不容。刘、黄学问渊博，林、姚体悟入微，不同学派和不同路数同系执教，对于学校而言可活跃学术氛围，对于学者而言可激发创造活力，对于学生而言可开阔眼界，可惜学术选择和审美趣味的不同，最后变成了有你无我的党同伐异，直至桐城一派离开北京大学。刘师培《中国中古文学史》为北京大学教书时的教材，体例是传统学案与西洋文学史的糅合，侧重于文学史知识的传授，另有《汉魏六朝专家文研究》，侧重各家文风技法的品味，二者因相互补充而相得益彰，既有史的线索又有文的评鉴。谁料斗转星移，胡适等人文学革命的成功，白话文代替了古文，更新一批学者又代替了六朝派，林、姚固然成了“桐城谬种”，六朝派也成了“选学妖孽”，他们同时都站到了白话文运动的对立面。随着刘师培病逝和黄侃南下，北京大学成了胡适这批新学者的天下，整个古代文学研究和教学风气丕变。胡适本人反对文言文，在他眼中文言文和旧体诗都是死的文学，他倡导并力行“整理国故”，古代文学自然也属于“国故”之列。

被视为已经过时的“国故”，古代文学当然也就不值得青年学生模仿，李、杜、韩、柳更不会成为效法的偶像，中文系古代文学教学也就只关注古代文学知识的承传，而不重视诗文“义法”的学习，更不重视古体诗文的模拟和训练，因而，古代文学教学便逐渐从文学熏陶、典范模仿和写作指导，过渡到文学发展线索的掌握、文学常识的熟悉及文学研究能力的培养。鲁迅在北京大学讲《中国小说史略》，并不是教学生如何写小说；闻一多在西南联大讲唐诗，也不是要教学生如何吟诗词；朱自清先生有名作《诗言志辨》，可他从不教自己的学生如何以诗言志……尽管他们本人都是杰出的小说家和诗人。据说，立志当作家的李健吾1925年考取了清华大学中文系，时任清华大学中文系教授的朱自清先生劝他说：“你是要学创作的，念中文系不相宜，还是转到外文系去吧。”

二十世纪四十年代以前，中文系教古代文学的教师通常是作家、诗人兼学者，诗人来教古代诗歌，小说家来教古代小说。1949年以后教古代文学的教师能够亲自操笔的越来越少，从没有吟过诗的人来教古代诗歌，小说的外行来教古代小说，这种师父带出来的徒弟就可想而知了。北大中文系1955级迎接新生入学大会上，系主任杨晦教授的迎新辞语惊四座：“北大中文系不培养作家，想当作家的不要到这里来。”杨先生这句颇多争议的名言，不过是复述了三十年前朱自清先生曾说过的话。“北大中文系不培养作家”这句话后面似乎还应该补一句：北大中文系能培养作家吗？除了林庚、吴组缃这几个少数老先生外，当时的北大中文系教师中有几人能写诗歌和小说呢？

中华人民共和国成立后的古代文学教育，基本是通过文学史来完成的，“文学史本来就是历史的一个特殊门类”，古代文学教育事实上成了“史学教育”。[1]前三十年教育泛政治化越来越严重，1957年“反右”刚刚结束，1958年便来了“学术大批判”，各大学学生批判自己的老师——“反动学术权威”。为了“把红旗插上中国古代文学史的阵地”，官方授意北大中文系学生自编了一套文学史，就是人们常说的“红皮”《中国文学史》。稍后教育部组织游国恩等著名教授，在“红皮”文学史基础上集体编写了一套四卷本“黄皮”《中国文学史》[2]，与此同时中国社科院文学研究所也编了一套三卷本《中国文学史》[3]。直到二十世纪八十年代初，后面这两套文学史仍为各大学的首选教材。就像唯物主义和唯心主义贯穿哲学史一样，现实主义和反现实主义也是贯穿这两套文学史的主线。它们在个别作家作品的论述上略有出入，但都是以阶级性和人民性作为评价古代文学优劣的重要准绳。如果说二十世纪上半叶“文学教育”逐渐偏向“史学教育”，那么下半叶“史学教育”又变成了意识形态规训。改革开放以后，意识形态在古代文学教学中渐渐弱化，前些年重写文学史的呼声很高，但重写的中国文学史框架基本没有改变，阐述风格一如往常，使用范畴大体照旧，只是增加了一些新术语而已。

1. 侯体健:《为问少年心在否，一篇珠玉是生涯——王水照教授访谈录》,《文艺研究》，2008年第6期。
2. 中国社会科学院文学研究所编:《中国文学史（三卷）》，人民文学出版社1962年版。
3. 游国恩、王起、萧涤非、季镇淮、费振刚主编:《中国文学史（四卷）》，人民文学出版社 1963年版。

中国文学史的教学原来只是让“学者稍傍津涯”，文学史不过是学习古代文学的拐杖，借助文学史更好地学习中国古代文学，后来演变成学习中国古代文学就是学习“中国文学史”——拐杖成了支柱，丫鬟变为小姐。现在各大学中文系大多砍掉了“历代文学作品选讲”必修课，中国文学史就是古代文学教育的唯一课程，各种各样的历代文学作品选，都是配合中国文学史的教学用书，二十世纪六十年代北京大学中国文学史教研室编的古代文学作品选，直接就名为《先秦文学史参考资料》《两汉文学史参考资料》《魏晋南北朝文学史参考资料》。[1]这半个多世纪的古代文学教育本末倒置——教师忙着编文学史，学生忙着背文学史，古代文学作品被扔在一边，最多只是文学史附带的“参考资料”。学生只记住了文学史上的甲乙丙丁，很少诵读甚至根本不细致翻阅古代文学作品。中文系学生在大学里学到的古代文学，只能在期末应付学校考试，只可在人前夸夸其谈装点门面，以此写文章则会尽出洋相，以此教人则误人子弟。

二、顾此失彼：知识的系统性与古代文学的特殊性

当然，绝不是说文学史这种体式一无是处，它分章分节的写作

---

1. 北京大学中国文学史教研室选注:《先秦文学史参考资料》《两汉文学史参考资料》《魏晋南北朝文学史参考资料》，中华书局1962年版。

形式也更适应现代大学的教学模式：课堂上教师容易控制时间和掌握进度，学生容易做笔记和梳理知识，也便于教师出题和学生考试。不过，近百年来学习“中国古代文学”逐渐成为学习“中国文学史”，主要还不是它在教学上的便利，而是它具有现代学术形态。较之传统文章流别一类著作，文学史似乎更加“科学”；较之传统的诗话文话，文学史显得更加“系统”。在课堂上中国文学史取代中国古代文学，这一文学教育上的现代化，伴随着中国学术的现代转型。

清末以来，中国社会和文化都面临前所未有的大变局，无论大众还是学者文人多由崇古一变而为趋新，“取新法于异邦”已成为大多数人的共识。即使倾向于文化保守的学衡派，也强调“兼取中西文明之精华”，文化守成容易被视为“抱残守缺”。开一代学风的胡适反复强调“科学方法”，他两个半部《中国哲学史大纲》和《白话文学史》，在哲学和文学研究领域都“截断众流”，给人们提供了新的方法、新的观念、新的范式。这两部书都是当年北大哲学和文学教材，因而它们不仅是学术上的“开山之作”，在课程设置和教学方法上也开一代新风。仅就中国古代文学教学而论，《白话文学史》可能连续影响了好几代人，二十世纪五十年代，大陆文化界和教育界对胡适的大批判运动，正从反面说明胡适影响的深远。将古代文学分为四个历史阶段，并以中国文学史为主干，这种课程的设置首先是胡适在北大提出的。1937年主持修订民国政府教育部《大学中国文学系科目表》时，朱自清先生也认可胡适这样的课程安排：“文学组注重中国文学史，原是北京大学的办法，是胡适之先生拟定的。

胡先生将文学史的研究作为文学组的发展目标，我们觉得是有理由的。这一科不止于培养常识，更注重的是提出问题，指示路子。”[1]教育部1938年颁发的科目表中也特别“注重和提倡中国文学史的研究”[2]。朱光潜、王了一、张守义等先生对这种课程设置当时就提出异议。朱光潜认为学习中国文学的重点，应是大量阅读经史子集等经典名著，以文学史为中心的课程设置，偏重让学生了解一些文学常识，无法让学生掌握中国文化和文学的精髓。

朱光潜先生这种声音显然不合时宜，在教育界和学术界都应者寥寥。近百年来，中国主流社会对传统文化失去了自信，对传统的治学方法和教育方法嗤之以鼻。连著名的文史学者郑振铎先生也觉得，“自《文赋》起，到最近止，中国文学研究，简直没有上过研究的正轨。……关于一个时代的文学或一种文体的研究，却更为寂寞：没有见过一部有系统的著作，讲到中世纪文学，或讲到某某时代的；也没见过一部作品，曾原原本本地研究着‘诗’或‘小说’的起源与历史的。”[3]“诗话”“文话”一类东西，在他眼中都只能算随意的“鉴

1. 朱自清：《部颁大学中国文学系科目表商榷》，《朱自清全集》第二卷，时代文艺出版社2000年版，第 392页。
2. 朱自清：《部颁大学中国文学系科目表商榷》，《朱自清全集》第二卷，时代文艺出版社2000年版，第 392页。
3. 郑振铎：《研究中国文学的新途径》，《郑振铎全集》卷五，花山文艺出版社1998年版，第288页。

赏”，没有形成“一个确切不移的定论”[1]，都算不上真正的学术研究。他认为无论是治学还是教学，都应该崇尚“进化的观点”和“归纳的方法”，因此，“那些古旧的《红楼梦索隐》《西游真诠》《水浒评释》之类，却都是可弃的废材”[2]。金圣叹那些评点著作也没有什么价值，因为他“不去探求他所表彰的大著作《水浒》与《西厢》的思想与艺术的真价，及其作品的来历与构成，或其影响及作家，而乃沾然于句评字注”[3]。他尖锐地批评甚至辛辣地嘲讽古人诵读的方法：“古文家们提倡古文义法，要以朗诵显示出文章的情态与神气来，于是便摇头摆脑地在一遍两遍地读。我们曾讥笑过这一类的古老无聊的举动，然而我们的工作，是否有陷于同一的陷阱中的危险？”[4]

1949年以后大学古代文学教学，除了原来的“科学性”和“系统性”外，又将政治的正确性放在首位。思想上以阶级性和人民性为原则，艺术上以现实主义和浪漫主义为标尺，对中国古代文学的思想艺术价值进行重估。政治上的进步与反动才是关键，艺术上的优劣倒在其次。很长一段时间里，课堂上与其说是进行古代文学教学，

1. 郑振铎：《研究中国文学的新途径》，《郑振铎全集》卷五，花山文艺出版社1998年版，第285页。
2. 郑振铎：《研究中国文学的新途径》，《郑振铎全集》卷五，花山文艺出版社1998年版，第288页。
3. 郑振铎：《研究中国文学的新途径》，《郑振铎全集》卷五，花山文艺出版社1998年版，第287页。
4. 郑振铎：《中国文学研究者向哪里去？》，《郑振铎全集》卷五，花山文艺出版社1998年版，第309页。

还不如说是对学生进行意识形态灌输。尽管极左思潮早已成为过去，但中文系古代文学课堂上，“宏大的叙事”还是照样进行，“高屋建瓴”的阐释一如既往。从盘古开天地的神话讲到辛亥革命以前的近代文学，教师勾勒古代文学发展的曲折历程，讲解古代文学发展的高峰低谷，学生了解各朝代的代表作家和作品，知道哪些作家是现实主义、哪些作家是浪漫主义、哪些作家是现代主义……看起来非常“系统”和“科学”，实际上这种“高屋建瓴”不过是“浮光掠影”。“浮光掠影”式的跑马观花，一个学期四五十节课，将魏晋南北朝至隋唐五代七八百年的文学扫一眼，老师算是完成了教学任务，学生算是“到此一游”挣得了学分。

长期以来，我们一直混淆了古代文学的“治学”与“教学”，很少考虑古代文学自身的特点，也很少考虑现在中文系学生的实际水平。七八十年前的中文系大学生，有的上大学之前受过私塾教育，有的熟读文史经典，有的可以写出漂亮的五七言律，对于古文基本不存在阅读障碍。他们已经诵读过大量古代文学作品，上大学后再通过老师将各知识“点”连成“线”，以文学史为中心的课程设计有其合理性。那时候中文系学生国学功底较深，大学也完全实行精英教育，胡适在本科生中讲“整理国故”的方法，在课堂上还能赢得满堂喝彩，这除了说明胡先生的方法让人耳目一新外，也说明学生具备扎实的专业功底能与胡适“心心相印”。与当年学生的古文功底相比，如今学生水平差了一大截。改革开放前三十年中文系学生水平没有做过调查，改革开放后我在大学先当了近十年学生，接着当了二十多年先生，对这一时期大学生古文水平比较清楚。这些大学生上古代文学之前，所读过的古代文学作品仅限于中小学语文教材，可以说大多数人不能阅读古文，不少人即使参看现代注释也看不懂古代诗文。今天的古代文学教学还以文学史为中心，只是海阔天空地讲现实主义或浪漫主义，或只是泛泛地讲什么意境优美语言清新，即使把文学史背得滚瓜烂熟，即使次次考试都得了满分，同学们对中国古代文学仍然了无心得。

民国时期古代文学教学中虽然重视文学史，但从1938年朱自清主持拟订的《部颁大学中国文学系科目表》看，民国政府教育部向各大学下发的课程设置中，必修课有："中国文学史"分为四段，三、四年级连上四个学期，每学期三个学分，共十二个学分。"专书选读"同样连讲四学期，分别选讲传统的经史子集，共十二个学分："专书选读（一）"（选讲一种经书）、"专书选读（二）"（选讲一种诸子）、"专书选读（三）"（选讲《史记》或《汉书》）、"专书选读（四）"（《楚辞》《文选》《杜工部集》或《韩昌黎集》任讲一种）。还有"历代文选"两个学期，共六个学分，及"历代诗选"两个学期，共六个学分。仅文选和诗选的学分就与文学史一样多，加上"专书选读"课，所用的课时超出文学史一倍。选修课有："词选"两个学分，"曲选"两个学分，"小说选读"三个学分，"戏曲选读"三个学分。各种作品选讲所用的学时接近文学史的三倍。另外，必修课中还有两个学分的"各体文习作"，规定"专习文言"，选修课中各有两个学分的"诗习作"

和“词习作”。[1]

今天中文系本科公共课和其他课程挤压了古代文学许多课时，不少大学中文系本科古代文学必修课只上“中国文学史”，砍掉了“历代文学作品选读”，“作品”只是在文学史课堂上附带讲到。有的任课教师要求背一点作品，有的教师可能不要求背，这样，学完了唐代文学史却没有系统读过李白、杜甫选集的人绝非少数，学完了明清文学史没有读过《红楼梦》《水浒传》等名著的学生大有人在。每年研究生招生面试时，考生除了文学史外很少读过其他古代文学作品，对很多经典名篇也都只是“听说过”。对于古代文学原著，中文系不少学生既没有能力读懂，也没有兴趣去读。没有兴趣的原因是品不出味道——尝不出肉的滋味还喜欢吃肉吗？目前，校方没有规定讲“历代文学作品”，教师不重视讲“历代文学作品”，学生很少读“历代文学作品”，整个古代文学的教与学都浮在表面。

中国古代文学这门学科有其自身的特性。“中国古代文学”与“中国古代史”，虽然同为人文学科，虽然看起来都是“中国”和“古代”，但二者具有完全不同的知识特征。学习中国古代史，熟悉安史大乱中马嵬驿兵变的细节，学生不能也无须去“诵读”历史事件，但学习白居易的《长恨歌》，读“六军不发无奈何，宛转蛾眉马前死。花钿委地无人收，翠翘金雀玉搔头。君王掩面救不得，回看血泪相和流”，不仅需要“知道”当时历史背景，还需要“重构”当时马嵬

1. 参见《朱自清全集》第二卷，时代文艺出版社2000年版，第398—401页。

驿的场景，要“体验”诗人对这一悲剧的感情，更要“感受”此诗的诗艺与诗境。学生要从纸面的文字体味纸背的诗情，要从诗歌的音韵走进诗人的心境，所以学习古代文学离不开理性的分析，更离不开情感的浸润。古代历史事件只有冷冰冰的时间地点，古代文学却饱含着喜怒哀乐的情感体温。学习古代文学就是与古人进行情感交流，古代文学的常识需要记忆，古代文学作品则需要体验，只有情感和审美体验才能“激活”古代文学作品，所以“常识”服务于“体验”——让情感体验更深刻，让审美体验更细腻。

文学史与古代文学属于两种不同的知识形态：前者属于历史，后者属于文学；前者是一种外在化的知识，它的获得和占有无须个体的心灵体验；后者是一种内在化的知识，它兼有“情”“意”“味”，只知其“意”而不知其“味”不领其“情”，就不是一名合格的中文系学生。外在化的知识只需记忆和理解，内在化的知识还需感受和体验。学生要走进古人的内心世界，就得知悉古代文学的艺术技巧，而把握古代文学艺术技巧绝非易事。五六十年前，武汉大学几位青年教师要求沈祖棻教授讲授宋词，沈氏名著《宋词赏析》就是那次的讲稿。[1] 武汉大学青年教师读宋词尚且如此之难，现在的大学生更是谈何容易。中文系古代文学教学以今人写的“中国文学史”，代替古代文学作品本身，我不知道这是上下敷衍还是彼此忽悠。

二十世纪二十年代北大中文系课程中，还有“诗名著选（附作

1. 参见程千帆《宋词赏析后记》，沈祖棻《宋词赏析》，上海古籍出版社1980年版。

文)"(沈尹默讲授)、"文名著选(附作文)(郑奠讲授)"，三十年代俞平伯还开了"中国诗名著选及实习"，林损开了"中国文名著选及实习"。这时教育部还规定必须开"文习作""诗习作"和"词习作"。现在连作品选讲的课程都已经停开，更不要说古代诗、文、词习作了。如今，教古代文学的教师自己既没有受过这方面的训练，成天被论文级别、课题经费折磨得心烦意躁，也没有写作古文旧诗的能力，更没有写这些东西的心境。大学中文系很多教古代文学的教师一辈子没有写过文言文和旧体诗，甚至一辈子没有写过一幅对联。几千年来，我们古代诗人作家积累的艺术经验、探索的艺术技巧，很快将在我们这一代及身而绝。看看林纾在北京大学的教材《春觉斋论文》,《应知八则》中论古文的"意境""识度""气势""声调""筋脉""风趣""情韵""神味",《用笔八则》中谈古文的"用起笔""用伏笔""用顿笔""用顶笔""用插笔""用省笔""用绕笔""用收笔"，真不胜唏嘘。林氏结合自己的创作经验，以古代作品为例条分缕析，无一不是深造有得之言。再看看刘师培在北京大学讲课记录稿《汉魏六朝专家文研究》，真让我们这些教古代文学的人无地自容。"操千曲而后晓声，观千剑而后识器"，自己习作过古文旧诗，对古代文学的精妙更能体贴入微。不管将来从事教学还是研究，不管是从事创作还是只希望接受熏陶，学生都必须深知古代诗艺与文法，必须领略古代文学的精微妙处，而时下以文学史为中心的教学模式，使学生对古代文学仅只猎得皮毛。

三、正本清源：从以文学史为经到以文学作品为本

古代文学教学逐渐从以文学作品为主体，过渡到以文学史为中心，不只是因为对知识系统性的重视，更是因为上层政治形势的需要和学者对名利的追求。

目前全国古代文学学界看重文学史的编写，尤其很看重古代文学史的主编，编写时能够邀到什么样的编者，编成后文学史能发行到哪些学校，往往是主编在学界地位及号召力的体现。"文化大革命"前大学最为通用的中国文学史教材，一是社科院的三卷本文学史，二是游国恩等先生主编的四卷本文学史。改革开放后的三十年，特别是最近十几年来，教育部指定的通用古代文学史教材是袁行霈主编的四卷本文学史，和章培恒、骆玉明主编的三卷本文学史。除这几种使用面最广的古代文学史外，还有许多学者主编或独自编写的古代文学史，也有不少一般大学自编自用的文学史。总之，从学界泰斗到一般学者，从名牌大学到普通院校，大家都对编写古代文学史表现出异乎寻常的热情，究其原因，既有官方的鼓励，也有学界的热衷，当然还有经济的考虑。

先说官方对编写文学史的鼓励。中华人民共和国成立之初，高等教育部就提出重编古代文学史，要用无产阶级的意识形态占领中国文学史这块上层建筑。余冠英先生在《读〈中国文学史稿〉》一文中说："我们今天需要的《中国文学史》应该是面貌一新的，是真正运用马克思列宁主义的观点方法正确地介绍作家作品，正确地说

明文学的发展规律的。”[1]余先生的个人意见道出了官方的真实意图。高教部于1954年组织全国多所名牌大学的专家编写《中国文学史教学大纲》[2]，这个大纲就是稍后编写古代文学史的提纲和依据。1949年至1966年的所有古代文学史，都是以现实主义为主线，以经济基础决定上层建筑为前提，以阶级性和人民性为主要评价标准，都以近似的语言和近似的章节，来建构中国古代文学发展历程，因而形成大体近似的文学史内容。近二三十年来响起重写文学史的呼声，袁行霈和章培恒主编的两部古代文学史，体现了“重写”文学史的集体智慧。前者强调“文学史著作应立足于文学本位”，同时也强调文学史的“史学思维”，要求“将过去惯用的评价式的语言，换成描述式的语言”[3]；后者更从过去对文学阶级性的强调变为对“人的一般本性”的关注，认为“文学的进步是与人性的发展同步的”[4]。这两部文学史虽然也是成于众手，叙述的整体框架也一仍其旧，只是运用历史唯物主义并不像此前文学史那样机械庸俗。2010年，中宣部、教育部联合组织“马克思主义理论研究和建设工程重点教材编写”，由相关学科的著名学者出任各文科教材的“首席专家”。新编《中国

---

1. 余冠英:《读〈中国文学史稿〉》,《古代文学史杂论》，中华书局1987年版，第214页。原载《人民日报》1956年6月6日。
2. 中华人民共和国高等教育部审定《中国文学史教学大纲》，高等教育出版社1957年版。
3. 袁行霈主编:《中国文学史》第一册，高等教育出版社1999年版，第3—5页。
4. 章培恒:《导论》，章培恒、骆玉明主编《中国文学史》第一卷，复旦大学出版社1996年版，第16、45页。

文学史》必须满足中央提出的“三个充分反映”的基本要求——“充分反映马克思主义中国化最新成果、充分反映中国特色社会主义的丰富实践、充分反映本学科领域的最新进展”。“马工程”《中国文学史》教材虽尚未付梓，但由此可看见中央对上层建筑领域的重视。再看看学界对编写“中国文学史”教材的热情。教材主编者借此得以凸显自己在主流学界的泰斗地位，被邀参编者或因主编对其成就的认可，或因主编对其人的接纳，因而主编者和参编者的积极性都很高。

最后，中国文学史教材多而且滥也与经济利益的驱动有关，现在全国有统编教材，很多大学还有自编教材，少数教材的编写美其名曰是学科建设，其实是在分教材这块蛋糕，也是在为评职称积累“科研成果”，大学扩招后很多中文系每届招生几百人，教材编写是稳赚不赔的买卖。

官方鼓励，学者热情，经济效益，三者形成了编写中国文学史的强大合力，也成为以中国文学史为经的教学动因。谁都明白，编注一本有特色的作品选，“选”既需要学术眼光，“注”更需要学术功力。由于作品选难以贯彻主流意识形态，作品选注怎么会引起官方的足够重视？作品选注所需的功力和所花的精力难以被学界所承认，难以体现“学术地位”和显示“学术水准”，作品选注怎么可能引起那些名教授们的兴趣？作品选甚至不被校方算作“科研成果”，对这种无名无利的苦差事，又怎么会激发青年教师对作品选注的热情？“文革”前有朱东润先生主编的三编六册《中国历代文学作品选》[1]，北京大学中国文学史教研室编的先秦、两汉、魏晋南北朝“文学史参考资料”。北大这套“参考资料”很见学术功力，但隋唐以后各朝没有编完，加之它们的分量不太适宜课堂教学，目前院系较多选用朱先生这套作品选。近年来，古代文学作品选虽然也有“‘十五’规划国家重点教材”，但并没有获得广泛接受。有些省份和大学还编有作品选，学界的认可度更低。编写者既以古代文学史为重点，课堂教学自然也以古代文学史为中心。高层要求通过文学史“充分反映马克思主义中国化最新成果”，学者希望通过文学史充分反映学术进展和个人地位，都较少考虑学生实际的接受能力，较少考虑本科生专业知识的结构，更较少考虑古代文学教学的特殊性。目前国内同时流行几十种中国文学史教材，编了这么多中国文学史，当然要想方设法让学生来用这些教材，这就是今天综合性大学和师范大学古代文学教学，仍然是“以中国文学史为经”的现实原因。

课堂下编写文学史可以名利双收，选注作品选则吃力不讨好；课堂上讲文学史可以尽情挥洒，给学生以渊博、恢宏、新颖的良好印象，讲作品选则受文本限制不得随意发挥，没有自己独到的体验和深厚的功底，只能老生常谈，所以讲文学史容易出彩叫座，而讲作品选很难藏拙取巧。无论是课内还是课外，无论是编还是讲，教师无疑会选择“以中国文学史为经”。“文学史著作既然是

---

1. 朱东润主编：《中国历代文学作品选》，中华书局上海编辑所1962年初版，上海古籍出版社1979年修订版。

'史'"[1]——文学的历史,"以中国文学史为经"也就使古代"文学"教育变成了古代"史学"教育。

我们抽样统计了全国十所著名综合性大学(少数大学中文系没有在网上公布课程设置,如浙江大学),只有南开大学、山东大学开设了古代文学作品选,其他八所大学只开设文学史课程。统计的十九所部属和省属师范大学中,只有北京师范大学、华东师范大学、安徽师范大学三所学校开设了古代文学作品选。在开设了古代文学作品选的五所大学中,又只有安徽师范大学古代文学作品选的学时超过了中国文学史的学时(参见附表)。只开设中国文学史课程的院系,主讲人自然也会程度不同地涉及古代文学作品,但多是以文学作品来阐述文学史进程,作品选只是文学史的"参考"和"例证"。从统计的情况来看,我国内地各大学中文系重中国文学史而轻作品选的倾向十分明显。

除了在课程设置上忽视古代文学作品教学外,我们目前所使用的整套学术话语系统,所搬用的整套理论范畴,也不适宜于分析理解中国古代文学作家作品,以它们分析古代文学作家作品,就像用圆规来测量直线的长度一样扞格难通。恰如将我国古代的思想家强分"唯物主义"和"唯心主义"一样,现在许多学生一提到屈原、李白,就说他们是"浪漫主义诗人",一说到杜甫、白居易,就称他们是"现实主义诗人",还有不少文学史把庄子也说成是"浪漫主

---

1. 袁行霈主编:《中国文学史》第一册,高等教育出版社1999年版,第5页。

义作家”。听到这些似是而非的定性评价，李、杜等人要是死而复生一定觉得莫名其妙，我们看到这些标签同样不知道是该哭还是该笑。“浪漫的诗人”不一定就是“浪漫主义诗人”，前者是指一个人的气质个性，后者是指诗人特定的创作方法。称屈原、李白是“浪漫主义诗人”，杜甫、白居易是“现实主义诗人”，完全抹杀了他们各自的原创性和独特性，使学生无法理解这些伟大诗人的诗心、诗境、诗艺、诗语，修完了古代文学课程仍然无法体认古代诗文的“神”“理”“气”“味”。

现在学生对古代文学“读不进去”，其根源在于教师“讲不进去”。有一部分大学教师，大学时古代文学课堂上听到的不外乎是“现实主义”“浪漫主义”“意境优美”“情景交融”“结构紧凑”一类陈词滥调，更年轻一代教师在大学课堂上听到的另加上了一些花哨名词，如“精神分析”“结构主义”“后现代”“新批评”“叙事学”。这些东西与我们先人的诗、词、曲、文、小说有什么关系呢？难怪鲁迅曾经感叹：“《儒林外史》作者的手段何尝在罗贯中下，然而留学生漫天塞地以来，这部书就好像不永久，也不伟大了。伟大也要有人懂。”[1]沈祖棻《宋词赏析》这类著作，今人觉得它们不够“学术”，既没有多少人“愿意”写它，也没有多少人“能够”写它。自己常常扪心自问：我懂得陶渊明、李白、杜甫的“伟大”吗？一个

1. 鲁迅：《叶紫作〈丰收〉序》，《鲁迅全集》第六卷，人民文学出版社1981年版，第220页。

连平仄都弄不明白的本科生和研究生，又如何欣赏涪翁诗深折透辟的笔致和拗峭奇险的韵味呢？

我们要重拾中国古代的诗学和文章学，以古代的诗学分析古代诗歌，以古代文章学分析古代的文章，将汉人的还给汉人，将唐人的还给唐人，只有这样，我们学生对古人的生命体验和文学技巧，才会有深心体贴和细腻感受。系统学习西方的文论和美学，然后在与西方的比较中认识古代文学独特的艺术价值。如果只用单一理论体系和范畴，分析我国古代所有文学作品，那就像用同一把钥匙开所有锁一样愚蠢，这会使我们既不能了解西方文学，更不能读懂我们的古代文学。

古代文学教学上以中国文学史为中心，将古代文学变成了特殊的"史学"。当务之急是要从"以文学史为经"变为"以文学作品为本"，在课堂上重新回归文学本位，从当今大学生的实际水平出发，中文系古代文学教学应该倒转现行的课程设计：不再把古代文学作品作为"文学史参考资料"，而应让"中国文学史"成为中国古代文学的"辅助教材"。要想真正让下一代深得古代文学精髓，在选择古代文学作品时，同时兼顾古人和今人的审美标准，尽可能选各个朝代、各种文体的代表作，选讲那些至今仍有旺盛艺术生命力的作品；在讲析古代文学作家作品时，开始最好暂时"悬置"西方文学理论范畴，用古代诗学和文章学来分析古代诗文。不仅应当重开"历代作品选讲"，而且应该重开"古诗文习作"。这样，中国古代文学才不是一种死的"遗产"，而是一种仍然活在当下的文学；下一代或许能承续中华几千年的文脉，能将古代文学融入当代文学和文化的建构之中。

原刊《华中师范大学学报（人文社会科学版）》

2013年第4期

附录：中国内地高校中国古代文学课程设置概况表

学校名称	《中国古代文学》课程设置情况	是否设置《中国古代文学作品选》	备注
北京大学	总计192学时	否	
复旦大学	总计216学时	否	
南京大学	每周上3学时	否	
中国人民大学	每周上3学时	否	
武汉大学	总计216学时	否	
中山大学	总计204学时	否	
厦门大学	总计180学时	否	
南开大学	每周上4学时	是,《中国古代文学作品选》(上)、《中国古代文学作品选》(下),总计108学时	
山东大学	总计160学时	是,《先秦文学作品经典精读》《两汉魏晋南北朝文学作品经典精读》《唐五代文学作品经典精读》《宋元文学作品经典精读》《明清近代朝文学作品经典精读》，每段32学时，总计160学时	
兰州大学	总计288学时	否	
吉林大学	总计192学时	否	
四川大学	总计288学时	否	
北京师范大学	总计256学时	是,《中国古代文学原著精读》二学期，总计64学时	

（续表）

学校名称	《中国古代文学》课程设置情况	是否设置《中国古代文学作品选》	备注
华东师范大学	总计144学时	是,《中国古代文学作品精读》二学期，总计108学时	
华中师范大学	总计204学时	否	
陕西师范大学	总计357学时	否	《文学史》和《作品选》合在一起讲授
西南大学	总计324学时	否	
东北师范大学	每周上3学时	否	
广西师范大学	总计248学时	否	
安徽师范大学	总计102学时	是,《中国古代文学作品选》三学期，总计204学时	
首都师范大学	总计306学时	否	
湖南师范大学	总计204学时	否	
河南师范大学	总计284学时	否	
华南师范大学	总计176学时	否	
云南师范大学	总计138学时	否	
贵州师范大学	总计288学时	否	
山西师范大学	总计153学时	否	
河北师范大学	总计288学时	否	
重庆师范大学	总计288学时	否	
哈尔滨师范大学	总计252学时	否	
吉林师范大学	总计216学时	否	

后记

承蒙出版方的雅意，慨然为我推出十卷本的“戴建业作品集”。于是，我特地找研究生帮忙搜集这二三十年来已发表的文学和文献学论文，择其还不太让人脸红的文章，分别编成文学和文献学论文选集。拙著便是有关文学——尤其是古代文学——的学术论文选，已收入其他学术专著中的论文一概不选，文化学术随笔和翻译文章一概不选，尚未发表的论文也一概不选。选入拙著中的文章分别发表在《文艺研究》《文学评论》《中华文史论丛》《读书》《华中师范大学学报（人文社会科学版）》《中国韵文学刊》《中南民族大学学报（人文社会科学版）》《中国文学研究》《东方丛刊》《北京工业大学学报（社会科学版）》《唐代文学研究》等刊物上。感谢以上各学术期刊让拙文顺利“诞生”，感谢上海文艺出版社又让拙文得以“再生”。

按韦勒克的标准，收入拙著中的论文有的属于文学的外部研究，有的属于文学的内部研究，所以名其书为《文本阐释的内与外》。今年六月下旬，我们学科与《文艺研究》编辑部联合召开了“文本世界的内与外”国际学术研讨会，我便将自己在大会开幕式上的致辞《文本阐释的多样性与有效性》，置于拙著前面权当自序。

文学文本阐释既离不开细腻的审美感受，也离不开文献考辨和理论分析，因此需要才气和灵气，但更需要学术功力。真是需要什么我便缺少什么，因而许多文章“方其搦翰，气倍辞前，暨乎篇成，半折心始”。好在我有自知之明，哪怕一篇随笔也不敢随意，哪怕开会的应景文章也不敢应付，写学术论文更不敢稍有“怠心”。

感谢我的同事和学生余祖坤、丁庆勇、欧阳波、匡永亮，他们都放下自己手头的工作，为我细心审读拙著文稿！感谢拙著责编的认真审校！

戴建业

2018年12月31日

剑桥铭邸枫雅居

[全书完]

文本阐释的内与外

作者 _ 戴建业

产品经理 _ 石祎睿　　装帧设计 _ 陆震　　产品监制 _ 贺彦军
技术编辑 _ 顾逸飞　　责任印制 _ 梁拥军　　出品人 _ 贺彦军

营销团队 _ 毛婷 孙烨 石敏　　物料设计 _ 吴偲靓

鸣谢

施萍

果麦
www.guomai.cn

以 微 小 的 力 量 推 动 文 明

图书在版编目（CIP）数据

文本阐释的内与外 / 戴建业著. — 广州：广东人民出版社，2023.6（2025.1重印）
ISBN 978-7-218-15334-6

Ⅰ. ①文… Ⅱ. ①戴… Ⅲ. ①中国文学—古典文学研究 Ⅳ. ①I206.2

中国国家版本馆CIP数据核字（2023）第067591号

WENBEN CHANSHI DE NEI YU WAI
文本阐释的内与外

戴建业 著

出 版 人： 肖风华

责任编辑： 姜憧憧
装帧设计： 陆 震
责任技编： 吴彦斌 周星奎

出版发行： 广东人民出版社
地　　址： 广州市越秀区大沙头四马路 10 号（邮政编码：510199）
电　　话：（020）85716809（总编室）
传　　真：（020）83289585
网　　址： http://www.gdpph.com
印　　刷： 河北鹏润印刷有限公司
开　　本： 660毫米 × 960毫米 1/16
印　　张： 21.5 **字　　数：** 218 千
版　　次： 2023 年 6 月第 1 版
印　　次： 2025 年 1 月第 2 次印刷
定　　价： 58.00 元

如发现印装质量问题，影响阅读，请与出版社（020-85716849）联系调换。
售书热线：020-87716172